I0632167

MEMOIRES

POUR SERVIR

A L'HISTOIRE

DES

HOMMES

ILLUSTRES.

TOME XXIX.

MEMOIRES
POUR SERVIR
A L'HISTOIRE
DES
HOMMES
ILLUSTRES
DANS LA REPUBLIQUE DES LETTRES.

AVEC

UN CATALOGUE RAISONNÉ de leurs Ouvrages.

TOME XXIX.

A PARIS,
Chez BRIASSON, Libraire, ruë S. Jacques, à la Science.

M. DCC. XXXIV.
Avec Approbation & Privilege du Roy.

LIVRES NOUVEAUX.

L'Usage & les fins de la Prophetie dans les divers âges du Monde, avec plusieurs pieces ajoûtées par SHERLOCK, trad. de l'Anglois par le Moine, nouvelle Edition augmentée. *in*-8°. *Amsterd.* 1733.

La quatriéme Dissertation se vend séparement.

Cornelius Nepos, cùm notis variorum & aug. Van Staveren, *in*-8°. cum fig. *Lugd. Bat.* 1734.

Vitriarii, (Phil. Rein.) Institutiones Juris naturæ & Gentium accedit Joan. Fr. Buddei historia Juris Naturalis, *in*-8°. *Leidæ* 1734.

Schultens, (Albert) Rudimenta linguæ Arabicæ à Th. Erpenio, Florilegium, Sententiarum Arabicarum, ut & Clavium Directorum, *in*-4°. *Lugd. Bat.* 1733.

Sanctii, (Fr.) Minerva seu de Causis Latinæ linguæ cum additamentis G. Scioppii, & notis If. Perizonii, *in*-8°. *Amstel.* 1733.

Mussenbroeck, (Petri van) Elementa Physicæ, cum fig. *in*-8°. *Lugd. Bat.* 1734.

Lecteur Royal ou Recueil de Pensées, maximes &c. *in*-12. *Amsterd.* 1733.

Recueil des pieces sur la Philosophie, les Mathematiques, l'Histoire &c. par Leibnitz, *in*-12. *Hambourg* 1734.

Wolfii, (Joan-Christ.) Bibliotheca Aprosiana, *in*-8°. *Hamburgi* 1734.

Reflexions morales, Satyriques, & Comiques sur les mœurs de notre siecle, *in*-8°. 1733.

La Géographie Physique, ou Essay sur l'Histoire naturelle de la Terre, traduit de l'Anglois de M. Wodward, par M. Noguez, avec la Réponse au Docteur Camerarius; plusieurs Lettres sur la même matiere; la Distribution méthodique des Fossiles, & autres Ecrits, traduits de l'Anglois, du même M. Wodward, par le R. P. Niceron, Barnabite, *in*-4°. fig. *Paris* 1735.

Le Voyage de Zulma dans le Pays des Fées, écrit par deux Dames de condition. *in-12. Paris* 1734.

Reflexions critiques sur l'Elegie, par M. Michaud, *in-8°.* 1734.

Les Oeuvres de Théâtre, de M. de Brueys, *in-12.* 3 vol. 1735.

Le Droit de la Nature & des Gens, traduit de M. de Puffendorf, par M. Barbeyrac, cinquiéme Edition augmentée, *in-4°.* 2 vol. *Amsterdam* 1734.

Les Quinze Joyes du Mariage ; le Blason des fausses Amours ; le Loyer des folles Amours, & le Triomphe des Muses contre Amour, &c. avec des Notes, *in-12. la Haye* 1734.

Nouvelle Dissertation sur les Paroles de la Consécration de l'Eucharistie, avec une Lettre de M. l'Abbé Duguet, *in-8°.*

Imitation de Jesus-Christ, par M. l'Abbé Lenglet du Fresnoy, *in-18. Anvers* 1731.

On trouve dans la même Boutique les Mercures Historiques & Politiques, & tous les Journaux d'Hollande, à mesure qu'ils paroissent.

R. P. D. Bernardi de Montfaucon, Benedictini è Congregatione S. Mauri, Bibliotheca nova Bibliothecarum Manuscriptorum ubi quæ in innumeris penè Manuscriptorum Bibliothecis continentur ad quodvis Litteraturæ genus spectantia & notatu digna describuntur & indicantur. *in-fol.* 2 vol. *Sub Prælo.*

Collectionis Conciliorum Generalium à Phil. Labbeo & Gabr. Cossartio editorum supplementa; operâ & studio D. Francisci Salmon in Sacra Facultate Theologica Parisiensi Doctoris, Socii Sorbonici & Bibliothecæ Sorbonicæ Præfecti, *in-fol.* 4 vol. *Sub Prælo.*

Voyez les Catalogues du Libraire, où vous trouverez un grand nombre de livres de toute sorte de genre.

TABLE ALPHABETIQUE des Auteurs.

Fin de la Table Alphabetique.

MEMOIRES

MEMOIRES
POUR SERVIR
A L'HISTOIRE
DES
HOMMES
ILLUSTRES
DANS LA REPUBLIQUE des Lettres ;

Avec un Catalogue raisonné de leurs Ouvrages.

FREDERIC SPANHEIM.

F. SPANHEIM.

F*REDERIC Spanheim* naquit à *Amberg* dans le haut Palatinat le 1. Janvier 1600. de *Wigand Spanheim*, Docteur en Théologie, & Conseiller Ecclesiastique de l'Electeur Palatin, & de *Renée Tossan*, fille de *Daniel Tossan*,

F. SPANHEIM.

Professeur en Théologie à *Heidelberg.*

Après avoir étudié dans le College d'Amberg jusqu'en 1613. il fut obligé de l'abandonner à cause de la peste, qui attaqua cette ville. Retiré alors dans la maison paternelle, il continua ses études sous les yeux de son pere, qui le trouvant l'année suivante en état d'entrer dans une Academie, l'envoya à celle d'*Heidelberg*, qui étoit très-florissante.

Il y fit tant de progrès dans les langues & dans la Philosophie, qu'on jugea bientôt qu'il deviendroit un grand homme. Il fut reçu Maître-ès-Arts au mois de Janvier 1619. & passa aussitôt après à l'étude de la Théologie. Mais son pere le rappella la même année, & l'envoya à *Geneve*, où il apprit en peu de mois la langue Françoise. Il s'y appliqua avec beaucoup d'ardeur à la Théologie sous *Jean Diodati*, *Jean Tronchin*, & *Benoît Turretin.*

Les malheurs du Palatinat le determinerent à épargner à son pere les frais de sa pension; il alla pour cela dans le Dauphiné en 1621. & demeura pendant trois ans en qualité de Précepteur chez *Jean de Bonne*, Baron de *Vitrolle*, Gouverneur d'*Ambrun*. F. SPANHEIM.

Ce temps écoulé, il retourna à *Geneve*, & vint ensuite à *Paris*, où il trouva un de ses parens, nommé *Samuel Durant*, qui étoit Ministre de *Charenton*, & qui lui conseilla de ne point accepter une chaire de Philosophie à *Lausanne*, qu'on lui offrit alors.

Au mois d'Avril 1625. il fit un voyage en Angleterre, & y apprit la langue Angloise. La peste l'ayant chassé d'*Oxford* au bout de quatre mois, il revint à *Paris*, & il eut le chagrin d'y voir mourir *Samuel Durant*, qui lui laissa sa Bibliotheque.

Tout le temps qu'il passa à *Paris*, depuis son retour, fut employé à apprendre les langues Chaldaïque & Syriaque.

Ses amis l'ayant engagé à aller disputer à *Geneve* une chaire de Philosophie qui étoit vacante, il s'y rendit au mois de May 1627. & l'obtint.

F. SPANHEIM.

Il se maria au mois de Novembre de l'année suivante 1627. & épousa *Charlotte du Port*, fille de *Pierre du Port*, Conseiller du Roi, & Commissaire des vivres dans les Armées de Sa Majesté, dont il laissa sept enfans, entre lesquels les deux aînés ont été illustres dans la République des Lettres; *Ezechiel*, & *Frederic*. J'ai parlé du premier dans le second volume de ces Mémoires p. 222. Je parlerai plus bas du second.

Quelque temps après il se fit recevoir Ministre, & prêcha depuis tous les dimanches en François dans le temple de *S. Gervais* jusqu'à l'an 1631. que *Benoît Turretin* étant mort, il fut choisi pour remplir la chaire de Théologie qu'il laissoit vacante.

Il s'acquitta des fonctions de cet emploi avec une réputation, qui le fit rechercher par plusieurs Academies. Celles de *Lausanne*, de *Groningue* & d'*Heidelberg* se donnerent bien du mouvement pour l'avoir, mais il resista à toutes leurs instances. Celle de *Leyde* fut plus heureuse, & il en accepta la vocation. On fit à *Geneve* tous les efforts imaginable pour le retenir, & lorsqu'on vit que la chose étoit impossible, on ne le congedia qu'avec des marques singulieres d'estime & d'affection. F. SPANHEIM.

Avant que de se rendre à *Leyde*, il alla se faire recevoir Docteur en Théologie à *Basle*, pour se conformer aux usages du Pays où il alloit, & où ce degré est necessaire; au lieu qu'à *Geneve*, & dans les Academies que les P. Reformez avoient en France, les Professeurs en Théologie ne le prenoient point, parce qu'il leur étoit inutile.

Il partit de *Geneve* en 1642. après y avoir professé la Théologie onze ans de suite, & y avoir été Recteur depuis 1633. jusqu'en 1637. temps auquel on celebra l'année seculaire de la P. Reforme; ce qui lui donna occasion de faire un discours sur cette matiere.

Il arriva à *Leyde* le 3. Octobre 1642. Il y soutint & y augmenta même la réputation, qu'il avoit euë jusques-là; mais ses grands travaux abregerent sa vie. Les leçons & les disputes Academiques, les prédications, les livres qu'il composoit,

F. SPANHEIM.

beaucoup de soins domestiques, beaucoup de visites, ne l'empêcherent pas d'entretenir un grand commerce de Lettres.

Il mourut le 30. Avril 1649. âgé de 49. ans.

C'étoit un homme laborieux, propre aux affaires; ardent, facile à s'irriter, & dont la maxime étoit qu'il falloit se battre contre ses freres même dans les moindres choses qui interessoient la Religion.

Catalogue de ses Ouvrages.

1. *Le Soldat Suedois, où l'histoire de ce qui s'est passé en Allemagne depuis l'entrée du Roi de Suede en 1630. jusqu'à sa mort. Geneve 1633. in-8°. Spanheim* composa cet Ouvrage, auquel il n'a pas mis son nom, à la priere de l'envoyé de *Gustave*, Roi de Suede, à *Geneve*.

2. *Le Mercure Suisse, contenant les mouvemens de ces derniers temps, jusqu'en 1634. in-8°.* 1634. Il n'a pas mis non plus son nom à cet Ouvrage.

3. *Commentaire historique de la vie & de la mort de Christophe Vicomte de Dhona; Par F. S. (Frederic Spanheim)*

Geneve 1639. *in*-4°. F. SPANHEIM.

4. *Mémoires ſur la vie & la mort de Louiſe Juliane Electrice Palatine, avec pluſieurs evenemens notables de l'hiſtoire des guerres dernieres d'Allemagne. Leyde* 1645. *in*-4°. Ce livre eſt encore Anonyme.

5. *Geneva reſtituta, ſive admiranda Reformationis Genevenſis hiſtoria oratione ſaculari explicata à F. S. (Fred. Spanheim) Geneva* 1635. *in*-4°. It. Dans le 2e. vol. des Oeuvres de ſon fils *Frederic.* C'eſt le diſcours qu'il prononça, lorſqu'on celebra à *Geneve* l'année ſeculaire de la P. Reforme.

6. *Dubia Evangelica diſcuſſa & vindicata. Genevæ* 1634. *in*-4°. *Pars ſecunda & tertia. Ibid.* 1639. *in*-4°. It. Toutes les trois parties *Genevæ* 1639. 1658. 1700. *in*-4°. deux tom. Cet Ouvrage, où *Spanheim* réſoût pluſieurs queſtions touchant les contradictions apparentes des Evangeliſtes, & explique pluſieurs difficultez du Texte de l'Evangile, eſt fort bon. *Abraham Calovius* a cependant accuſé l'Auteur, d'avoir mieux réuſſi à trouver des difficultez, qu'à les reſoudre.

F. SPANHEIM.

7. *Exercitationes de Gratia Universali. Accessere 50. Erotemata Autori proposita, & ab eodem decisa, cum Mantissa 100. Anterotematum. Lugd. Bat.* 1646. *in*-8°. *Spanheim* avoit pris le parti des Protestans qui soutiennent la grace universelle, & il composa cet Ouvrage contre le systême de *Moyse Amyraut*. Celui-ci lui repondit dans un livre, qu'il intitula: *Specimen animadversionum in Exercitationes Spanhemii de Gratia Universali. Salmurii* 1648. *in*-4°. & *Spanheim* se defendit par le suivant.

8. *Vindiciæ Exercitationum suarum de Gratia Universali adversus Moysen Amiraldum, cum Præfatione Andreæ Riveti. Accedit Appendix Ezechielis Spanhemii ad Criticen Salmuriensem & Grammaticas tricas. Amstelod.* 1649. *in*-4°. La mort ne permit pas à *Spanheim* d'achever cet Ouvrage, qui se ressent du sort des Ecrits posthumes.

9. *Epistola ad Matthiam Cottierium super conciliatione Controversiæ de Gratia universali. Lugd. Bat.* 1648. *in*-8°.

10. *Epistola ad Davidem Buchananum super controversiis quibusdam, quæ*

in Ecclesiis Anglicanis agitantur. Lugd. Bat. 1645. *in*-8°. It. Dans le 2e. volume des Oeuvres de *Frederic Spanheim*, son fils. F. SPANHEIM.

11. *Le throne de Grace, de Jugement, & de Gloire. Leyde* 1644. *in*-12. It. *Geneve* 1649. *in*-8°. Ce sont trois Sermons qui sont d'une longueur excessive, & d'un François un peu antique, mais qui contiennent de bonnes choses.

12. *Diatriba historica de origine, progressu, & sectis Anabaptistarum. Franekeræ* 1645. *in*-12. A la suite de *Joannis Cloppenburgii Gangræna Theologiæ Anabaptisticæ.* It. trad. en Anglois. *Londres* 1646. *in*-4°.

13. *Laudatio funebris Frederici Henrici Arausionensium Principis, Nassoviæ Comitis, dicta Leidæ* 4. *Idus Maii* 1647. Dans le Recueil de *Guill. Bates*, intitulé : *Vitæ Selectorum aliquot virorum. Londini* 1681. *in*-4°. It. en François. *Oraison funebre de Frederic Henri Prince d'Orange, trad. du Latin de Fred. Spanheim. Leyde. Elzevir* 1647. *in*-4°.

14. *Oratio funebris in excessum Joannis Polyandri à Kerckhoven, dicta in*

F. SPANHEIM.

Auditorio Lugd. Bat. 17. *Februarii* 1646. *Accedunt Allocutio Rectoris Leydensis ad Principem Guilelmum, & Epicedia. Lugd. Bat.* 1646. *in-fol.* L'*Allocutio* est une piece de vers de la façon de *Spanheim.*

15. *Panstratiæ Catholicæ Epitome; sive Chamierus contractus. Genevæ* 1643. *in-fol.* C'est un abregé du gros Ouvrage commencé par *Daniel Chamier*, & continué par *Jean Henri Alstedius*, sous le titre de *Panstratia Catholica, sive controversiarum de Religione adversus Pontificios corpus. in-fol.* cinq vol.

16. On a encore de lui une Lettre de consolation sur la mort d'un fils unique, qui a été traduite du François en Flamand & en Allemand; & une autre Lettre qu'il écrivit au Prince *Edouard*, lorsqu'il eut changé de Religion; mais je n'en sçai point les dates.

V. *Son Oraison funebre par Abraham Heidanus. Pauli Freheri Theatrum virorum Doctorum. p.* 543. C'est un extrait de la piece précedente. *Bayle, Dictionnaire.*

FREDERIC SPANHEIM, LE FILS.

FREDERIC *Spanheim* le fils, naquit à *Geneve* le 1. Mai 1632. de *Frederic Spanheim*, qui y professoit alors la Théologie, & de *Charlotte du Port*. F. SPANHEIM.

Il passa ses premieres années à *Geneve*; mais son pere ayant été appellé à *Leyde* en 1642. il y fut mené à l'âge de dix ans.

Il s'appliqua de bonne heure à l'étude, en fit sa passion favorite, & y réussit parfaitement bien.

Il fit sa Philosophie sous le celebre *Hereboord*, & fut reçu Docteur en cette Faculté le 12. Juillet 1651.

Il avoit perdu son pere deux ans auparavant, & comme il avoit été destiné au Ministere, il s'attacha avec beaucoup d'application à la Théologie & aux Langues.

Il apprit la langue Hebraïque d'*Alard Uchtmann*, & de *Jean Cocceius*, & l'Arabe de *Golius*. *Boxhornius* fut aussi son maître pour les

F. SPANHEIM.

Belles-Lettres. Pour ce qui est de la Théologie, il en prit des leçons de *Jacques Triglandius*, d'*Abraham Heidanus*, & de *Jean Coccejus*.

Il fut reçu Proposant en 1652. après un examen, qui lui fit beaucoup d'honneur; il commença aussitôt après à prêcher en differens endroits de la Zelande, & il fit à *Utrecht* pendant un an les fonctions de Ministre, avec une réputation, qui causa quelque jalousie à *Alexandre Morus*, dont le nom étoit alors celebre dans les Provinces-Unies.

Il fut bientôt après appellé par *Charles-Louis*, Electeur Palatin, qui avoit resolu de retablir son Université d'*Heidelberg*, & qui lui donna une Chaire de Professeur en Théologie, quoiqu'il n'eût alors que 23. ans.

Avant que d'en aller prendre possession, il se fit recevoir Docteur en Théologie à *Leyde*, au mois d'Avril 1655. & soutint en cette occasion des Théses sur les cinq articles qui séparent les Gomaristes & les Arminiens.

Il se fit beaucoup d'honneur à

F. SPANHEIM.

Heidelberg, & l'Electeur Palatin lui témoigna toûjours beaucoup d'estime & de confiance ; mais ces marques de bienveillance ne l'empêcherent pas de s'opposer hardiment au dessein qu'avoit ce Prince de se séparer de la Princesse son Epouse, pour en épouser une autre ; il le combattit même fortement, sans craindre la colere de l'Electeur, à qui une semblable resistance ne pouvoit être que très-désagréable. Fermeté, qui mérite d'autant plus de loüanges, qu'il y avoit alors peu de Docteurs à la Cour Palatine, qui en témoignassent une pareille, & qu'il y en avoit plusieurs qui favorisoient les desseins du Prince.

Son mérite lui attira, pendant son séjour dans le Palatinat, plusieurs vocations, qu'il ne jugea pas à propos d'accepter. L'Eglise P. Reformée de *Lyon* le voulut avoir pour son Pasteur en 1659. L'Université d'*Hardervic* lui offrit une Chaire en Théologie. L'Academie de *Lausanne* en fit de même plus d'une fois. On voulut aussi l'avoir à *Francfort sur l'Oder*, & on lui promit de joindre à la char-

F. SPANHEIM.

ge de Professeur, celle de Pasteur de la Cour de l'Electeur Palatin à *Berlin*. L'Université de *Franeker* voulut pareillement l'attirer, & on lui offrit en même temps la conduite des études d'*Henri Casimir*, Prince de *Nassau*, qui a été depuis Gouverneur de Frise. Mais il refusa tous ces emplois, & ne se laissa persuader que par l'Université de *Leyde*, où il fut reçu Professeur en Théologie & en Histoire Sacrée, avec un applaudissement general, au mois d'Octobre 1670.

C'est principalement dans cette place, que sa réputation a été portée à son comble.

Plusieurs années avant sa mort, on le dechargea du soin de faire des leçons publiques, pour lui donner le moyen de travailler avec plus de loisir aux divers Ouvrages qu'il a publiés.

Il fut quatre fois Recteur de l'Université de *Leyde*, & eut outre cela la charge de son Bibliothecaire.

Il fut attaqué en 1695. d'une espece de Paralysie de la moitié du corps, de laquelle il parut ensuite passable-

F. SPANHEIM.

ment remis. Mais il ne joüit point depuis ce temp-là d'une santé parfaite; & comme ses infirmités ne purent le detourner de ses études & de ses travaux, & qu'il ne se donna point un repos, dont l'état où il se trouvoit avoit besoin, après avoir langui assez long-temps, il mourut le 18. Mai 1701. âgé de 69. ans.

Il a été marié trois fois, & a eu plusieurs enfans; mais un seul lui a survêcu. Celui-ci, nommé *Frederic*, comme son pere, s'est tourné du côté de la Jurisprudence, & est entré dans les charges de la Cour de *la Haye*.

Catalogue de ses Ouvrages.

Frederici Spanhemii Opera. Lugduni Bat. in-fol. trois vol. Le I[r]. en 1701. & les deux autres en 1703. Il avoit commencé à donner le recueil de ses œuvres au Public; mais étant mort après avoir publié le premier volume, *Jean Marckius*, qui avoit été son disciple & qui depuis fut son Collegue, prit soin de donner les deux suivans. Voici les pieces qu'ils contiennent.

F. SPANHEIM.

Le premier volume.

1. *Sermo Academicus pro commendando studio sacræ Antiquitatis, recitatus in auditorio Leydensi, cum prælectiones historicas auspicaretur anno* 1672.

2. *Geographia Sacra & Ecclesiastica.* Cet Ouvrage avoit été imprimé sous le titre d'*Introductio ad Geographiam Sacram. Lugd. Bat.* 1679. *in*-8°. Mais il est ici bien augmenté, & on y a joint des Cartes. Il a été traduit en Allemand par *Jerôme Dicelius*, & imprimé en cette langue à *Lipsic* en 1704. *in*-8°.

3. *Chronologia Sacra.* Cette Chronologie est courte, mais exacte. Elle avoit été imprimée en 1683. avec l'Ouvrage suivant.

4. *Historia Ecclesiastica veteris & Novi Testamenti.* Cet Ouvrage parut d'abord sous le titre d'*Introductio ad Historiam & Antiquitates Sacras. Lugd. Bat.* 1674. *in*-12. Cette édition fut faite à son insçu, par les soins d'un de ses disciples. Il en donna depuis lui-même une édition plus exacte, qu'il intitula : *Introductio ad Chronologiam & Historiam Sacram ac præ-*

F. SPANHEIM.

præcipue Christianam, ad tempora proxima Reformationi, cum necessariis castigationibus Cæsaris Baronii. Lugd. Bat. 1683. *in*-4°. Comme l'Histoire Ecclesiastique ne va dans ce volume, que jusqu'à la fin du 6e. siecle, l'Auteur y en ajouta en 1687. un second, imprimé aussi à *Leyde in*-4°. qui comprend les quatre siecles suivans. Il la poussa depuis jusqu'au commencement de la P. Reformation, suivant son projet, dans une édition, qui a pour titre: *Summa Historiæ Ecclesiasticæ à Christo nato ad sæculum* XVI. *inchoatum. Præmittitur doctrina temporum, cum oratione de Christianismo degenere. Lugd. Bat.* 1689. *in*-12. *pp.* 1064. Il s'est fait quelques autres éditions de cette histoire, qui ont été effacées par celle dont il s'agit ici, à cause des changemens & additions que l'Auteur y a faits.

Le second volume.

5. *Historia Jobi, sive de obscuris Historiæ ejus Commentarius, cum Appendice de voto Jephte. Genevæ* 1670. *in*-4°. It. *Lugd. Bat.* 1672. *in*-8°.

6. *Tractatus de Autore Epistolæ ad*

F. SPANHEIM.

Hebræos; cui accedit Exercitatio Academica de Historiæ Evangelicæ Scriptoribus, & sigillatim de Marco Evangelista. Heidelbergæ 1659. *in*-8°. It. Dans le 10e. volume des *Critici Sacri* d'Angleterre p. 733.

7. *De Apostolis duodecim, & Apostolatu stricte dicto Dissertatio.*

8. *De conversionis Paulinæ epocha, deque Pauli historia & nomine dissertatio.*

9. *De ficta profectione Petri Apostoli in urbem Romam, deque non una traditionis origine dissertatio.*

10. *Disquisitio tripartita de traditis antiquissimis conversionibus Lucii Britonum Regis, Juliæ Mammeæ Augustæ, & Philippi Imperatoris, patris & filii.*

11. *De sensu Canonis* VI. *Concilii Nicæni* I. *deque juribus veterum Metropoleon, & Romani Patriarchatus Dissertatio.*

12. *De Ecclesiæ Græcæ & Orientalis à Romana & Papali in hunc diem perpetua dissentione, adversus Allatium, Arcudium, Echellensem &c. dissertatio.*

13. *De ficta collatione Imperii in*

Carolum Magnum per Leonem III. Romanum Pontificem, contra Baronium & nuperos Hyperaspistas. F. SPANHEIM.

14. *De Papa fœmina inter Leonem IV. & Benedictum III. disquisitio Historica. Lugd. Bat.* 1691. *in*-8°. *Jacques Lenfant* a donné une traduction Françoise de cet Ouvrage. *Histoire de la Papesse Jeanne fidellement tirée de la Dissertation Latine de M. Spanheim. Cologne (Amsterdam)* 1694. *in*-12. It. 2e. édition augmentée. *La Haye* 1720. *in*-12. deux tomes.

15. *Historia Imaginum restituta præcipue adversus Ludovicum Maimburgium, & Natalem Alexandrum. Lugd. Bat.* 1686. *in*-12.

16. *De ritu impositionis manuum in Ecclesia, ac degenere ejus usu, diatriba.*

17. *De ritibus quibusdam, præcipue Sacramentalibus, in Ecclesia vetere, ac precatoriis diatriba, ducens ad prudentiam Christianam circa eorum in Protestantium Ecclesiis dissonantiam.*

18. *De novissimis circa res Sacras in Belgio dissidiis. Lugd. Bat.* 1677. *in*-8°.

19. *Epistola ad amicum de Præfa-*

F. SPANHEIM.

tionis Frisiæ accusationibus, cum animadversionibus necessariis ad Censuras, Fictiones & Contumelias famosæ scriptionis Johannis vander Wayen. Ultrajecti 1684. *in*-8°.

20. *Animadversiones de Ecclesiarum politia varia & libera, deque Anglicano Episcopatu, adversus fictiones nuperi criminatoris. Lugd. Bat.* 1684. *in*-8°. Cet Ouvrage est encore contre *Jean vander Wayen.*

21. *Judicium expetitum super dissidio Anglicano & capitibus quæ ad unionem, seu comprehensionem faciunt.* L'Editeur a joint à cet Ouvrage une Lettre de *Frederic Spanheim* le Pere à *David Buchanan* sur le même sujet.

22. *De divina scripturarum origine & autoritate, contra Profanos, Oratio. Heidelbergæ* 1657. *in*-4°.

23. *De Doctore Theologo.*

24. *De Auditoriis veterum.*

25. *De dissidiis Theologorum, eorumque causis. Heidelbergæ* 1660. *in*-4°.

26. *Super excessu Elizabethæ Palatini Electoris, Matris Regiæ.*

27. *De prudentia Theologi.*

28. *De Sacrarum Antiquitatum præstantia.*

29. *De erigendis animis in hac Reip. Batavæ constitutione oratio.* Ce discours est de l'an 1672. F. SPANHEIM.

30. *Oratio de Belgicæ restitutæ admirandis. Lugd. Bat.* 1674. *in*-8°.

31. *De Bibliothecæ Lugduno-Batavæ novis auspiciis Oratio.* Ce discours est aussi de l'an 1674.

32. *De Cometarum & Natura totius admirandis.*

33. *Oratio funebris in obitum Antonii Hulsii in Academia Lugduno-Batava Græcæ linguæ Professoris.*

34. *De degenere Christianismo Oratio. Lugd. Bat.* 1688. *in*-8°.

35. *Allocutio ad Wilhelmum Britanniæ Regem & Mariam ejus conjugem. Lugd. Bat.* 1689. *in-fol.*

36. *De corruptis emendandisque studiis Oratio.*

37. *Laudatio funebris Mariæ, Reginæ Britanniæ.* L'Editeur a joint à tous ces discours celui de *Fred. Spanheim* le pere, intitulé *Geneva restituta.*

38. *Dedicationes & Inscriptiones.* Ce sont les Préfaces & les Epitres dedicatoires qu'il a mises à la tête de quelques Ouvrages.

F. SPANHEIM.

Le troisiéme volume.

39. *Vindiciarum Biblicarum, sive examinis locorum controversorum Veteris Testamenti libri tres.* Ces trois livres ne roulent que sur une partie de l'Evangile de *S. Matthieu*. L'Auteur devoit en donner la suite; mais d'autres occupations l'en ont empeché. Les deux premiers parurent à *Heidelberg* en 1663. *in*-4°. & le troisiéme ne fut donné que 22. ans après, c'est-à-dire en 1685. à *Leyde in*-4°.

40. *Exercitatio Academica in caput septimum Epistolæ S. Pauli ad Romanos.*

41. *Diatriba de veterum propter mortuos Baptismo, in* I. *Corint.* XV. 29. *Lugd. Bat.* 1673. *in*-8°.

42. *Observationes in Leviticum historicæ, typicæ & morales.* Ces observations ont paru ici pour la premiere fois: elles avoient été recueillies de ses leçons par ses Ecoliers.

43. *Selectiorum de Religione Controversiarum, etiam cum Græcis & Orientalibus, & cum Judæis, nuperisque Anti-Scripturariis, Elenchus Historico-Theologicus. Lugd. Bat.* 1687. *in*-12. It. *Amstel.* 1694. *in*-8°. It. *Ibid.*

1701. *in-8°.* It. *Basileæ* 1714. *in-4°.* F. SPANHEIM.

44. *Specimen stricturarum ad libellum nuperum Episcopi Condomiensis, cum Præfationis supplemento. Accedit de præscriptionis jure adversus novos Methodistas Exercitatio Academica. Lugd. Bat.* 1681. *in-8°.* Cet Ouvrage est contre l'*Exposition de la doctrine de l'Eglise Catholique*, par M. *Bossuet.*

45. *Xenia Romano-Catholicorum justo pretio æstimata, & Xeniis Protestantium pari affectu relata. Autore Timotheo Philaletha. Spanheim* s'est caché ici sous ce nom.

46. *Lettre à un Ami, sur les motifs, qui ont porté un Reformé à se rendre de la Communion de Rome, où l'on repond aux illusions d'une nouvelle Methode.*

47. *Disputatio inauguralis de Quinquarticulanis Controversiis, pridem in Belgio agitatis.* Cette dissertation a été refutée par *Arnold Poëlenbourg*, Arminien.

48. *Collegium Theologicum.* Cette piece & les trois suivantes sont des Théses qu'il a fait soutenir à *Heidelberg.*

F. SPAN-HEIM.

49. *Decades Theologicæ octo.*

50. *De statu instituto primi hominis.*

51. *De actione dei hominem indurantis.*

52. *De personarum acceptione in divinis Dissertationes tres.*

53. *De fundamentalibus fidei articulis Dissertationes undecim.*

54. *Epistolæ duæ Responsoriæ ad Litteras Melchioris Leydeckeri de fabula acceptilationis. Lugd. Bat.* 1675. *in*-12. C'est par-là que finit ce Recueil, où l'on n'a fait entrer de pieces Françoises que la Lettre marquée au N°. 46. Il faut donc parler de celles qu'il a publiées en cette langue.

55. *L'Athée convaincu en quatre Sermons sur le verset* 1. *du Pseaume* 14. *Leyde* 1676. *in*-8°. *It. trad. en Flamand. Amsterd.* 1677. *in*-8°.

56. *La gratitude de Jacob, Sermon sur le verset* 22. *du chap.* 28. *de la Genese prononcé à Groningue en* 1694. *Leyde* 1694. *in*-8°.

57. *Sermon de la fin de l'Homme. Heidelb.* 1659. *in*-12.

58. *La Philosophie du Chrétien. Geneve* 1676. *in*-12.

Il

Il s'est fait aussi quelques Recueils particuliers de ses dissertations, dont il faut dire quelque chose. F. SPANHEIM.

59. *Disputationes Theologicæ miscellaneæ. Genevæ* 1652. *in*-4°.

60. *Dissertationum Historico-Theologicarum Trias. Accedunt disputationes de actione Dei hominem indurantis. Heidelbergæ* 1664. *in*-8°.

61. *Dissertationum Historici argumenti Quaternio.* 1°. *De temere credita Petri in urbem Romam profectione.* 2°. *De æra conversionis Paulinæ & annexis.* 3°. *De Apostolatu & Apostolis.* 4°. *De æqualitate veterum Metropoleon cum Romana seu de Canone* VI. *Concilii Nicæni primi. Lugd. Bat.* 1679. *in*-8°.

62. C'est lui qui a publié le Catalogue de la Bibliotheque de Leyde après l'avoir revû. *Catalogus Bibliothecæ publicæ Lugduno-Batavæ. Accessit incomparabilis Thesaurus Librorum Orientalium, præcipue Manuscriptorum. Lugd. Bat.* 1674. *in*-4°.

63. *De causis incredulitatis Judæorum, & de Conversionis mediis. Lugd. Bat.* 1678. *in*-8°. Cet Ouvrage parut d'abord seul ; mais *Spanheim* l'inse-

F. SPANHEIM.

ra, depuis dans son *Elenchus Controversiarum*, marqué au N°. 43.

64. *De Zelo Pseudo-Theologico.* Ce petit Ouvrage se trouve à la suite de *Christophori Irenæi parænesis ad Joan. Fred. Mayerum ob ejus de Pietistis Veteris Ecclesiæ commentum. Magdeburgi* 1697. *in*-4°.

V. *Son Oraison funebre par Jacques Triglandius, dans le Recueil de ses Oeuvres.*

JOSEPH LA BROSSE.

J. LA BROSSE.

JOSEPH *la Brosse* naquit à *Toulouse* l'an 1636. d'une bonne famille.

Après avoir fait ses études d'Humanitez, il entra dans l'Ordre des Carmes déchaux, & y reçut, suivant la coûtume, le nom d'*Ange de S. Joseph.*

Il fit ensuite sa Philosophie & sa Théologie; après lesquelles, il souhaita se consacrer aux Missions, & en obtint la permission de ses Superieurs.

Il alla dans ce dessein à *Rome* en

1662. & il y étudia l'Arabe, ſous le P. *Celeſtin de Sainte Liduvine*, frere du fameux *Jacques Golius*, dans le Couvent de *S. Pancrace*. J. LA BROSSE.

Ayant été deſtiné par le Pape *Alexandre VII.* aux Miſſions du Levant, avec trois autres Carmes, ils partirent de *Rome* le 12. Novembre 1663. & arriverent à *Smyrne* le 5. Mai 1664. & enſuite à *Hiſpahan* le 4. Novembre ſuivant.

Le P. *La Broſſe* y apprit le Perſan du P. *Balthazar*, Carme Portugais, & ſe mit en peu de mois par ſon application en état de prêcher en cette langue.

Il demeura pendant quatorze ans tant en Perſe qu'en Arabie, & fut Prieur d'abord à *Hiſpahan*, & enſuite à *Baſſora*.

Cette derniere ville ayant été enlevée par les Turcs à *Haſſen*, Prince des Arabes, les Miſſionnaires qui avoient beſoin de la protection de leur nouveau maître, envoyerent le P. *la Broſſe* à *Conſtantinople*, pour obtenir du Grand Seigneur, par l'entremiſe de M. *de Nointel*, Ambaſſadeur de France, des lettres qui les

J. LA BROSSE.

autorisassent à demeurer dans le Pays.

Il partit de *Bassora* le 13. Avril 1678. & arriva à *Constantinople* le 4. Novembre suivant. Il fut fort bien reçu de M. *de Nointel*, qui lui donna des Lettres patentes de Consul pour le Prieur de *Bassora*, & lui communiqua des Capitulations entre la France & la Porte, à la faveur desquelles il obtint ce qu'il demandoit.

Quelque-temps après il reçut des Lettres du Cardinal *Cibo*, qui l'appelloient à *Rome*, de la part du Pape *Innocent XI*. Il s'embarqua le 21. Mars 1679. sur un vaisseau Venitien, mais le mauvais temps le retint près de six mois sur Mer, & il ne put arriver à *Rome* que le 18. Novembre.

Il y eut de longues audiences du Pape, qui lui fit des liberalités considerables. Il y vouloit faire imprimer son Trésor de la langue Persane; mais il crut qu'il le feroit plus commodément à *Paris*.

Il arriva dans cette ville le 10. Août de l'année suivante 1680. & songea à publier son Trésor, dont il obtint le Privilege ; mais l'édition en fut retardée, ſur ce que le General des Carmes, qui étoit alors à *Bruxelles*, l'y appella, & le fit Viſiteur General des Miſſions de Hollande. J. LA BROSSE.

Lorſque le temps de cet emploi fut fini, on l'envoya en Angleterre, où il fit les fonctions de Miſſionnaire ſous le Regne de *Jacques II.* mais ayant été obligé d'en ſortir, il ſe retira en Irlande, où il demeura quelques années.

Rappellé enfin dans ſa patrie, il fut d'abord Prieur du Couvent de *Perpignan*, enſuite Definiteur Provincial, Vicaire Provincial, & enfin Provincial en 1697.

Il faiſoit en cette qualité la viſite du Couvent de *Perpignan*, lorſqu'il tomba malade, & mourut en ce lieu le 29. Decembre de cette année 1697. âgé de 61. ans.

Catalogue de ſes Ouvrages.

1. *Pharmacopæa Perſica, ex idiomate Perſico in Latinum converſa. Opus Miſſionariis, Mercatoribus, cæteriſque Regionum Orientalium luſtratoribus neceſſarium. Accedunt in fine ſpecimen notarum in Pharmacopæam*

J. LA BROSSE. *Persicam &c. Paris.* 1681. *in-8°. pp.* 370. Le Traducteur a mis à la tête une sçavante Préface, où il decouvre des fautes grossieres de la Version Persane de l'Evangile, que *Brian Walton* a fait entrer dans la Polyglotte d'Angleterre. Cette Critique lui en a attiré une autre de la part de *Thomas Hyde*, qui à la fin de la Cosmographie de *Peritsol*, use à son égard de récrimination, & l'accuse même de n'être point l'Auteur de la Version de la Pharmacopée, dont on est redevable au P. *Matthieu de S. Joseph.* Mais c'est une chose avancée sans fondement.

2. *Gazophilacium Linguæ Persarum, triplici linguarum clavi Italicæ, Latinæ, Gallicæ, nec non specialibus præceptis ejusdem linguæ reseratum. Amstelodami* 1684. *in-fol.* * On trouve dans ce dictionnaire des remarques curieuses & singulieres sur la Perse & sur les voyages de l'Auteur.

* Se trouve à Paris chez Briasson.

V. *Bibliotheca Scriptorum Carmelitarum per P. Martialem à S. Joanne Baptista. Burdigalæ* 1730. *in-4°.*

DANIEL L'ERMITE.

DANIEL *l'Ermite* naquit à *Anvers* vers l'an 1584. de parens Protestans, & de la même famille, à ce que l'on assure, que le fameux *Pierre l'Ermite*, si connu dans l'Histoire des Croisades. D. L'ERMITE.

Joseph Juste Scaliger ayant conçu de l'estime & de l'amitié pour lui le recommanda à *Casaubon*, & celui-ci sur cette recommandation travailla en 1603. à le faire entrer en qualité de Précepteur chez M. de *Montaterre*.

La chose étoit presque conclue, lorsque *l'Ermite* eut entrée chez M. *de Vic*, qui se preparoit à l'Ambassade de Suisse. Dès le premier entretien qu'ils eurent ensemble, M. *de Vic* lui parla de Religion, & le gagna à la Catholique.

Il l'emmena après cela en Suisse, & ce voyage donna occasion à *l'Ermite* de composer en Latin une relation de ce pays.

Etant ensuite passé en Italie, il

D. L'ERMITE.

voulut en visiter les principales villes.

Il étoit à *Rome* en 1606. & *Gaspar Scioppius*, qui l'y vit, parle en de très-mauvais termes d'un voyage qu'il fit à *Tivoli* avec les deux freres *Rubens*, & deux autres Flamans.

Peu de temps après, il se retira à *Sienne*, où l'Archevêque *Ascagne Piccolomini*, à qui il fit sa cour, l'ayant recommandé à *Silvio Piccolomini*, Grand-Chambellan du Duc de *Florence*, ce Prince, à qui il se fit connoître par ce moyen, le prit à son service & le mit au nombre de ses Secretaires.

Il n'avoit encore que 24. ans, lorsqu'il fut chargé en 1608. de faire à la Cour de *Florence* un discours en forme d'Epithalame, pour le Mariage de *Cosme de Medicis*, fils aîné du Grand Duc *Ferdinand*, avec la Princesse *Marie Madelaine d'Autriche*. Ce discours, qui fut aussi-tôt imprimé, lui attira les applaudissemens & l'admiration de tout le monde, & lui procura une pension de la Cour de *Florence*.

L'année suivante 1609. il fit encore l'Eloge funebre du Grand Duc *Ferdinand*, & il le fit avec le même succès.

D. L'ERMITE.

Le nouveau Grand Duc ayant alors deputé *Coloreto* vers les Princes d'Allemagne, pour leur faire part de la mort de son pere, choisit *l'Ermite* pour l'accompagner dans ce voyage, parce qu'il sçavoit l'Allemand, que son Envoyé ignoroit.

Ils allerent d'abord trouver l'Empereur *Rodolphe II.* à *Prague. Julien de Medicis*, qui residoit en cette Cour, en qualité d'Envoyé Ordinaire du Grand Duc, les reçut chez lui; mais à peine y furent-ils, qu'ils reçurent ordre de n'en point sortir, jusqu'à ce qu'on les avertît du jour qu'ils auroient audience de l'Empereur.

Comme il se passa plusieurs mois sans qu'on leur signifiât rien, & qu'ils s'ennuyoient d'un délai, qui leur paroissoit affecté, ils se preparoient à partir, lorsque de grand matin le jour même qu'ils avoient fixé pour leur départ, on les envoya querir pour l'Audience.

L'Empereur les reçut fort bien,

D. L'ERMITE. & ils furent ensuite traités par *Baltazar de Zuniga*, Comte de *Monterey*, Ambassadeur d'Espagne, par le Nonce *Caëtan*, & par le Landgrave de *Leichtenberg*.

Ils passerent ensuite à *Dresde* & de-là à *Torgau*, où *Christiern II.* Duc de Saxe tenoit les Etats. Ce Prince les fit manger à sa table; & *l'Ermite* remarque, qu'il y en avoit alors sept cent dressées dans son Palais pour toute sa Cour, & qu'on les servoit toutes ensemble au son d'une trompette.

Ils allerent ensuite à *Berlin*, où se trouvoient alors à la Cour du Marquis de *Brandebourg*, le Marquis d'*Anspach*, & le Landgrave de *Hesse*. Ce dernier, que l'Envoyé de Toscane visita comme les deux autres, fut choqué de ce que le grand Duc ne lui donnoit dans ses Lettres que le titre d'Excellence, pendant qu'il traitoit le Marquis de Brandebourg d'Altesse; mais on trouva moyen de l'appaiser en rejettant la faute sur le Secretaire qui avoit écrit les Lettres.

Au reste il fit beaucoup d'amitiés à *l'Ermite*, avec lequel il prit plaisir à parler diverses langues; car il sçavoit le Grec, le Latin, l'Espagnol, l'Italien, & le François, étoit habile dans la Philosophie, & dans les Belles-Lettres, & possedoit même assez de Théologie.

D. L'ERMITE.

La Cour du Prince *Louis d'Anhalt*, où ils allerent ensuite, leur parût moins Allemande qu'Italienne par les manieres. *L'Ermite* reçut de lui une chaîne d'or, comme il en avoit eu une du Duc de Saxe.

Après avoir visité les Electeurs de *Treves* & de *Mayence*, ils allerent à *Heidelberg*; mais ils n'y purent voir l'Electeur Palatin, qui étoit alors cruellement tourmenté de la goute.

Le Duc de *Wirtemberg* les reçut assez fierement à *Stutgard*, parce que son Envoyé à *Florence* en étoit revenu, sans avoir eu le present qu'on fait ordinairement à ceux qui ont ce titre. Ils le furent mieux à *Ulm*, à *Nuremberg*, ensuite à *Neubourg* par le Comte Palatin, *Philippe Louis*, mais sur tout à *Augsbourg*, où *Marc Velser* étoit alors Bourguemestre.

L'Ermite écrivit de là le premier Decembre à *Camille Guidi* la Rela-

D. L'ERMITE. tion de son voyage, depuis son arrivée à *Prague*.

Etant depuis retourné en Italie, il mourut à *Livourne* l'an 1613. âgé d'environ 29. ans. *Swеertius* attribue sa mort à une maladie honteuse, qui étoit le fruit de ses débauches; ce qui rendroit croyable une partie du mal que *Scioppius* a dit de lui. D'autres ont mieux aimé dire qu'on l'empoisonna.

Catalogue de ses Ouvrages.

1. *Panegyricus Cosmo Medices, Ferdinandi Filio, Magno Hetruriæ Principi, dictus, cum Mariæ Magdalenæ Austriacæ nuptiarum sacris initiaretur. Florentiæ* 1608. *in*-4°.

2. *Epitaphium, sive laudatio in funere Ferdinandi Medices, Magni Hetruriæ Ducis, ad Divi Laurentii Justitio ejus dicta Idibus Martiis* 1609. Je ne sçai si cette piece a été imprimée hors du Recueil de *Grævius*, dont je parlerai plus bas.

3. *Iter Germanicum, sive Epistola ad Equitem Camillum Guidum, scripta de Legatione ad Rudolphum Cæsarem Augustum, & aliquot Germaniæ Principes. Lugd. Bat.* 1637. *in*-16.

Dans un Recueil intitulé : *Status particularis Regiminis S. Cæs. Majestatis Ferdinandi II.* p. 299. Cette relation est curieuse. On y trouve assez au long le caractere des Princes d'Allemagne de ce temps-là, qui n'y sont nullement flattez. On voit par le commencement qu'il avoit écrit d'autres lettres sur le même voyage, mais elles ne sont pas venues jusqu'à nous. D. L'ERMITE.

4. *De Helvetiorum, Rhætorum, Sedunensium, situ, Republica, & moribus Epistola ad D. Ferdinandum Gonzagam, Mantuæ Ducis filium. Lugd. Bat. Elzevir* 1627. *in* 24. Avec quelques autres Ouvrages sur le même pays, publiés sous le titre general de *Respublica Helvetiorum.*

5. *Ad Janum Gruterum, cum antiquas Inscriptiones ederet, Carmen.* Ce Poëme, qui est de plus de cent vers, a été inseré dans le 2e. tome des *Delitiæ Poëtarum Belgicorum* de *Gruter.* p. 1134.

6. *Aulicæ vitæ ac Civilis libri* IV. *Ejusdem Opuscula varia. Cura Joannis Georgii Grævii. Ultrajecti* 1701. *in*-8°. Cet Ouvrage de *l'Ermite*, qui

D. L'ERMITE. n'avoit pas été encore imprimé, a été communiqué par M. *Magliabechi* à *Grævius*, qui l'a donné au public avec les autres pieces de *l'Ermite* dont j'ai parlé ci-dessus.

Il meritoit de paroître au jour; & on ne peut le lire qu'avec plaisir, soit à cause de la pureté & de l'élegance du stile, soit par rapport à la multitude des exemples toûjours bien choisis & rapportés à propos, soit enfin à cause des traits de Satyre qui y sont mêlés.

7. *Epistola nobilissimi & litteratissimi Viri Patavio ad Gasparem Scioppium Romam scripta* 1610. *in*-4°. Cette Lettre est extrêmement rare, & *Grævius* n'a pû la recouvrer pour la faire entrer dans son Recueil. *L'Ermite* y prend la défense de *Joseph Scaliger* contre *Scioppius*, qui le refuta à sa maniere accoûtumée, c'est-à-dire, en publiant mille contes diffamatoires de sa vie, dans ses *Amphotides*, qui parurent l'année suivante 1611.

8. *Auvertimenti Civili di Ascanio Piccolomini, estratti da i primi 6. libri degli Annali di Cornelio Tacito, dati*

in luce da Daniele l'Heremita. In Firenza 1609. *in-4°.* D. L'ERMITE.

V. *Valerii Andreæ Bibliotheca Belgica. Francisci Swveertii Athenæ Belgicæ. La Préface que Grævius a mise à la tête de ses œuvres. Bayle Dictionnaire.*

Cet article est tiré d'une Bibliotheque Manuscrite des Voyageurs.

GEOFFROY VALLE'E.

GEOFFROY *Vallée*, mal appellé *de la Vallée* par *la Croix-du-Maine*, & par *Bayle*, & *du Val* par d'autres, naquit à *Orleans* de *Geoffroy Vallée*, sieur *de Chenailles*, Controlleur du Domaine dans cette ville, & de *Girarde le Berruyer*, fille de *Pierre le Berruyer*, Avocat Fiscal de la même ville, & porta le surnom de sieur de *la Planchette*. G. VALLE'E.

René de la Barre, au commencement de ses notes sur *Novatien de Trinitate*, & *Louis d'Orleans* dans son *Banquet du Comte d'Arête*, l'appellent aussi bien que *la Croix-du-Maine le beau Vallée*, ce qui nous fait voir

G. VALLE'E. qu'il étoit connu par sa beauté & sa bonne mine.

Nous ne trouvons aucun Auteur, qui nous instruise de ce qui le regarde, à l'exception de son impieté & de son supplice, encore en parlent-ils d'une maniere fort peu exacte.

C'est lui que le P. *Garasse* à voulu designer dans le second livre de sa *Doctrine Curieuse*, où il s'exprime ainsi p. 142.

» L'an 1573. sous le regne de *Charles IX.* il y eut dans *Paris* un méchant homme vagabond, lequel ayant été pris sur le fait, dogmatisant en secret pour l'Athéisme, fut deferé au Parlement, & comme impie, condamné à une étroite prison, jusques à ce que plus pleinement on pût être informé de ses déportemens & de sa vie: & comme l'affaire alloit un peu trop languissant, suivant la coûtume des bonnes actions, lesquelles se rallantissent sur leurs progrès, *Sorbin* Evêque de *Nevers*, & Confesseur du Roi, étant informé de l'affaire, eut le courage de remontrer à sa Majesté le Jeudi

» di Saint, après sa Confession, qu'il » ne pouvoit être en bonne con- » science, jusques à ce qu'il eût com- » mandé que le Procès fût fait à cet » impie, lequel étoit criminel de » leze-Majesté divine au premier » chef. Le Roi, qui étoit pieux de » sa nature, ordonna que sur l'heu- » re on terminât cette affaire, & le » même jour ce malheureux fut con- » damné d'être brûlé en Greve pour » ses méchantes propositions, des- » quelles il ne voulut jamais se dé- » dire, quoique plusieurs habiles » Docteurs, & entre autres le Pere » *Charles Sager*, de notre Compa- » gnie, fut appellé pour lui arracher » cette maudite créance.

G. VALLE'E.

» Son erreur étoit entierement » contraire à celle de nos nouveaux » dogmatisans; car il soûtenoit qu'il » n'y avoit autre Dieu au Monde, » que de maintenir son corps sans » soüillure, & en effet, à ce qu'on » dit, il étoit Vierge, de la même » façon que les Freres de la Croix » des Roses, & les Torlaquis de » Turquie: il avoit autant de che- » mises qu'il y a de jours en l'année,

G. VALLE'E.

» lesquelles il envoyoit laver en » Flandres à une certaine fontaine » renommée pour la clarté de ses » eaux, & le blanchissement excel» lent qui s'y faisoit : il étoit enne» mi de toutes les ordures & de fait » & de parole, mais encore plus de » Dieu, & faisant semblant d'ai» mer la pureté, il haissoit *purissi*» *mum purissimorum* ; c'est ainsi que le » grand *Hippocrate* definit la divi» nité au livre *de Morbo Sacro*. Il fut » impossible à tous les Docteurs de » rappeller cet homme en son bon » sens, il vomissoit d'étranges blas» phêmes, quoiqu'il les proferât » d'une bouche toute sucrée & d'u» ne mine doucette, mais non moins » dangereuse en son extremité, que » celle des beaux Esprits prétendus » parmi leurs yvrogneries. Le feu, » qui purge tout, purifia par ses » flammes les puretés prétendues de » cette impure créature ; car par » commandement du Roi on en fit » un beau sacrifice à Dieu, en la pla» ce de Gréve, le propre jour du » Jeudi Saint, & fut brûlé à demi » vivant.

Tel est le recit du P. *Garasse*, qui peut être vrai en plusieurs choses, mais qui n'est point exact en d'autres ; & auquel du moins on ne peut se fier, comme venant d'un Auteur très-sujet à se tromper, & qui suppleoit souvent par son imagination au défaut de sa Mémoire. Il est plus sûr de s'en rapporter à cette note, qui est au-devant de l'exemplaire de *La Béatitude des Chrétiens* de *Vallée*, que possedoit M. de *la Monnoye*, & qui est d'une écriture fort ancienne. G. VALLE'E.

» Il fut condamné a être pendu
» & son corps reduit en cendres le
» 2. Janvier 1573. au Châtelet de
» *Paris*, & fut du Jugement donné
» Appel ; par Arrêt du Parlement
» fut la sentence exécutée le 9. jour
» de Février ensuivant place de Gré-
» ve ; & abjura son erreur publique-
» ment connoissant sa faute.

Ces paroles font voir que ceux qui ont mis sa mort en 1571. & ceux qui l'ont reculée à l'année 1574. comme *la Croix-du-Maine*, se sont également trompés.

Le seul Ouvrage, qui reste de lui, est le suivant, dont je copierai exac-

G. VALLÉE. tement le titre avec les fautes d'impression.

La Béatitude des Chrétiens, ou le Fleo de la Foy, par Geoffroy Vallée, natif d'Orleans, fils de feu Geoffroy Vallée, & de Girarde le Berruyer. Ausquels noms des Pere & Mere assemblez il s'y trouve. Lerre Geru vrey Fleo D. la Foy bygarrée. *Et au nom du fils:* Va Fleo regle foy. *Aultrement:* Guerre la Fole Foy. *Heureux qui sçait au sçavoir repot. in-*8°. de huit feüillets, sans nom de lieu & sans date. *Geoffroy Vallée* fait parler dans ce livre un Catholique, un Huguenot, un Anabaptiste, un Libertin & un Athée, & leur fait dire plusieurs impietez, mêlées avec beaucoup de paroles entierement destituées de sens. Ainsi l'Ouvrage n'a d'autre merite que sa rareté, qui est telle, que M. de *la Monnoye*, qui en avoit un exemplaire, dont il fit present en 1713. à M. l'Abbé d'*Estrées*, mort depuis en 1718. Archevêque de *Cambray*, croyoit presque, que ce fût le seul qui existât. *La Croix-du-Maine*, & *Bayle*, qui l'a copié, disent que le livre est plein de blasphêmes & d'impietez contre *Jesus-Christ*; mais cela est si peu vrai, que dans tout le livre il n'est pas seulement fait mention de *Jesus-Christ*, ni directement, ni indirectement. G. VALLE'E.

La doctrine, qui y regne, n'est pas l'Athéïsme proprement dit, mais un Déïsme commode, qui consiste à reconnoître un Dieu, sans le craindre, & sans apréhender aucunes peines après la mort. Ce qui a donné occasion à *Maldonat*, contemporain de *Vallée*, de dire dans son Commentaire sur le 26. Chapitre de *S. Matthieu*, qu'un Libertin de son temps avoit fait un petit traité de l'art de ne rien croire, *libellum de Arte nihil credendi*. Plusieurs, qui ont pris ces paroles à la lettre, ont cru que l'Ouvrage étoit Latin, & qu'il avoit véritablement pour titre *Ars*, ou *de Arte nihil credendi*, ne pouvant deviner que *Maldonat* avoit voulu par ces mots équivalens exprimer le titre François, *Fleau de la Foy*.

Bayle semble douter qu'on y trouve ce que prétend *Maldonat*, que

G. VALLÉE.

quiconque veut être Athée, doit être premierement Huguenot. Mais il n'en auroit pas douté, s'il avoit vû le livre, & qu'il y eût lû ces mots fol. 5. tourné. *Le Libertin ne croit ni décroit, ne se fiant ni défiant de tout, ce qui le rend toûjours douteux, pouvant venir, s'il est bien instruit, ou qu'il medite souvent, à plus heureux port que tous les autres qui croyent (pourvû qu'il ait passé par la Huguenoterie) d'autant qu'il monte en intellect plus que le Papiste, aussi s'enferre-t-il lourdement, s'il ne se retire, pouvant tomber à l'Athéisme (il est vrai que l'homme ne peut jamais être Athéiste, & est ainsi crée de Dieu) mais il peut tomber au plus mauvais état que tous les susdits. Louis d'Orleans*, fameux Ligueur a dit à ce propos dans son *Banquet du Comte d'Arete* p. 48. *Et ne vous souvenez-vous pas du beau Vallée, qui fut brûlé à Paris, & le confirma par un livre que plusieurs ont, C'étoit Calvin, qui l'avoit fait Athée.*

Geoffroy Vallée eut pour frere aîné *Jacques Vallée*, Chevalier, sieur *des Barreaux*, Intendant des Finances, qui de sa femme *Anne de Mar-*

reau eut entre autres enfans *Jacques Vallée* ſieur *des Barreaux*, Maître des Requêtes. Celui-ci épouſa *Barbe Dolu*, & en eut *Jacques Vallée* 3e. du nom, Conſeiller au Parlement, ſi connu dans le monde ſous le nom de *des Barreaux*. Si *Bayle*, qui en a fait un article, eut ſçû cette Généalogie, il n'auroit pas manqué de remarquer que *des Barreaux* n'étoit pas le premier libertin de ſa famille, & que ſon grand oncle avoit été moins heureux que lui à débiter des ſentimens impies. G. VALLÉE.

V. *Les Notes de M. de la Monnoye ſur les Jugemens des Sçavans de Baillet. Le Menagiana tom.* 4. *p.* 311. *Les Memoires de Litterature de Sallengre tom.* 1. *p.* 222. *Bayle, Dictionnaire. La Bibliotheque Françoiſe de la Croix-du-Maine.* Le peu qu'en dit cet Auteur n'eſt qu'une ſuite de fautes.

GUI-LOUIS DE SECKENDORF.

G. L. DE SECKENDORF.

GUI-*Louis de Seckendorf* naquit le 20. Decembre 1626. à *Aurach*, ville de la Franconie, près de *Nuremberg*, de *Joachim de Seckendorf* & de *Marie-Anne Schertel de Burtenbach*, tous deux de familles nobles & illustres.

Il fit ses premieres études à *Cobourg*, à *Mulhausen*, & à *Erfort* avec tant de succès, qu'on assûre qu'à l'âge de dix ans il sçavoit déja passablement la langue Latine, & qu'il s'appliquoit déja aux Mathématiques, & aux langues Gréque, Hebraïque & Françoise.

Le bruit de ses progrès étant venu aux oreilles d'*Ernest le Pieux*, Duc de *Saxe-Gotha*, ce Prince le fit venir à *Cobourg* pour y être élevé avec ses enfans.

Il demeura ensuite deux années à *Gotha*, d'où il passa en 1642. à *Strasbourg*. Après un séjour de quelques années dans cette ville, il retourna en 1646. à *Gotha*, où le Duc le fit son

Bi-

Bibliothecaire honoraire. Il profita de cette occasion pour acquerir de nouvelles connoissances par la lectu-re, à laquelle il donna tout son temps. G. L. DE SECKENDORF.

Le Duc l'ayant laissé deux ans à lui-même, l'appella à sa Cour, en le mettant au nombre des Gentils-hommes de sa Chambre. Ce Prince, qui l'aimoit, l'éleva depuis en 1651. à la charge de Conseiller Aulique & Ecclesiastique, en 1656. à celle de Conseiller de la Chambre Ducale, enfin en 1663. à celles de Conseiller d'Etat, de Premier Ministre, & de Directeur Souverain du Conseil, du Consistoire, & de la Chambre Ducale.

L'année suivante il passa au service de Maurice Duc de *Saxe-Zeist*, en qualité de Conseiller d'Etat, & de Chancelier, & y demeura pendant dix-sept ans, c'est-à-dire, jusqu'à la mort de ce Prince, qui arriva en 1681. Il ne fut pas moins consideré de ce nouveau Maître, qu'il l'avoit été du Duc de *Saxe-Gotha*; & ce fut ce qui l'engagea à être si fortement attaché à lui. Cet attache-

G. L. DE SECKENDORF.

ment ne l'empêcha pas d'accepter avec sa permission la dignité de Conseiller d'Etat, dont *Jean George II.* l'honora en 1669. & celles de Directeur Provincial d'*Altembourg*, & de Directeur des Finances dans le même Duché, que *Frederic*, Duc de *Saxe-Gotha*, Successeur d'*Ernest* lui donna, la premiere en 1676. la seconde en 1680.

Après la mort du Duc *Maurice*, il se demit des emplois qu'il avoit auprès de lui, & se bornant à ceux qu'il avoit à *Altembourg*, il se retira à sa terre de *Meuselwitz* près de cette ville, avec le titre honoraire de Conseiller d'Etat du Duc de *Saxe-Isenac.* Il profita du repos & de la tranquillité dont il joüit en ce lieu, pour se donner entierement à l'étude, & pour composer differens Ouvrages; & c'est à quoi il a employé principalement le reste de sa vie.

Frederic III. Electeur de Brandebourg le tira de sa retraite en 1691. en le nommant Conseiller d'Etat & Chancelier de l'Université de *Hall.* Ayant accepté ces dignités, il se rendit dans cette ville; mais il ne les conserva pas longtemps; car il mourut à *Hall* le 18. Decembre 1692. âgé de 66. ans. G. L. DE SECKENDORF.

Il avoit épousé en 1656. *Elizabeth Julienne de Vippach*, dont il n'eut que deux filles, qui moururent dans l'enfance, & qui mourut elle même en 1684. Il se remaria l'année suivante 1685. & épousa *Sophie Susanne End*, qui lui donna une fille, qui mourut en naissant, & un fils qui lui a survêcu.

Catalogue de ses Ouvrages.

1. *Le Christianisme, divisé en trois livres; dans le premier desquels on traite du Christianisme même, & on le defend contre les Athées & autres gens semblables; dans le second & le troisieme on cherche les moyens de reformer l'Etat politique, & l'ordre Ecclesiastique suivant les vûes du Christianisme.* (en Allemand) *Lipsic* 1685. *in*-8°.

2. *Quarante-quatre discours prononcés en differentes occasions, avec une Préface touchant le caractere & l'utilité de ces sortes de discours, & quelques additions.* (en Allemand) *Lipsic* 1686. *in*-8°.

3. *Dissertatio historica & apologeti-*

G. L. DE SECKENDORF.

ca pro doctrina Doctoris Lutheri de Missa; sive Confutatio renovatæ adversus Doctorem Lutherum, & qui sententiam ejus sequuntur, calumniæ impudentissimæ, ab Abbate quodam, in Tractatu Gallico anno 1684. *Lutetiæ edito, qui Latinè versus simul exhibetur, cuique titulus est:* Recitatio Colloquii Diaboli cum Luthero &c. *Huic refutatio per modum notarum inseritur: quam edidit Caspar Sagittarius D. Jenæ* 1686. *in*-4°. L'Auteur que *Seckendorf* prétend ici refuter, est l'Abbé *de Cordemoy.*

4. *Defensio Relationis de Antonia Burignonia, Actis Eruditorum Lipsiensibus Mensis Januarii anni* 1686. *insertæ, adversus Anonymi famosas Chartas Amstelodami typis Boëtmannianis sub titulo* Moniti Necessarii *publicatas; quarum protervæ calumniæ refutantur, simulque fœminæ, quæ se Legatam Dei mentita est, ipsiusque Apologetæ & Monitoris, impia & monstrosa dogmata quædam, ex libris utriusque Gallicis Latinè excerpta, censuræ Christianorum in præcipuis fidei articulis adversus Fanaticos consentientium, offeruntur. Lipsiæ* 1686. *in*-4°.

Seckendorf étoit l'Auteur de l'extrait inseré dans le Journal de *Lipsic*, que *Pierre Poiret* attaqua dans son *Monitum Necessarium*; comme on peut le voir dans son Article, tome 4e. de ces Mémoires p. 147. G. L. DE SECKENDORF.

5. *Etat des Princes d'Allemagne, avec des Additions* (en Allemand) *Francfort* 1687. *in*-8°. Il a composé cet Ouvrage pendant son séjour auprès du Duc de *Saxe-Zeist*.

6. *Commentarius historicus & Apologeticus de Lutheranismo, sive de Reformatione Religionis in magna Germaniæ parte, speciatim in Saxonia. In quo Ludovici Maimburgii, Jesuitæ, Historia Lutheranismi Gallice edita, Latinè versa exhibetur, corrigitur, & suppletur. Francof.* 1688. *in*-4°. On ne trouve dans ce volume que la refutation du premier livre de l'Histoire du Lutheranisme, qui commence à l'année 1517. & finit en 1524. L'Auteur y refute aussi en passant l'*Histoire de l'Hèresie* de *Varillas*.

7. *Supplementum ad librum primum Commentarii historici & apologetici de Lutheranismo, maximam*

G. L. DE SECKENDORF.

partem ex Archivis & MSS. collectum, & tomo secundo operis, loco speciminis & prodromi, præmissum. Lipsiæ 1689. *in*-12.

8. *Capita Doctrinæ & Praxis Christianæ insignia ex* 59. *illustribus Novi Testamenti dictis deducta, & Evangeliis Dominicalibus in Concionibus an.* 1677. *Francofurti ad Mœnum habitis applicata à Philippo Jacobo Spenero D. & Seniore Evangelii Ministerii Francofurtensis. Francofurti* 1689. *in*-8°. Cet Ouvrage a été tiré d'un plus grand de *Spener*, imprimé en Allemand l'an 1680. & traduit en Latin par *Seckendorf*.

9. *Commentarius historicus & apologeticus de Lutheranismo, sive de Reformatione Religionis ductu D. Martini Lutheri, in magna Germaniæ parte, aliisque Regionibus, & speciatim in Saxonia, recepta & stabilita: in qua ex Ludovici Maimburgii, Jesuitæ, Historia Lutheranismi anno* 1680. *Parisiis Gallice edita libri tres ab anno* 1517. *ad* 1546. *latine versi exhibentur, corriguntur, & ex Manuscriptis, aliisque rarioribus libris plurimis supplentur: simul & aliorum quorum-*

dam scriptorum errores aut calumniæ examinantur. Francofurti 1692. *in-fol.* deux vol. Le Commentaire du premier livre, qui avoit déja paru, est ici fort augmenté. L'Ouvrage en lui même est curieux par les pieces singulieres & les extraits qu'on y trouve. L'Auteur en a donné un precis dans les *Acta Eruditorum* de *Leipsic*, de l'an 1691. p. 345. avant qu'il parût. *Elie Frick* l'a traduit en Allemand, & sa traduction a été imprimée à *Lipsic* l'an 1714. *in-4°.* G. L. DE SECKENDORF.

10. *Discours Politiques & Moraux sur trois cent sentences choisies de Lucain, & sa Pharsale traduite en Allemand d'une nouvelle maniere, & accompagnée de notes* (en Allemand) *Lipsic* 1695. *in-8°.* La traduction Allemande est en vers non rimés, espece de Poësie que *Seckendorf* a voulu introduire dans sa nation, mais qui n'y a pas fait fortune.

11. *Compendium Historiæ Ecclesiasticæ, decreto Ser. Principis Ernesti Saxoniæ &c. Ducis, in usum Gymnasii Gothani, ex SS. Litteris & optimis Autoribus compositum. Lipsiæ* 1689. & 1703. *in-8°.* Les Auteurs de cet Ou-

G. L. DE SECKENDORF.

vrage n'y sont point nommés, mais nous apprenons de *Placcius*, que l'histoire de l'ancien Testament est de *Seckendorf*, & celle du Nouveau de *Jean Henri Bœcler*, & de *Jean Christophe Artopæus*. *Seckendorf* avouë lui même qu'il auroit pû faire quelque chose de meilleur, s'il n'avoit pas été distrait par tant d'affaires, lorsqu'il y travailloit.

12. On lui a attribué un Ouvrage Allemand intitulé : *Avertissement sur le Portrait du Pietisme, avec une Préface de Philippe Jacques Spener.* 1692. *in*-4°. Le *Portrait du Pietisme* est un livre Latin Anonyme, qu'on a attribué à *Carpzovius*.

13. Il a travaillé plusieurs années aux *Acta Eruditorum* de *Leipsic*, pour lesquels il a fait plusieurs extraits ; comme on le marque à la page 47. de l'année 1693.

14. *Schola Latinitatis, ad copiam verborum & notitiam rerum comparandam, usui pædagogico accommodata. Gothæ* 1662. *in*-8°. *Seckendorf*, & *Job Ludolf* ont travaillé à cet Ouvrage, par ordre du Prince *Ernest*, qui vouloit procurer aux jeunes gens quel-

que chose de meilleur, que la *Janua Linguarum* de *Comenius. Seckendorf* a fait la partie Théologique, & les deux derniers chapitres de la partie Morale, qui traitent des actions humaines, & des Vertus & des Vices; *Ludolf* a fait le reste. C'est ce dernier qui nous a instruit de ce détail, dans une note Manuscrite qu'il a mise sur son exemplaire, & que *Placcius* à inserée dans son *Theatrum Anonymorum* N°. 1516.

G. L. DE SECKENDORF.

15. *Justitia Protectionis Saxonicæ in Civitatem Erfurtensem.* 1663. *in*-4°. *& in-fol.* C'est la même édition, mais tirée sur du papier de differente grandeur. *Placcius* attribue sur diverses Autorités cet Ouvrage à *Seckendorf*, aussi bien que le suivant.

16. *Repetita & necessaria defensio justæ Protectionis Saxonicæ in Civitatem Erfurtensem, adversus Assertionem Moguntinam* 1664. *in*-4°. *& in-fol.* C'est une réponse à un livre attribué à *Jean Henri Bœcler*, & publié sous ce titre: *Assertio Juris Moguntini contra affectatam Justitiam Protectionis Saxonicæ in Civitate Erfurtensi. Moguntiæ* 1663. *in-fol.*

G. L. DE SECKENDORF.

V. *Son Eloge dans un Programme de Joachim Juste Breithaupt, imprimé avec quelques autres, & inseré à la p. 1062. du Recueil d'Henri Pipping, intitulé : Sacer decadum septenarius Memoriam Theologorum nostræ ætatis renovatam exhibens. Lipsiæ 1705. in-8°.*

PIERRE LE GIVRE.

P. LE GIVRE.

PIERRE *le Givre* naquit en 1618. à *Charly* près de *Château-Thierri*, dans la Brie, d'un Marchand de ce lieu ; & de *Marie Lagille*.

S'étant tourné du côté de la Médecine, il la pratiqua quelque-temps à *Paris* dans l'hôpital de la Charité, & ensuite à *Noyers* en Bourgogne.

Il se fixa depuis à *Provins*, & y épousa en 1649. *Marthe d'Origny*, fille du Lieutenant au Grenier à sel de cette ville.

Il remplit jusqu'à sa mort les devoirs d'un bon Médecin, & se fit estimer par sa probité & son assiduité auprès des malades.

Il mourut le 5. Juin 1684. âgé de

66. ans, & laissa trois enfans. 1°. *Pierre*, qui fut Avocat du Roi au siege Présidial de *Provins*, & qui mourut le 10. Janvier 1729. sans avoir eu d'enfans de sa femme *Louise Berthier*. 2°. *Claude*, qui embrassa la Médecine, & mourut le 9. Septembre 1692. sans avoir été marié. 3°. *Marie Marthe*, qui épousa *Jean Josse*, Officier du Roi.

P. LE GIVRE.

Catalogue de ses Ouvrages.

1. *L'Anatomie des eaux Minerales de Provins, par laquelle est expliqué le Mélange de l'eau avec le Mineral par la resolution Chymique, la difference des fontaines, & les exemples de quelques personnes gueries par leur usage; par Pierre le Givre Médecin. Paris* 1654. *in*-12. It. sous cet autre titre: *Traité des eaux Minerales de Provins contenant leur Anatomie, la difference des fontaines, leurs proprietés, vertus & effets admirables, avec le regime de vivre qu'il faut observer en buvant de ces eaux. Paris* 1659. *in*-12. Les eaux Minerales de *Provins* avoient été decouvertes en 1648. par *Michel Prevost*, Médecin, & *le Givre* n'oublie rien pour en relever

P. LE GIVRE.

le merite & les vertus.

2. *Le secret des eaux Minerales acides nouvellement decouvert par le moyen des Principes Chimiques, qui combat l'Opinion commune. Paris* 1667. *in*-12. It. *Seconde édition augmentée d'une seconde partie, qui contient plusieurs recherches curieuses touchant les eaux minerales tant froides que chaudes. Paris* 1677. *in*-12. It. *Paris* 1682. *in*-12. Ces deux dernieres éditions contiennent des Lettres de plusieurs Sçavans Médecins sur le Systeme de l'Auteur, avec ses reponses. Il y a une traduction Latine de cet Ouvrage sous ce titre : *Arcanum Acidularum novissime proditum, principiorum Chymicorum disquisitionis auxilio, in quo communis opinio de Aquarum Mineralium aciditate convellitur. Amstelod.* 1682. *in*-12. Le secret que *le Givre* prétend avoir decouvert après une application de douze années, est que les eaux ferrugineuses ne peuvent pas être vitriolées, ni les vitriolées être ferrugineuses ; & parce que ceux qui ont traité des eaux minerales attribuent leur acidité ou aigreur, au vitriol dont elles se trou-

vent impregnées en coulant à travers les terres qui contiennent ce sel, il fait voir que cette acidité ne vient seulement que de l'alun qui s'y trouve sans aucun mélange de vitriol; ce qui les rend, à son avis, très-utiles pour quantité de maladies, ausquelles on les a cru contraires & & pernicieuses jusqu'ici, dans la croyance qu'on a euë que leur acidité étant vitriolique, sa grande acrimonie piquoit & blessoit les poumons. P. LE GIVRE.

3. *Lettres du sieur Guerin & de Pierre le Givre, touchant les Mineraux, qui entrent dans les eaux de Sainte Reine & de Forges. Paris 1702. in-12.*

Cet article est tiré de la Bibliotheque des Ecrivains de Champagne du P. le Pelletier, Chanoîne Regulier de Sainte Genevieve.

LILIO GREGORIO GIRALDI.

L. G. GIRALDI.

LILIO *Gregorio Giraldi*, dont le nom Latin est *Gyraldus*, naquit à *Ferrare* le 13. Juin 1479. d'une famille ancienne.

Il apprit les premiers élemens de la langue Latine sous *M. Vergnanini* & sous *Luc Ripa*, & les Belles-Lettres sous *Baptiste Guarin*.

Il se retira ensuite à *Carpi* auprès d'*Albert Pic*, Prince *Carpi*, & de *Jean François Pic* Prince de *la Mirandole*, & y ayant trouvé une Bibliotheque bien fournie, il s'appliqua avec beaucoup d'ardeur à la lecture.

Il passa au boût de quelque temps à *Milan*, où il s'appliqua pendant une année à la langue Grecque sous *Demetrius Chalcondyle*.

Cette année écoulée, il alla demeurer à *Modene* chez les Comtes *Rangone*, & y demeura jusqu'à ce que le Cardinal *Hercule Rangone* le mena à *Rome*. Il se trouva dans cette ville en 1527. lorsqu'elle fut prise & pillée par l'armée de l'Empereur

Charles-Quint, & il perdit alors tout ce qu'il avoit. Il perdit cependant encore davantage par la mort du Cardinal *Rangone*, qui arriva quelque temps après. L. G. GIRALDI.

Cette diſgrace l'engagea à ſe retirer auprès de *Jean François Pic de la Mirandole*, mais il eut encore le chagrin de ſe voir enlever ce Protecteur, qui fut aſſaſſiné en 1533. par ſon neveu *Galeotti*.

Il étoit alors tourmenté de la goûte, & il eut bien de la peine à ſe ſauver des mains des conjurés, après avoir perdu de nouveau ce qu'il avoit ramaſſé depuis le ſac de *Rome*.

De retour à *Ferrare*, il y vêcut toûjours depuis dans une grande union avec *Jean Manard* & *Celio Calcagnini*. Les douleurs de la goûte le tourmenterent ſi fortement dans ſes dernieres années, qu'il fut long-temps ſans pouvoir marcher, & qu'il ne pouvoit ſortir qu'en chaiſe ou à cheval ; elles augmenterent même à un point qu'à la fin il n'étoit plus en état de ſortir, ni même de ſe tenir debout. Situation d'autant plus triſte, qu'il avoit encore à

L. G. GIRALDI.

souffrir de la pauvreté, malgré les liberalités qu'il recevoit quelquefois de la Princesse *Renée* de *Ferrare*.

Tout cela cependant ne l'empechoit pas de travailler; il lisoit & écrivoit sur son lit, & profitoit des momens que la douleur lui laissoit libres pour composer.

Il succomba à la fin à son mal, & mourut au mois de Février 1552. âgé de 72. ans. Il fut enterré dans la Cathedrale de *Ferrare*, où on lui mit cette Epitaphe, qu'il s'étoit faite lui-même.

D. M.

Quid hospes adstas? tymbion
Vides Gyraldi Lilii,
Fortunæ utriusque paginam
Qui pertulit, sed pessima
Est usus altera, nihil
Opis ferente Apolline.
Nil scire refert amplius
Tua aut sua, in tuam rem abi.

Lilius Gregorius Gyraldus Protonotarius Apostolicus, mortalitatis memor annum agens 72. S. P. Cur.

Tous

Tous ses Ouvrages imprimés d'abord séparement, l'ont été depuis ensemble. L. G. GIRALDI.

Lilii Gregorii Gyraldi operum, quæ extant omnium, tomi duo. Basileæ 1580. *in-fol.* It. *Opera omnia, duobus tomis distincta, quæ partim tabulis æneis & nummis, partim Commentario Joannis Faes, & animadversionibus hactenus ineditis Pauli Colomesii, nec non indicibus emendatioribus & locupletioribus illustrata exhibet Joannes Jensius. Lugd. Bat.* 1696. *in-fol.*

Les Ouvrages contenus dans ce Recueil, sont suivant la seconde édition de *Leyde.*

1. *Historia de Deis Gentium* 17. *Syntagmatibus distincta.* C'est un des derniers Ouvrages que *Giraldi* ait composés. Il est plein d'une érudition fort recherchée, de même que les autres que l'on a de sa façon.

2. *De Musis Syntagma.* C'est son premier Ouvrage. Il avoit été imprimé à *Strasbourg* en 1512. *in*-4°. avec quelques autres traités de differens Auteurs sur le même sujet; & à *Basle* en 1540. *in*-8°. On le trouve aussi parmi les *Opuscula Mythologi-*

L. G. GIRALDI.

ca, Ethica, & Physica variorum Autorum, Græcè & Latinè, edenti cum notis Thoma Gale. Cantabrigiæ 1671. *in*-8°.

3. *Herculis vita. Basileæ* 1540. *in*-8°.

4. *De re Nautica libellus. Basileæ* 1540. *in*-8°.

5. *De sepultura ac vario sepeliendi ritu libellus. Basileæ* 1539. *in*-8°. It. dans le 3e. tome des *Miscellanea Italica erudita de Gaudentio Roberti. in*-4°. It. *Animadversionibus variis illustratus ac locupletatus à Joanne Faes. Helmstad.* 1676. *in*-4°. Les remarques de *Faes*, sont fort étendues.

6. *Historiæ Poëtarum, tam Græcorum, quàm Latinorum Dialogi decem, cum animadversionibus Pauli Colomesii Rupellensis.* Les remarques de *Colomiés* paroissent ici pour la premiere fois. L'Ouvrage de *Giraldi* avoit été imprimé à *Basle* en 1545. *in*-8°. pp. 1108.

7. *Dialogi duo de Poëtis nostrorum temporum. Florentiæ* 1551. *in*-8°. pp. 110. Cette histoire des Poëtes anciens & modernes est composée avec

beaucoup d'exactitude & de bon sens. *Vossius* dans son second livre des Poëtes, dit que generalement parlant, c'est un Ouvrage de beaucoup d'esprit & de jugement, & qui fait voir un grand fond d'érudition. *Borrichius* assure d'un autre côté, qu'on trouve autant de liberté que de verité dans la Censure qu'il fait des Poëtes de son siecle, & que celle qu'il a faite des anciens est sçavante & judicieuse. Cependant *Joseph Scaliger* à voulu nous persuader dans sa *Confutatio fabulæ Burdonum* qu'il n'y a rien de si pitoyable que les jugemens que *Giraldi* porte sur les Poëtes, quoiqu'il y reconnoisse beaucoup de lecture & de sçavoir; mais on sçait que cet Auteur parloit souvent des choses suivant ses prejugés, & qu'il n'est pas toûjours sûr de s'en rapporter à lui. *Jacques Gaddi* accuse *Giraldi* d'avoir pris plusieurs choses de la Poëtique de *Jules Cesar Scaliger*, & d'avoir censuré sans le nommer les jugemens qu'il a portez de quelques Poëtes; mais la fausseté de cette accusation paroît en ce que les Dialogues

L. G. GIRALDI.

L. G. GIRALDI.

de *Giraldi* sur les Poëtes anciens, dont il s'agit, furent imprimés en 1545. & que la Poëtique de *Scaliger* ne le fut que six ans après, c'est-à-dire en 1551.

8. *Progymnasma adversus litteras & litteratos. Florentiæ* 1551. *in*-8°. A la suite de l'Ouvrage précedent.

9. *Libellus in quo ænigmata pleraque Antiquorum explicantur. Basileæ* 1551. *in*-8°. Avec les trois Ouvrages suivans.

10. *Symbolorum Pythagoræ interpretatio, cui adjecta sunt Pythagorica præcepta Mystica à Plutarcho interpretata.*

11. *Paræneticus liber adversus ingratos. Florentiæ* 1548. *in*-8°.

12. *Libellus, quomodo quis ingrati nomen & crimen effugere possit.*

13. *De Annis & Mensibus, cœterisque temporis partibus dissertatio facilis & expedita, una cum Calendario Romano & Græco. Basileæ* 1541. *in*-8°.

14. *Varia Critica.* Imprimés auparavant sous le titre de *Dialogismi triginta. Venetiis* 1552. *in*-8°. It. Dans le second tome de *Jani Gruteri The-*

saurus Criticus, *in*-8°. Ce sont en effet trente Dialogues sur differens points d'Antiquité & de Critique. L. G. GIRALDI.

15. *Poëmata.* Ces Poësies sont en petit nombre; la principale piece qu'on y voye, est intitulé: *Epistola in qua agitur de incommodis, quæ in direptione Urbana passus est, ubi item & quasi catalogus suorum amicorum Poëtarum, & defletur interitus Herculis Cardinalis Rhangonis.* On la trouve avec les deux Dialogues des Poëtes de son temps dans l'édition de *Florence.* Cette piece est interessante par rapport à l'histoire Litteraire de ce temps-là.

16. *Epistola de imitatione.* Cette lettre, qui est fort courte, termine le recueil des Oeuvres de *Giraldi*, dont on a encore la traduction suivante.

17. *Simeonis Sethi, Magistri Antiochiæ, Syntagma per Litterarum ordinem, de Cibariorum facultate Lilio Greg. Gyraldo Interprete. Basileæ in*-8°.

V. *De Vita & Operibus Lilii Gregorii Giraldi Laurentii Frizzoli Dialogismus. Venetiis* 1553. *in*-8°. *Jensius*

L. G. GIRALDI. en a mis l'essentiel à la tête de son édition des Oeuvres de *Giraldi*. *Jac. Gaddi de Scriptoribus non Ecclesiasticis tom.* 1. *p.* 211. *Augustin Superbi, Apparato de gli huomini illustri di Ferrara. p.* 96. Cet Auteur est superficiel & peu exact. *De Thou & les additions de Teissier. Gesneri Bibliotheca Universalis.*

JEAN-BAPTISTE GIRALDI CINTIO.

J. B. GIRALDI. JEAN-*Baptiste Giraldi Cintio* naquit à *Ferrare*, au mois de Novembre 1504. de *Christophe Giraldi*, qui étoit de la même famille que *Lilio Gregorio Giraldi*, & de *Luce Cittadini*.

Son pere, qui étoit homme de Lettres, le fit élever avec soin. Il étudia les Humanités & la Philosophie sous *Celio Calcagnini*, son compatriote, & après y avoir fait de grands progrès, il s'appliqua à la Médecine, qu'il apprit de *Jean Manard*, & se fit recevoir Docteur en cette faculté.

Ayant été jugé capable d'enseigner lui-même les autres, il fut chargé dès l'âge de 21. ans, c'est-à-dire, en 1525. de professer à *Ferrare* la Médecine & les Belles-Lettres, ce qu'il continua de faire pendant trente cinq ans de suite jusqu'à sa sortie de cette ville. J. B. GIRALDI.

Outre cela le Duc de *Ferrare*, *Hercule d'Est II.* le prit en 1542. pour son Secretaire; emploi qu'il remplit pendant seize ans jusqu'à la mort de ce Prince arrivée le 3. Octobre 1558. & dans lequel le Duc *Alphonse II.* son Successeur le continua. Mais au bout de deux années, c'est-à-dire en 1560. quelques envieux le mirent si mal dans l'esprit de son nouveau Maître, qu'il fut obligé de sortir de sa Cour.

Il se transporta donc avec sa famille à *Mondovi*, en Piemont, où il enseigna publiquement les Belles-Lettres pendant trois années. Au bout de ce temps, il alla faire la même chose à *Turin*; mais il ne demeura que deux ans dans cette derniere ville, dont l'air étoit contraire à sa santé.

J. B. GIRALDI.

Le Sénat de *Milan*, instruit de son merite, & sçachant qu'il vouloit en sortir, lui offrit une chaire de Rhétorique *à Pavie*, & *Giraldi* l'accepta avec plaisir.

Il remplit ce dernier poste avec beaucoup de réputation, & son érudition lui procura une place dans l'Academie des *Affidati* de cette ville, où il reçut le nom de *Cintio*, qu'il a toûjours porté depuis, & qu'il a mis à la tête de tous ses Ouvrages.

La goûte, qui étoit héréditaire dans sa famille, l'étant venu attaquer cruellement, il crut que son air natal pourroit en adoucir les attaques, & retourna à *Ferrare*; mais à peine y fut-il arrivé, qu'il tomba malade, & après avoir langui près de trois mois, il mourut le 30. Decembre 1573. âgé de 69. ans & un mois.

Il fut enterré dans l'Eglise de *S. Dominique* où étoit la sepulture de ses Ancêtres.

Catalogue de ses Ouvrages.

1. *Discorsi di Giov. Batt. Giraldi Cintio intorno al comporre de' Romanzi, delle Commedie, delle Tragedie, e di*

e di altre maniere di Poësie. In Venetia 1554. in-4°. Il y a à la fin deux Lettres que Giraldi & Jean B. Pigna s'étoient écrites par rapport au sujet de ce livre, sur lequel Pigna a aussi composé un Ouvrage intitulé : J. Romanzi, ne' quali della Poësia, e della vita dell' Ariosto si tratta. Vinegia 1554. in-4°.

J. B. GIRALDI.

2. *Orbecche, Tragedia. In Venetia* 1541. *in*-12. & 1560. *in*-8°. L'Epitre dedicatoire au Duc de *Ferrare Hercule II.* est datée du 20. May 1541.

3. *Le Tragedie di M. Giov. B. Giraldi Cintio, cioè : Orbecche ; Altile ; Didone ; Gli Antivalomeni ; Cleopatra ; Arrenopia ; Euphimia ; Epitia ; Selene. In Venetia* 1583. *in*-8°. Ces neuf pieces sont en vers, & en cinq actes. On trouve à la fin de la *Didon*, un discours daté de l'an 1543. sur la Tragedie. C'est un fils de l'Auteur, nommé *Celso Giraldi*, qui a ramassé ces pieces, & les a publiées ensemble ; il témoigne dans la Dedicace au Duc de *Ferrare*, que son pere avoit eu cinq fils, dont les quatre aînés étoient morts avant lui,

J. B. GIRALDI. & qu'il étoit le seul qui lui eût survêcu. *Crescimbeni* prétend que *Giraldi* peut-être mis au nombre des meilleurs Poëtes Tragiques Italiens.

4. *Egle, Satira.* in-8°. sans date & sans nom de lieu. Cette piece fut representée à *Ferrare* en 1545.

5. *Le Fiamme di Giov. Batt. Giraldi. In Venetia* 1584. *in-8°.* C'est un Recueil de plusieurs pieces de Poësies, appellées par les Italiens *Canzoni.*

6. *Gli Hecatommithi, ne i quali si contengono Novelle e Dialoghi. In Monteregale* 1565. *in-8°.* deux tomes. It. *In Vinegia* 1566. & 1608. *in-4°.* deux tomes. It. en François. *Les cent excellentes Nouvelles de Jean Bapt. Giraldi Cinthien, contenant plusieurs beaux exemples & notables histoires, trad. de l'Italien, par Gabriel Chappuys. Paris* 1584. *in-8°.* deux vol.

7. *Commentario delle cose di Ferrara, e di Principi da Este, da Giov. Batt. Giraldi, tratto dall' Epitome di Gregorio Giraldi, trad. per Lodovico Domenichi. In Venetia* 1556. *in-8°.* It. *Con la vita di Alfonso da Este, Duca di Ferrara, descritta dal Giovio. In Venetia* 1597. *in-8°.*

8. *Joan. B. Giraldi de Obitu D. Alphonsi Estensis Principis Epicedion. Hercules Estensis Dux Salutatus. Sylvarum liber. Elegiarum liber. Epigrammaton libri duo. Ejusdem super Imitatione Epistola. Cœlii Calcagnini ad eundem super Imitatione commentatio perquam elegans. Lilii Gregorii Gyraldi Epistola bonæ frugis refertissima Ferrariæ* 1537. *in*-4°. Les Poësies, qui sont dans ce volume, ont été inserées dans les *Deliciæ Poëtarum Italorum.* J. B. GIRALDI.

9. *Oratio in funere Francisci I. Regis Galliarum, ad Herculem, Ferrariensem Ducem.* Dans un Recueil intitulé: *Orationes Clarorum hominum, vel honoris officiique causa ad Principes, vel in funere de virtutibus eorum habitæ. Venetiis* 1599. *in*-4°. It. *Paris.* 1577. *in*-16.

10. *Ad Marcum Antonium Trivisanum, Venetiarum Principem Oratio, Ferrariensium Ducis nomine.* Dans le même Recueil.

11. *Ad Franciscum Venerium, Venetiarum Principem Oratio, Ferrariensium Ducis nomine.* Dans le même Recueil.

J. B. GIRALDI.

12. Il a fait un Poëme Epique, intitulé *Ercole*, qui de l'aveu de *Crescimbeni* est tombé dans l'obscurité. Je ne sçai quand il a été imprimé, non plus que l'Ouvrage suivant qui est mis par *Ghilini* au nombre de ceux qui ont été donnés au public.

13. *Discorsi intorno à quello che conviene à Giovane Nobile, e ben creato nel servire un gran Prencipe.*

V. *Ghilini, Teatro d'huomini Letterati tom. 1. p. 98.* Cet Auteur est plus exact dans ce qu'il en dit qu'il ne l'est ordinairement. *Agostino superbi, Apparato de gli huomini illustri di Ferrara.* Auteur fort confus & peu exact. *Crescimbeni, l'Istoria della volgar Poësia. p. 118. Jac. Gaddi de Scriptoribus non Ecclesiasticis. tom. 1. p. 211.*

FRANÇOIS BIANCHINI.

FRANÇOIS *Bianchini* naquit à *Verone* le 13. Décembre 1662. de *Gaspard Bianchini*, & de *Cornelie Vailetti*, d'une famille noble & ancienne de *Bergame*. F. BIANCHINI.

Il fut envoyé à l'âge de dix ans à *Boulogne*, où il fit ses études dans le College des Jesuites. Après son cours de Philosophie, qui fut de trois ans, pendant lesquels il apprit aussi la Géometrie, il alla à *Padouë*, où il étudia en Théologie, & se fit recevoir Docteur en cette science. Il continua pendant ces dernieres études, celle des Mathématiques, sous le celebre *Geminiano Montanari*, qui conçut beaucoup d'affection pour lui, & lui en donna des marques à sa mort, en lui laissant ses instrumens Mathématiques.

L'Eleve, devenu bientôt Maître en ces sortes de sciences contribua peu de temps après à établir à *Verone* l'Academie des *Aletofili*, consacrée particulierement aux matieres

F. BIANCHINI.

de Physique & de Mathématiques.

Il alla à *Rome* en 1684. & le Cardinal *Ottoboni* le choisit pour son Bibliothecaire. Ce Cardinal ayant été élevé au Souverain Pontificat en 1689. sous le nom d'*Alexandre VIII.* continua de l'honorer de son estime & de sa bienveillance, & lui donna un Canonicat de *Sainte Marie*, dite *la Rotonde*. Il avoit tout à esperer de ce Pape, s'il avoit pû se resoudre à recevoir l'ordre de Prêtrise, mais son humilité l'en empêcha, & il se contenta de rester Diacre toute sa vie.

Après la mort d'*Alexandre VIII.* le Cardinal *Pierre Ottoboni* succeda à tous ses sentimens pour *Bianchini*, qu'il prit d'abord pour son Bibliothecaire, & à qui il donna ensuite un Canonicat dans son Eglise des Saints *Laurent* & *Damase*.

Clement XI. n'eut pas plûtôt été élû Pape qu'il voulut l'avoir pour son Camerier d'honneur, le fit en même temps Chanoine de *Sainte Marie Majeure*, Soudiacre de la Chapelle Pontificale, & Secretaire *dell' Aqua Paola*, & le mit avec un

F. BIANCHINI.

titre honorable dans quelques Congregations. Mais ce Pontife lui marqua singulierement son estime à l'occasion des disputes sur la Réforme du Calendrier, pour laquelle on établit une Congregation composée des plus habiles gens d'Italie, & dont le Cardinal *Noris* fut le chef. *Bianchini* fut nommé Secretaire de cette Assemblée, & on le chargea outre cela de former une ligne Méridienne dans l'Eglise de *Sainte Marie des Anges*, c'est-à-dire dans l'enceinte des *Thermes* de *Diocletien*, endroit très-propre à cette operation, par la solidité de son terrain.

Quelques années après il tira une autre ligne Méridienne à *Colorno*, par ordre du Duc de *Parme*, qui reconnut son travail par une generosité digne d'un Prince. Ensuite à l'exemple de M. *Cassini* qui avoit tracé pour la France une *Meridienne*, il entreprit d'en faire autant pour l'Italie. Dans ce dessein il employa huit années entieres en observations; mais son travail en ce genre n'a pas eu de suite, d'autres occupations l'en ayant detourné.

F. BIANCHINI.

Clement XI. lui confia encore la garde des Antiquités de *Rome*, & fit defense de remuer, ou transporter aucune Inscription, & même aucune pierre des anciens édifices sans sa permission par écrit.

Lorsque le Cardinal *Barberin* alla à *Naples* en qualité de Légat auprès du Roi d'Espagne *Philippe V.* en 1702. *Bianchini* l'accompagna en qualité d'Historiographe.

En 1705. les Conservateurs de *Rome* lui accorderent des Lettres de Citoyen Romain, aussi bien qu'à tous ses parens & à leurs descendans.

En 1712. il fut chargé d'apporter la Barette au Cardinal de *Rohan*; après quoi il passa en Angleterre, où il visita avec soin les Sçavans, les Bibliotheques, & les Cabinets des Curieux. L'Université d'*Oxford* lui fit de grands honneurs, & voulut même qu'il fût logé dans cette ville à ses depens.

Innocent XIII. ayant succedé à *Clement XI.* le fit Referendaire de l'une & l'autre signature, & son Prélat domestique.

Parmi les Historiographes du Concile Romain tenu en 1725. on voit ſon nom à la tête de tous les autres. F. BIANCHINI.

Une chute qu'il fit en 1726. en voulant reconnoître des decombres du palais des Empereurs dans les Jardins *Farneſes* lui fut funeſte. Il fut quelque temps après attaqué d'une Hydropiſie, dont il mourut le 2. Mars 1729. âgé de *66*. ans.

Après ſa mort on le trouva revêtu d'un rude cilice, qu'il avoit toûjours porté pendant tout le temps d'une maladie lente, qui épuiſoit ſes forces peu à peu.

Il ſe fit lui-même cette Epitaphe.

Franciſcus Blanchinus Veronenſis, hujus ſanctæ Baſilicæ Canonicus, Utriuſqüe Signaturæ Referendarius S. D. N. Papæ Prælatus Domeſticus, ſibi vivens poſüit.

Obiit ſexto Nonas Martias anno 1729. *Ætatis ſuæ* 67.

A cette inſcription ſimple, poſée dans l'Egliſe de *Sainte Marie Majeure*, les Chanoines ſes confreres ont ajouté celle-ci.

Tanti viri Memoriæ, qui ſingularem eruditionem cum pari vitæ integritate & rara animi modeſtia conjunxit, Ca-

F. BIANCHINI.

pitulum & Canonici ut desiderium præclarissimi Fratris lenirent, hoc publici doloris monumentum addi curaverunt.

Dès qu'on apprit à *Verone* la mort de *Bianchini*, il fut arrêté par un acte public, qu'on lui érigeroit dans la Cathedrale, un monument semblable à celui du Cardinal *Noris*; c'est-à-dire, son buste en marbre avec une Inscription.

Il avoit été reçu dans l'Academie des Sciences de *Paris* en 1705. en qualité d'Associé étranger.

Catalogue de ses Ouvrages.

1. *Cometes anno* 1684. *Mense Junio Julioque Romæ observatus.* Dans les *Acta Eruditorum Lipsiensia* 1685. p. 189. & 241.

2. *Nova Methodus Cassiniana observandi Parallaxes & distantias Planetarum à terra.* Dans les *Acta Eruditorum Lipsiensia* 1685. p. 470.

3. *Lunæ Eclipsis totalis anno* 1685. *die* 10. *Decembris Romæ observata.* Dans les *Acta eruditorum.* 1686. p. 52.

4. *Discorso recitato dal Sign. Francesco Bianchini nell' Accademia Publica degli Aletofili in Verona.* Dans

le Journal de *Parme* de l'an 1687. p. 210. Ce discours roule sur la vûe singuliere d'une Religieuse de *Parme*, qui voyoit clairement les objets la nuit & dans les ténebres, lorsqu'elle étoit couchée. F. BIANCHINI.

5. *De Emblemate, nomine, atque instituto Aletophilorum dissertatio publice habita in eorumdem Academia. In Verona* 1687. *in-4°.* Ce discours fut recité le 22. Février de cette année. La devise de l'Academie des *Aletofili* est une Boussole avec ces mots, *aut docet aut discit.*

6. *Istoria Universale provata con Monumenti e figurata con simboli degli Antichi. In Roma* 1697. *in-4°.* pp. 542. Le dessein de l'Auteur dans cet Ouvrage a été de faciliter l'étude de l'Histoire & de la Chronologie par le moyen des figures & des Symboles qui la representent, & par des Tables qui en rappellent promptement le souvenir. Ce premier volume contient l'histoire de 32. siecles, qui finissent à la ruïne du grand Empire d'Assyrie : il devoit en donner la suite; mais occupé d'autres travaux, il n'a pas eu le loisir de le faire.

F. BIANCHINI.

7. *Solutio Problematis Paschalis. Romæ* 1703. *in-4°.* Le problême dont il s'agit ici est le suivant : *si l'on peut faire un Cycle Paschal, composé d'années Gregoriennes, dans lequel Pâques vienne toûjours au temps où il doit venir, c'est-à-dire, le Dimanche de la* 3e. *semaine de la Lune du premier mois. Bianchini* pretend que cela se peut.

8. *De Kalendario & Cyclo Cæsaris; ac de Paschali Canone S. Hippolyti Martyris, Dissertationes duæ; quibus inseritur descriptio & explanatio basis in Campo Martio nuper detectæ sub columna Antonino Pio olim dicata. Accessit enarratio per Epistolam ad amicum de Nummo & Gnomone Clementino. Romæ* 1703. & 1704. *in-fol.* Il composa les deux premieres dissertations à l'occasion de l'affaire du Calendrier, & s'attacha à y defendre le Canon Paschal de *S. Hippolyte*, que le grand *Scaliger* avoit hardiment traité de puerile, & qui, suivant les remarques de *Bianchini*, est le plus bel Ouvrage qu'on eût fait en ce genre avant la Reformation du Calendrier sous *Gregoire XIII.* La lettre, qui y est ajoutée, regarde le *Gnomon*

qu'il fit par ordre du Pape *Clement XI.* dans l'Eglise de *Sainte Marie des Anges*, & la Medaille qui fut frappée en cette occasion. F. BIANCHINI.

9. *Considerazioni theoriche e pratiche intorno al trasporto della colonna d'Antonino Pio, collocata in monte Citorio. In Roma* 1704.

10. *De nobilissimo Hospite, Comitis de Traunits nomen professo, & in villa Pinciana Burghesiorum Principum excepto die* 27. *Maii* 1716. *Epistola. Romæ* 1716. *in*-4°. pp. 12. avec fig. C'est une description de la réception faite au Prince Electoral de Baviere, qui avoit pris le nom de Comte de *Traunits. Bianchini* n'y a pas mis son nom.

11. *Spiegazione delle Scolture contenute nelle* 72. *Tavole di Marmo, e bassi Rilievi collocati nel basamento esteriore del Palazzo di Urbino.* Cette explication se trouve dans un Recueil intitulé: *Memorie concernenti la Citta di Urbino. In Roma* 1724. *in-fol. Bianchini* l'avoit d'abord composée en Latin, mais afin que tout ce Recueil fût en une même langue, il l'a traduite en Italien.

F. BIANCHINI.

12. *Notizie e pruove della Corografia del Ducato di Urbino, e della Longitudine e Latitudine Geografica della Citta medesima e delle vicine, che servono à stabilire quelle di tutta l'Italia.* Dans le même Recueil.

13. *Camera ed Inscrizioni Sepolcrali de' Liberti, servi, ed Ufiziali della Casa di Augusto, scoperte nella via Appia, ed illustrate con annotationi. In Roma* 1727. *in-fol.*

14. *Hesperi & Phosphori nova Phenomena, sive observationes circa Planetam Veneris. Romæ* 1730. *in-fol.* *Bianchini* fait voir dans cet Ouvrage qu'il a été un Astronome exact & judicieux. Il avoit inventé pour faire ses observations sur *Venus* une Machine portative, propre à soutenir des verres de lunettes de très-grand foyer, qu'il fit voir à l'Academie des Sciences, lorsqu'il vint à *Paris* en 1712. & dont M. *de Reaumur* a donné la description dans les Mémoires de cet Academie de l'an 1713.

15. *Vitæ Romanorum Pontificum à B. Petro Apostolo ad Nicolaum I. perductæ cura Anastasii Bibliothecarii, adjectis vitis Hadriani II. & Stephani VI.*

auctore Guillelmo Bibliothecario, editæ primum Moguntiæ, typis Albini, anno 1602. ex Bibliotheca Marci Velseri, deinde Parisiis à Carolo Annibale Fabrotto, typis Regiis 1646. cum variis lectionibus excerptis tum ex Cod. MSS. tum ex Conciliorum tomis Labbei & Binii, tum ex Annalibus Ecclesiasticis Cardinalis Baronii, nec non ex aliis Cod. MSS. Germaniæ & Galliæ. Nunc tertium prodeunt, cum auctuario variarum lectionum jam pridem descriptarum ex vetustissimis exemplaribus & Catalogis MSS. per Lucam Holstenium, & Emmanuelem à Schelstrate: additis etiam pluribus collectis ex veteri Cod. MS. Cavensi à Francisco Penia, S. R. Ecclesiæ Auditore, antea non editis. Servata ubique divisione Sectionum Benedicti Mellini, Christinæ Sueciæ Reginæ Bibliothecarii. Cum Præfatione & Indice locupletiori. Opera Francisci Blanchini. Romæ 1718. *& suiv. in fol.* trois tomes. L'Editeur a mis à la tête de chaque volume des Prolegomenes remplis de recherches sçavantes. F. BIANCHINI.

16. *Vita del Cardinale Noris.* Dans le premier volume des *Vite degli Ar-*

F. BIANCHINI.

cadi. In Roma 1708. *in*-4°. à la p. 199.

17. *La vita di Geminiano Montanari.* A la tête de l'Ouvrage posthume de cet Auteur *Sopra il Turbine.*

18. *Epistola de Lapide Antiati. Romæ* 1698. *in*-4°.

19. *Jura in causa Romana Fontis Baptismalis pro Basilica S. Laurentii in Damaso. Romæ* 1706. *in-fol.* Ce factum fait voir la connoissance profonde que *Bianchini* avoit de la discipline Ecclesiastique & du Droit Canonique.

20. *De Aureis & Argenteis Cimeliis in Arce Perusina effossis anno* 1717. *Romæ.*

21. *De Eclipsi solis, die* 22. *Maii* 1724. *Romæ.*

22. *Epistola dedicatoria ad Historiam Legationis Pontificiæ Em. Card. Barberini ad Ser. Regem Catholicum Philippum V. Neapoli* 1702.

23. Il a composé quelques discours; quatre sur la Trinité, prononcés dans la Chapelle Pontificale en 1684. un sur l'Ascension prononcé en 1689. une Oraison funebre de l'Empereur *Leopold.* Un discours pro-

prononcé en presence des Cardinaux, sur l'élection du Pape après la mort d'*Innocent XIII.* qui ont été imprimés en leur temps. F. BIANCHINI.

24. Il a fait un jeu de Cartes pour apprendre l'Histoire Universelle, qui a été imprimé en 1695.

25. *Observation d'une Comete du mois d'Avril 1702. faite à Rome par M. Bianchini.* Dans les Mémoires de l'Academie des Sciences de l'année 1702.

V. *Son Eloge dans les Mémoires de Trevoux du mois de Juillet 1730. p.* 1269. *Un autre par M. de Fontenelle dans l'histoire de l'Academie des Sciences de 1729. Verona illustrata di Scipione Maffei, parte 2e.*

JACQUES SYLVIUS.

JACQUES *Sylvius* naquit à *Amiens* l'an 1478. de *Nicolas du Bois*, ouvrier en Camelot, & fut le septiéme de quinze enfans. J. SYLVIUS.

François Sylvius, son frere aîné, qui étoit Principal & Professeur en Eloquence dans le College de *Tour*

J. SYLVIUS.

nay à *Paris*, le fit venir de bonne heure auprès de lui avec *Jean Sylvius*, leur frere cadet, qui fut depuis Chanoine d'*Amiens*, & Curé de *Monceaux*, pour les instruire lui-même dans les Belles-Lettres.

Il avoit Latinisé, suivant l'usage du temps, son nom de famille, & ses freres en firent de même à son exemple. C'est ce qui fait qu'il sont plus connus sous le nom de *Sylvius*, que sous celui de *Du Bois*.

Jacques Sylvius fit de grands progrès dans les langues Latine & Grecque, & apprit à parler la premiere d'une maniere bien plus pure que celle qui avoit été en usage jusques-là; de là vient que ses écrits se distinguent par l'élegance du stile.

Une chose qui contribua beaucoup à lui former ce stile, fut la peine qu'il prit, suivant le conseil de son frere, d'enseigner pendant quelque temps dans le College de *Tournay*.

Mais l'application qu'il donna à la langue Latine ne l'occupa pas tout entier; il voulut sçavoir aussi l'Hebraïque qu'il apprit de *François Vatable*. Il se donna de même à l'étude des Mathematiques, dans laquelle il réussit si bien, qu'il se mit en état d'inventer des machines fort utiles, qu'il presenta au Prévôt des Marchands, & aux Echevins de *Paris*. J. SYLVIUS.

Lorsque le temps fut venu de se tourner entierement du côté de la Médecine, dont il avoit résolu de faire son principal objet, il voulut l'apprendre dans les sources, & s'enfonça dans la lecture d'*Hippocrate* & de *Galien*, qu'il passa plusieurs mois à lire & à traduire.

Cette lecture lui fit connoître l'importance de l'Anatomie, & il s'y attacha avec tant d'ardeur, qu'il y devint consommé, autant que les connoissances qu'on avoit de son temps pouvoient le permettre.

Il passa ensuite à la Pharmacie, qu'il étudia avec la même exactitude. Il fit même plusieurs voyages, pour voir sur les lieux les differens rémedes que chaque pays produisoit.

A son retour à *Paris*, il se mit à faire des leçons, qui lui valurent bien de l'argent. Il expliquoit en

J. SYLVIUS.

deux ans tout un cours de Médecine, tirée d'*Hippocrate* & de *Galien*; & sa méthode, sa netteté, & la beauté de son stile lui acquirent un nom, qui attira à son école des auditeurs de tous les endroits de l'Europe.

Il se vit dans les commencemens traversé par les Médecins de *Paris*, qui trouverent mauvais qu'un homme qui n'avoit reçu nulle part le degré de Docteur en Médecine, s'ingerât d'enseigner cette science dans la capitale du Royaume. Leurs plaintes & leurs murmures l'obligerent à faire en 1530. un voyage à *Montpellier*, pour y prendre le degré de Docteur. Il séjourna quelque temps dans cette ville, mais son avarice ne s'accommodant point des frais qu'il lui falloit faire pour recevoir le Doctorat, il resolut de s'en passer, & reprit le chemin de *Paris*.

Il demeura quelques jours à *Lyon*, & y publia à la priere de *Symphorien Champier*, & de *Jerôme du Mont*, une dissertation *de Vini exhibitione in Febribus*, qui est le premier Ouvrage, qu'il ait mis sous la presse.

Lorsqu'il fut de retour à *Paris*, il

fongea à s'accommoder avec les Mé- J. SYL-
decins de cette ville, afin qu'ils lui VIUS.
permissent d'enseigner. Il fut pour cela reçu Bachelier en Médecine au mois de Juin 1531. & il paroît par les Registres de la Faculté qu'en 1535. il enseignoit au College de *Tricquet*, pendant que *Fernel* faisoit de leçons à celui de *Cornoüaille*; mais celui-ci n'avoit que peu d'auditeurs, pendant que *Sylvius* en avoit quelquefois jusqu'à quatre ou cinq cens. Cette difference venoit de ce que *Sylvius* faisoit des dissections, enseignoit la préparation des Remedes, & demontroit les Plantes; ce que *Fernel* ne faisoit pas.

Vidus Vidius, qui professoit la Médecine au College Royal, ayant été attiré en Italie en 1548. *Sylvius* fut choisi pour lui succeder dans cette place. Il hesita pendant deux ans s'il l'accepteroit; mais enfin il l'accepta en 1550. & la remplit jusqu'à la fin de sa vie.

Il mourut le 13. Janvier 1555. dans sa 77e. année. Ce sont les dates que *René Moreau* suit dans la vie de ce grand homme, & qui sont

J. SYLVIUS.

preferables à celles de plusieurs autres Auteurs, qui n'avoient pas examiné les choses de si près que lui. Il fut enterré dans le Cimetiere des pauvres Ecoliers près du College de *Montaigu*, comme il l'avoit ordonné par son testament.

Il a toûjours vêcu dans le Celibat, ayant même de l'aversion pour les femmes.

Son avarice est connuë. Quoique le grand nombre de ses Ecoliers dût l'empecher de prendre garde de si près à ce que chacun lui payât son droit, il étoit cependant extrêmement rigide sur cet article, & faisoit un bruit horrible, lorsque quelqu'un manquoit à lui donner le teston qu'il faisoit payer par mois. Il fut une fois si irrité de ce qu'un ou deux de ses Ecoliers ne lui avoient pas payé son mois, qu'il jura qu'il ne feroit plus de leçons, si les autres ne les chassoient, ou ne les obligeoient au payement. *Henri Etienne* assure dans son *Apologie d'Herodote* qu'il fut present à cette action.

Il vivoit au reste de la maniere la plus mesquine. Il ne donnoit que du pain sec à ses gens, & passoit tout l'hyver sans feu. Deux choses lui servoient de remede contre le froid; il joüoit au balon, & portoit une grosse buche sur ses épaules du bas de sa maison jusqu'au grenier. Il disoit que la chaleur, qu'il gagnoit à cet exercice, faisoit plus de bien à sa santé, que n'auroit fait celle du feu. J. SYLVIUS.

Il ne faut pas s'étonner qu'en vivant ainsi il eût amassé de l'argent. Il acquit deux maisons à *Paris*, l'une dans le Faubourg *S. Marceau*, où il y avoit un Jardin, rempli de plantes médicinales; & c'étoit-là qu'il en alloit faire la démonstration à ses Ecoliers. On prétend qu'il y avoit caché cinq cens Ducats; mais on eût beau les y chercher après sa mort, on n'y trouva rien. Il avoit une autre maison dans la ruë *S. Jacques*, où il demeuroit, & dans laquelle on trouva quelques pieces d'or, lorsqu'on la demolit en 1616. pour la rebâtir; & l'on soupçonna qu'il y en avoit eu beaucoup d'autres cachées, qui avoient été detournées par les ouvriers qui travailloient à la demolition.

J. SYLVIUS. *Buchanan* avoit fait à l'occasion de cette terrible leçon, où *Sylvius* avoit temoigné tant d'emportement contre ceux qui ne l'avoient point payé, ce distique, en forme d'Epitaphe.

Sylvius hic situs est, gratis qui nil dedit unquam,
Mortuus & gratis quod legis ista dolet.

Et ce distique fut affiché par quelques-uns de ses Auditeurs à la porte de l'Eglise, le jour de ses funerailles.

On fit contre lui une autre satyre, que *René Moreau* attribue à *Henri Etienne*, & qui lui reproche assez plaisamment son avarice. Ce libelle, qu'on voit à la tête de ses œuvres, est un Dialogue, intitulé *Sylvius Ocreatus*, dont l'Auteur s'est caché sous le nom de *Ludovicus Arrivabenus, Mantuanus*. Il étoit vrai que *Sylvius* étant près de mourir, & ne pouvant demeurer dans son lit, s'étoit fait lever, & avoit fait mettre à ses jambes des bottines, garnies de peaux, dont il avoit coûtume d'user pendant l'hyver, & qu'il étoit mort devant le feu avec ces bottines. L'Auteur de la satyre prenant de là occasion de plaisanter, suppose que *Sylvius* n'avoit mis ces bottines, que pour traverser l'Acheron, sans entrer dans la barque de *Caron*, & éviter les frais du passage. *Jean Melet* prit la defense de *Sylvius*, & publia sous le nom de *Claudius Burgensis* un écrit, qui a été mis aussi à la tête des Oeuvres de *Sylvius*, & qui est intitulé: *Apologia in L. Arrivabenum pro D. Jacobo Sylvio optimo jure Ocreato.*

J. SYLVIUS.

Il étoit si attaché aux sentimens de *Galien*, qui étoit son Auteur favori, qu'il defendit toûjours avec opiniatreté jusqu'à ses erreurs. Il n'y eut que l'Astrologie judiciaire sur laquelle il l'abandonna. Quoique cette prétendue science fût alors fort en vogue tant à la Cour, qu'à la ville, il la combattit de toutes ses forces, toutes les fois que l'occasion s'en présenta.

Catalogue de ses Ouvrages.

Jacobi Sylvii, Ambiani, Opera Medica, jam demum in sex partes digesta, castigata, & indicibus necessariis in-

J. SYL-VIUS. *structa. Adjuncta est ejusdem Vita & Icon, opera & studio Renati Moræi, Doctoris Medici Parisiensis. Genevæ* 1630. *in-fol.*

Pars 1ª. *ad Physiologiam spectans.* Cette partie contient les Ouvrages suivans.

1. *Ordo & Ordinis ratio in legendis Hippocratis & Galeni libris.* Cet Ouvrage avoit été imprimé à *Paris* en 1539. *in-fol.* It. *Ibid.* 1561. *in-8°.*

2. *In Hippocratis Elementa Commentarius. Paris.* 1542. *in-fol.* It. *Venetiis* 1543. *in-8°.* It. *per Alexandrum Arnaudum diligentissime castigatus. Basileæ* 1556. *in-8°.*

3. *In libros temperamentorum Galeni partitiones aliquot utilissimæ.*

4. *Claudii Galeni in Hippocratis librum de natura hominis Commentarius, Joanne Guinterio Andernaco Interprete: Accesserunt Jacobi Sylvii Scholia multo quam prius locupletiora.*

5. *Galenus de ossibus ad Tyrones, versus quidem à Ferdinando Balamio, Siculo, erroribus verò quum plurimis tùm Græcis, tùm Latinis purgatus, & Commentariis illustratus à Jac. Sylvio.*

6. *In Hippocratis & Galeni Physio-*

logiæ partem Anatomicam Isagoge à Jacobo Sylvio conscripta & in libros tres distributa, denuo per Alexandrum Arnaudum diligentissime castigata. Cet Ouvrage fut d'abord imprimé à *Paris* l'an 1555. *in-fol.* It. de la revision d'*Alexandre Arnaud. Basileæ* 1556. *in-16.* It. trad. en François par *Jean Guillemin*, Champenois, sous ce titre : *Introduction sur l'Anatomique partie de la Physiologie d'Hippocrate & de Galien, distribuée en trois livres. Paris* 1555. *in-8°.* J. SYLVIUS.

7. *In variis corporibus secandis observata quædam à Jacobo Sylvio.*

8. *Vesani cujusdam calumniarum in Hippocratis Galenique rem Anatomicam depulsio per Jac. Sylvium, denuo per Alexandrum Arnaudum diligentissime castigata. Van der Linden* marque une édition de cet Ouvrage faite à *Paris* en 1561. *in-8°. Sylvius* en veut ici à *Vesal*, qui avoit publié un Ouvrage sur l'Anatomie, dans lequel il avoit découvert plusieurs erreurs de *Galien.* Jaloux de la réputation de ce Medecin, qui avoit été son disciple, & frappé d'une prevention aveugle pour *Galien*, il ne cessa

J. SYLVIUS. point depuis de declamer contre *Vesal*.

9. *Isagoge brevissima in libros Galeni de usu partium Corporis humani.*

10. *In tres Galeni libros facultatum naturalium Epitome, Philosophiæ pariter ac Medicinæ candidatis inprimis accommodata. Lugduni* 1560. *in*-16.

11. *De Mensibus Mulierum, & Hominis generatione Commentarius. Basileæ* 1556. *in*-8°. It. Dans les *Gynæciorum libri* d'*Israël Spachius*. La seconde partie de cet Ouvrage a été traduite en François par *Guillaume Chrestian*, Medecin, sous ce titre : *Livre de la Generation de l'homme, recueilli des antiques Auteurs de Médecine & de Philosophie. Paris* 1559. *in*-8°.

Pars 2ª. *Diæteticam complectens.*

12. *Schema rerum omnium, ex quibus alimenta hominum depromuntur, de quibus tribus libris de Alimentis Galenus disputavit.* C'est une table, qui ne tient qu'une page.

13. *De victus ratione paratu facili ac salubri pauperum Scholasticorum libellus.* Cet Ouvrage, où *Sylvius* entre dans un détail assez singulier, a été imprimé avec les deux suivans

à *Paris* l'an 1557. *in-16.* J. SYLVIUS.

14. *De parco ac duro victu libellus.*

15. *Consilium perutile adversus famem & victuum penuriam.* On a ajoûté ici comme hors d'œuvre l'Ouvrage suivant.

16. *De senectute, seu de tuenda valetudine in senio brevi methodo comprehensa ex Galeno præcipue & Prælectionibus Jacobi Sylvii, per Raimundum Filhollum, Medicum Ruthenensem, selecta.*

Pars 3ª. Pathologiam complectens.

17. *Methodus sex librorum Galeni de differentiis & causis morborum & symptomatum. Paris.* 1539. *in-fol.* It. *Venetiis* 1554. *in-8°.* It. *Paris. André Wechel.* 1560. *in-fol.* Ce ne sont que de tables assez embroüillées, de même que l'Ouvrage suivant, qui l'accompagne dans toutes ces éditions.

18. *De signis omnibus Medicis, hoc est salubribus, in salubribus & neutris Commentarius.*

19. *Brevis introductio in Methodum Generalem medendi Galeni.* C'est une autre table, qui ne tient qu'une page.

J. SYLVIUS. *Pars* 4ª. *Therapeuticen complectens.*

20. *De Febribus Commentarius. Venetiis* 1555. *in*-8°. It. *Lugduni* 1560. *in*-8°. It. *Paris.* 1561. *in*-8°.

21. *In libros Galeni de differentiis febrium Commentarius. Venetiis* 1555. *in*-8°. It. *Basileæ* 1556. *in*-12. It. *Paris.* 1561. *in*-8°.

22. *Quæstio de Vini exhibitione in febribus edita Lugduni Calend. Sextilibus.* 1530. J'ai parlé ci-dessus de cet Ouvrage.

23. *De Peste & Febre pestilenti. Paris.* 1557. *in*-16.

24. *Pestis Anglicæ regimen, quam vulgo Sudorem Anglicum vocant.*

25. *Morborum internorum prope omnium curatio, certa methodo comprehensa, ex Galeno præcipue, & Marco Gattinaria. Venetiis* 1548. *in*-8°. It. *Paris.* 1554. *in*-8°. Cet Ouvrage est augmenté dans le Recueil.

Pars 5ª. *Pharmaciam complectens.*

26. *Methodus Medicamenta componendi ex simplicibus judicio summo delectis, & arte certa paratis, quatuor libris distributa. Paris.* 1541. *in*-8°. It. *Ibid.* 1544. *in-fol.* It. *Lugd.* 1558. *in*-8°. It. *Ibid.* 1584. *in*-8°.

27. *De Medicamentorum simplicium delectu, præparationibus, mistionis modo, libri tres. Paris.* 1542. *in-fol.* It. *Lugd.* 1555. & 1584. *in*-8°. It. trad. en François sous ce titre : *La Pharmacopée de Jacques Sylvius, qui est la maniere de bien choisir & preparer les simples & de bien faire les compositions, départie en trois livres ; traduite par André Caille Docteur en Médecine. Lyon* 1574. *in*-8°. J. SYLVIUS.

28. Joannis *Mesuæ, Damasceni, de re medica libri tres ; Jacobo Sylvio Interprete & Commentatore. Venetiis* 1549. *in-fol.*

Pars 6a. Varia complectens.

29. *Duæ Epistolicæ Consultationes de Arthritide ad Petrum Bruhesium Medicum.* Dans l'Ouvrage d'*Henri Garet*, intitulé : *De Arthritidis præservatione & curatione, clarorum Medicorum Consilia. Francofurti* 1592. *in*-8°.

30. *Disputatio de partu cujusdam Infantulæ Agennensis ; an sit septimestris, an novem mensium ? nunc primum in lucem emissa cum Responsionibus Julii Cæsaris Scaligeri, Joannis Bergii, Caroli Fortanerii, Joannis Fernelii, &*

J. SYLVIUS.

Gulielmi Plantii Medicorum illustrium.

31. *Carmina quæ reperiri potuerunt.* Ces vers sont en petit nombre & ne meritent point d'attention.

32. *Epistola ad Hieronymum Montuum.*

33. *Consilia varia.* Ils ont été tirez du livre de *Laurent Scholzius*, intitulé : *Consiliorum medicinalium liber. Francofurti* 1598. *in-fol.* Ce sont là tous les Ouvrages qu'on trouve dans le Recueil de *René Moreau. Sylvius* a donné outre cela le suivant.

34. *In linguam Gallicam Isagoge, una cum ejusdem Grammatica Latino-Gallica ex Hebræis, Græcis, & Latinis Autoribus. Paris.* 1531. *in-4°.*

V. *Sa Vie par René Moreau, à la tête de ses Oeuvres.* C'est ce que nous avons de plus étendu & de plus exact sur lui. *Scevolæ Sammarthani Elogiorum liber* I. Cet Auteur s'est trompé en le faisant mourir âgé seulement de 73. ans. *Guillelm. Rovillius Promptuarium Iconum part.* 2. *Alexandri Arnaudi Epistola ad Lectorem, à la tête de son édition de l'Anatomie de Sylvius. Les Bibliotheques Françoises de la Croix-du-Maine & de Du Verdier. Geſneri Bibliotheca Univerſalis & ſes abregés. Lindenius renovatus. Freheri Theatrum virorum doctorum. p.* 1236. *Bayle, Dictionnaire.*

JEAN GEORGE TRISSINO.

J. G. TRISSINO.

JEAN *George Triſſino* naquit à *Vicenze* le 7. Juillet 1478. de *Gaſpar Triſſino*, d'une famille noble & ancienne, à laquelle quelques Auteurs donnent le nom de *Treſſino*, où *Dreſſino*, & de *Cecile Bevilacqua*, fille de *Guillaume Bevilacqua*, Gentilhomme Veronois.

Ayant perdu ſon pere à l'âge de ſept ans, il ne laiſſa pas de s'appliquer avec ardeur à l'étude. Lorſqu'il eut fait ſa Rhetorique & ſa Philoſophie, il alla à *Milan* étudier la langue Grecque ſous *Demetrius Chalcondyle*, & il eut alors pour condiſciple *Lilio Gregorio Giraldi*.

Après la mort de *Chalcondyle*, à qui par reconnoiſſance, il fit élever un tombeau dans l'Egliſe du *S. Sauveur*; il ſe tourna entierement du cô-

J. G. TRISSINO. té des Mathématiques, dans lesquelles il fit des progrès très-considerables. L'inclination naturelle, qu'il avoit pour la Poësie Italienne, lui fit mênager ses momens de loisir pour s'y adonner, & il s'y rendit en peu de temps fort habile.

Il passa à l'age de 22. ans à *Rome*, où il acquit la connoissance & l'estime de plusieurs Sçavans de cette grande ville, qui lui furent d'un grand secours pour se former un bon goût.

Rappellé à *Vicenze* par sa famille, il s'y maria en 1503. & épousa *Jeanne Trissina*, fille de mérite, avec laquelle il vêcut dans une grande union.

Quelques-uns ont prétendu que ce fut pendant le peu de temps qu'il demeura à *Rome*, qu'il acquit par le commerce des Sçavans, toutes les connoissances, qui le rendirent si illustre dans la suite, ayant négligé jusques-là de s'appliquer à l'étude, & ignorant même auparavant les premiers élemens des sciences. C'est ainsi qu'en parle *Jean Imperiali*; mais c'est une imagination de cet

Auteur, qui n'est appuyée sur aucun fondement.

J. G. TRISSINO.

Trissino cherchant après son mariage à jouir de la tranquillité de la Campagne, pour cultiver les sciences sans obstacle, se retira à *Criccoli* sur la Riviere d'*Astego*, où il avoit un bien de famille. Il y fit même bâtir une maison magnifique, dont il donna lui-même le dessein; car il s'étoit dès sa premiere jeunesse fort appliqué à l'Architecture; & ce fut sous lui & dans la construction de cette maison, qu'*André Palladio* apprit les premiers principes de l'Architecture, dans laquelle il devint depuis un si grand maître.

Trissino vivoit tranquille & content dans sa retraite, lorsqu'il eut la douleur de perdre sa femme, qui mourut, après lui avoir donné deux fils, *François*, & *Jules*. Cette perte lui fit abandonner la campagne, & il se retira à *Rome*, ou le cœur encore plongé dans le chagrin, il composa sa Tragedie de *Sophonisbe*, que *Leon X.* fit representer avec beaucoup de pompe & de magnificence.

J. G. TRISSINO. Ce Pape ayant connu qu'il étoit propre à d'autres choses qu'à composer des vers, & qu'il avoit du talent pour les affaires, l'envoya en 1516. à l'Empereur *Maximilien*, pour en negocier de considerables ; & *Trissino* se conduisit en cette occasion avec beaucoup d'adresse & de bonheur. Il eut outre cela l'avantage de se rendre agréable à l'Empereur, qui l'employa depuis, aussi bien que *Charles-Quint*, son Successeur, en differentes negociations particulieres. Il paroît par les Lettres Latines de *Bembo* écrites au nom de *Leon X.* que ce Pape l'envoya aussi à *Venise*, & qu'il y demeura depuis le 4. Septembre 1516. jusqu'au 5. Janvier suivant.

Leon X. étant mort en 1521. *Trissino* las du tracas des affaires se retira dans sa patrie, & s'y remaria en 1526. à *Blanche Trissina*, dont il eut un fils, nommé *Ciro*, qui eut depuis toute son affection.

Clement VII. qui avoit été élû Pape à la place de *Leon X.* instruit de son merite & de sa capacité, le rappella bientôt après à *Rome*, & lui donna plusieurs marques de sa considération & de son estime. Il l'envoya en differens temps à l'Empereur *Charles-Quint*, & à la République de *Venise*; & lorsqu'il couronna l'Empereur à *Boulogne* le 24. Février 1530. ce fut lui qui eut l'honneur de porter la queue de la robbe de ce Pontife.

J. G. TRISSINO.

Quelques Auteurs ont avancé que l'Empereur *Charles-Quint* l'avoit honoré de la qualité de Comte & de Chevalier de la Toison d'Or, avec tous ses descendans. Mais ils se trompent; ce fut *Maximilien* qui lui accorda ces titres long-temps auparavant, lorsqu'il l'alla trouver de la part du Pape *Leon X.* comme il paroît par le Diplome, qui est conservé dans sa famille, & par une Inscription qu'on lit en marbre dans l'Eglise de S. *Laurent* de *Vicenze*, près de l'Autel de ce Saint. Ainsi c'est sans raison que *Trajan Boccalini* l'a raillé sur ce sujet dans ses *Ragguagli di Parnasso Cent.* I. *Ragg.* 90.

Trissino de retour à *Vicenze* y trouva toute sa famille en trouble. Son fils *Jules*, qui étoit le seul qui restât

J. G. TRISSINO.

de son premier mariage, étoit brouillé avec sa belle mere, qu'il ne pouvoit souffrir, & ne voyoit qu'avec jalousie la prédilection de son pere pour son fils *Ciro*. Ces brouilleries firent concevoir à *Trissino* de l'aversion pour son aîné, & il resolut de le desheriter & de laisser tout son bien au Cadet.

Jules, l'ayant sçu, lui intenta procès pour avoir le bien de sa mere. Dans ces entrefaites, la belle-mere mourut en 1540. & *Trissino* après avoir marié *Ciro*, se retira à *Rome*, pour s'éloigner des procedures, & pour vivre quelque temps tranquille.

Il y demeura quelques années, mais voyant que son absence préjudicioit à ses affaires, & qu'il couroit risque de perdre son procès, que son fils soûtenu de toute sa parenté poursuivoit à *Venise*, il crut qu'il ne devoit point differer de s'y rendre, quoiqu'il eût alors la goute. Il se fit donc transporter à *Venise* dans une litiere en 1548. & passa de-là à *Vicenze*.

La saisie que son fils *Jules* y avoit

fait faire de tous ses biens, l'irrita tellement, qu'il revit le Testament, qu'il avoit fait sept ans auparavant à *Venise*, le desherita entierement, & institua *Ciro* son Legataire universel, avec ses enfans, ordonnant que s'ils venoient à manquer, sa maison de *Criccoli* passeroit à la Republique de *Venise*, & le reste de ses biens seroit partagé par égales portions entre les Procurateurs de *S. Marc*.

J. G. TRISSINO.

Dans ces entrefaites *Jules* gagna son procès, & s'empara aussitôt de la maison & des biens de son pere. Ce qui l'affligea tellement, qu'il se bannit de son pays, & retourna à *Rome* en 1549. après avoir composé ces vers.

Quæramus terras alio sub cardine mundi,
Quando mihi eripitur fraude paterna domus:
Et fovet hanc fraudem Venetum sententia dura,
Quæ nati in patrem comprobat insidias;
Quæ natum voluit confectum ætate parentem

J. G. TRISSINO.

Atque ægrum antiquis pellere limitibus.
Chara domus valeas, dulcesque valete penates;
Nam miser ignotos cogor adire lares.

Il ne survêcut pas long-temps à cette disgrace; car il mourut l'année suivante 1550. à *Rome* âgé de 72. ans, & fut enterré dans l'Eglse de *Sainte Agathe*, & dans le même tombeau que *Jean Lascaris*.

Pompée Trissino, fils de *Ciro*, lui fit dans la suite dresser cette Epitaphe dans l'Eglise de *S. Laurent* à *Vicenze*.

Joanni Georgio Trissino, Patricio Vicentino, Poëtæ & Oratori celeberrimo, tam nobilitate quam doctrina & integritate Leoni X. & Clementi VII. Pontif. Max. nec non Maximiliano & Carolo V. Imperatoribus aliisque Principibus acceptissimo, Legationibus pro Christiana Republica temporibus difficillimis felici cum exitu apud eosdem peractis, Daciæ inde Regi destinato, in Coronatione Caroli Imperatoris ad Sacræ Pallæ Pontificiæ nitentis ferendi syrmatis munus, insignioribus Principibus

pibus ad hoc ipsum aspriranitibus posthabitis, Bononiæ electo, aurei velleris insignibus & Comitis dignitate pro se & posteris ab eisdem Imper. decorato, apud Ser. Remp. Venetam sæpius Legati nomine de Clodianis Salinis, de Veronæ restitutione, de pace, deque aliis negotiis gravibus, re ad votum transacta, sublimiori gradu sobolis ergo recusato, operibus plurimis cum antiquitate certantibus elucubratis, rebus suis & posteris eidem inclytæ Reip. Venetæ ex Testamento commendatis, vitâque religiosissime functo anno ætatis suæ 72. virginei vero partus 1550. Pompeius Cyri Comitis & Equitis filius unicus superstes, nepos, & hæres, affinesque tanti antecessoris memores pii gratique animi M.PP. Anno Sal. 1615.

J. G. TRISSINO.

Catalogue de ses Ouvrages.

Tutte le Opere di Giovan Giorgio Trissino non piu raccolte. In Verona 1729. *in-fol.* deux vol. Cette édition a été donnée par les soins du Marquis *Scipion Maffei*. Le 1[r]. volume contient les pieces en vers, & le second celles qui sont en prose. Il faut entrer dans le detail de ce qui y est renfermé.

J. G. TRISSINO.

Dans le 1r. volume.

1. *La Italia liberata da Gotti.* Ce Poëme, qui est divisé en 27. livres, a été d'abord imprimé à *Rome*, en 1547. *in*-8°. L'Abbé *Antonini* en a donné une nouvelle édition à *Paris* l'an 1729. *in*-8°. en trois volumes.* *Trissino* est le premier des Italiens qui se soit servi des vers non rimés, & il a donné en cela un exemple, qui a été suivi par plusieurs autres Poëtes de sa Nation. Il s'est proposé dans son Poëme d'imiter *Homere*, & *Vincent Gravina* pretend dans sa *Raggione Poëtica*, qu'il y a réussi; il a eu en effet bien des admirateurs, quoiqu'on ait remarqué plusieurs defauts dans son Ouvrage.

* Se trouve à Paris chez Briasson.

2. *La Sofonisba, Tragedia. In Roma* 1524. *in*-4°. Cette piece, qui a été imprimée plusieurs fois depuis, a été inserée par M. *Maffei* dans le 1r. volume du *Theatro Italiano*, qui a été imprimé par ses soins à *Verone* l'an 1723. *in*-8°.

3. *I. Simillimi, Commedia. In Vicenza* 1548. *in*-8°.

4. *Rime. In Vicenza* 1529. *in*-4°.

5. *Altre Rime, parte non piu stam-*

pate, e parte cavate da diverse Raccolte.

J. G. TRISSINO.

6. *Carmina quædam Latina partim edita & partim inedita.* On voit ici deux petites pieces qui avoient déja été imprimées, & deux autres assez longues, qui paroissent pour la premiere fois. Ces dernieres sont intitulées, l'une *Encomion ad Maximilianum Cæsarem*, & l'autre *Pharmaceutria de Morte Baiti.*

Dans le 2e. volume.

7. *Le sei divisioni della Poetica.* C'est un Traité fort étendu de l'Art Poëtique, dont les quatre premieres parties avoient été imprimées à *Vicence* l'an 1529. *in-fol.* & les deux dernieres à *Venise* en 1563. *in-4°.*

8. *Dante della Volgare eloquenza tradotto in Italiano, e publicato da Giov. Giorgio Trissino. In Vicenza* 1529. *in-fol.* It. *In Ferrara* 1583. *in-8°.* It. Dans le 1r. volume de *la Galleria di Minerva* p. 35. *Trissino* en publiant cette traduction, la donna sous le nom de *Jean Baptiste Doria*; mais on n'eut pas de peine à reconnoître qu'elle étoit de lui-même. Quelques-uns même le soupçonnes-

J. G. TRISSINO. rent d'être le veritable Auteur de l'Ouvrage, parce qu'on ne connoissoit pas le texte Latin du *Dante*. Mais il est sûr que ce texte Latin existe, & il fut imprimé à *Paris* l'an 1577. par les soins de *Jacques Corbinelli*, sous ce titre : *Dantis Aligerii de vulgari eloquentia libri duo, nunc primum ad vetusti & unici scripti Codicis exemplar editi.* M. *Maffei* l'a fait réimprimer à côté de la traduction de *Trissino.*

9. *Epistola delle Lettere nuovamente aggiunte ne la lingua Italiana.* Cette Lettre, qui est dediée au Pape *Clement VII.* avoit été imprimée *in Vicenza* 1529. *in-fol. Trissino* vouloit ajoûter à la langue Italienne plusieurs Lettres qu'il tiroit de la Grecque, pour marquer les differentes prononciations des mêmes Lettres; mais ses idées non point eu lieu. M. *Maffei* avouë cependant qu'on lui est redevable de la distinction de *u* & de *i* voyelles, d'avec les *v* & les *j* consonnes, & de l'introduction du *z* dans les mots où les Latins ont un *t*. Cette Lettre ayant été attaquée par *Claude Tolomei*, & *Louis Mar-*

telli, *Trissino* leur repondit par les deux Ouvrages suivans. J. G. TRISSINO.

10. *Dubbi Grammaticali In Vicenza* 1529. *in-fol.* C'est une Réponse à l'Ouvrage de *Tolomei* publié sous le nom d'*Adrien Franci*, & sous ce titre : *Delle Lettere nuovamente aggiunte libro di Adriano Franci, da Siena, intitolato il Polito. In Venetia. in-*8°. M. *Maffei* l'a joint aux Ouvrages de *Trissino*, de même que celui de *Martelli*, qui est intitulé : *Risposta alla Epistola del Trissino delle Lettere nuovamente aggiunte alla lingua volgare Fiorentina* ; un autre d'*Agnolo Firenzuola*, qui a pour titre : *Discacciamento delle nuove Lettere, inutilmente aggiunte nella lingua Toscana* ; & le *Dialogo di Messer Nicolo Liburnio sopra le Lettere del Trissino nuovamente immaginate nelle cose della lingua Italiana.*

11. *Dialogo, intitolato il Castellano, nel quale si tratta de la lingua Italiana. In Vicenza* 1529. *in-fol.* C'est une autre reponse à *Martelli* qui a été publiée sous le nom d'*Henri Doria*. *Trissino* attaqué par la plûpart des Italiens, trouva un defenseur

J. G-TRISSINO. de ses idées dans *Vincent Orcadini de Perouse*, qui publia en sa faveur *Opusculum in quo agit utrum adjectio novarum Litterarum Italicæ linguæ aliquam utilitatem pepererit.* M. *Maffei* l'a fait imprimer avec les précedens.

12. *La Grammatichetta. In Venetia* 1529. *in*-4°. C'est une petite Grammaire Italienne, faite suivant le systême de *Trissino.*

13. *I. Ritratti delle bellissime Donne d'Italia. In Roma* 1524. & 1531. *in*-4°.

14. *Epistola de la vita, che dee tenere una donna vedova. In Roma* 1524. *in*-4°.

15. *Orazione al Doge Gritti.* Je ne sçai quand ce discours a été imprimé pour la premiere fois.

16. *Grammatices Introductionis liber primus. Veronæ* 1540. Quoique cette Introduction à la langue Latine paroisse imparfaite, par ce titre de livre premier, l'Ouvrage est cependant complet, puisqu'il y est traité des huit parties d'Oraison. Ce sont là tous les Ouvrages de *Trissino*, qui ayent été imprimés. On voit en Manuscrit un Opuscule intitulé; *Rerum*

Vicentinarum Compendium à Joanne Georgio Trissino conscriptum; mais c'est quelque chose de si foible, qu'on ne peut se persuader que *Trissino* en soit l'Auteur. Pour ce qui est des autres Ouvrages que *Tomasini* lui attribue, il n'en a rien paru. J. G. TRISSINO.

17. M. *Maffei* a mis à la tête des Oeuvres de *Trissino* quatre lettres assez curieuses de lui, qui n'avoient pas été encore imprimées.

V. *Tomasini Elogia tom. 2. p. 47. Joannis Imperialis Musæum Historicum. p. 42. Girol. Ghilini Teatro d'Huomini Letterati. tom. 1. p. 108. Jacobi Gaddi Allocutiones. p. 77. La Préface que M. Maffei a mise à la tête de ses Oeuvres. Sa vie par Apostolo Zeno dans le* 1[r]. *vol. de la Galleria di Minerva p.* 65. C'est ce que nous avons de plus exact & de plus circonstancié sur cet Auteur.

GUARINO GUARINI.

G. GUARINI.

GUARINO *Guarini* naquit à *Verone* l'an 1370 de l'illustre famille des *Guarini*. C'est pour cela que les Ecrivains Venitiens & d'autres ont ajouté à son nom de *Guarino*, qui est le seul qu'il ait jamais pris, suivant l'usage de son temps, le surnom de *Guarini*.

Philippe de Bergame, *Biondo*, & d'autres nous apprennent qu'il fut disciple de *Jean de Ravenne*, fameux Grammairien, de l'école duquel sont sortis la plûpart de ceux qui ont contribué au retablissement des Lettres en Italie.

Après avoir appris sous lui la langue Latine, il voulut apprendre la Grecque, sans laquelle il sentoit bien qu'on ne pouvoit parvenir à une véritable érudition. Mais comme les Maîtres lui manquoient en Italie, il lui fallut en aller chercher à *Constantinople*. Il se rendit donc dans cette ville, où il étudia la langue Grecque pendant cinq ans, sous *Emma-*

nuel

nuel Chrysoloras. Pontico dans la vie de ce dernier pretend, que *Guarino* n'alla à *Constantinople* que dans un âge déja avancé; mais il se trompe sûrement; car *Chrysoloras* vint s'établir en Italie en 1397. temps auquel *Guarino* avoit tout au plus 27. ans; ainsi comme il avoit demeuré cinq ans avec lui à *Constantinople*, il devoit y avoir été peu après sa vingtiéme année. G. GUARINI.

C'est à son retour de cette ville que lui arriva l'avanture qui est rapportée par *Pontico*, mais dont ni *Paul Jove*, ni *Janus Pannonius*, mort Evêque de *Cinq-Eglises*, un de ses plus habiles disciples, qui a fait son panegyrique en vers, ne disent pas la moindre chose, ce qui pourroit la faire soupçonner de fausseté.

Quoiqu'il en soit, voici le fait. *Guarino* ayant acheté deux grandes caisses de Manuscrits Grecs, qui étoient uniques, les chargea sur deux vaisseaux. Il arriva heureusement avec l'un en Italie, mais l'autre perit dans la route; ce qui lui donna tant de chagrin, que ses cheveux devinrent tout blancs en une nuit.

G. GUARINI.

Guarino de retour en Italie, commença a y repandre les connoissances qu'il avoit acquises en Grece; & fut le premier des Italiens qui depuis la chute de l'Empire Romain y enseigna la langue Grecque.

On ne sçait pas au juste tous les endroits où il a enseigné les Belles-Lettres, ni la date de ses changemens; on sçait seulement en gros qu'il l'a fait à *Venise*, à *Ferrare*, à *Verone*, & à *Florence*.

Louis Moscardo, Historien de *Verone* nous apprend que *Guarino* fut appellé dans cette ville l'an 1420. qu'on lui donna 150. Ducats de gages, & qu'en 1422. il eut pour disciple le *B. Albert de Sarziano*, qui le témoigne dans une de ses lettres.

Jerôme della Corte dans son Histoire de la même ville, marque sur l'an 1451. qu'il y fut appellé le 3. Septembre de cette année, avec promesse de 150. écus de gages, & qu'on lui envoya pour cela le docteur *Pierre François Giusti*, à *Ferrare*, où il enseignoit; mais que comme il faisoit difficulté d'accepter le poste qu'on lui offroit, on augmenta ses gages jusqu'à deux cent écus; & qu'alors il l'accepta, & quitta *Ferrare*, avec l'agrément du Marquis d'*Est*. G. GUARINI.

Il se peut faire que ces deux Historiens disent vrai, & que *Guarino* ait professé deux fois à *Verone*, une fois avant que d'aller à *Ferrare*, & une autre fois après.

Ce fut *Nicolas III.* Marquis d'*Est*, qui l'attira à *Ferrare*, où il se maria honorablement, & sa posterité y subsiste encore maintenant.

Marc Antoine Guarini s'est trompé, lorsqu'il a dit dans son Abregé Historique, que *Guarino* se maria à *Ferrare* le 29. Mars 1436. avec *Taddea Cenderati*. Ce mariage doit être de plus ancienne date; car on a plusieurs Lettres Manuscrites de *Guarino* au Comte *Louis Sanbonifacio*, son protecteur & son bienfaiteur, dans l'une desquelles, qui est de l'an 1434. il dit qu'il avoit alors neuf enfans, & qu'il esperoit en avoir bientôt dix; & dans une autre du 26. Septembre 1438. il lui promet de l'aller trouver à sa terre de *Lendinara* avec toute sa maison, & particulierement avec ses douze enfans.

G. GUARINI. Il retourna à *Ferrare* sur la fin de sa vie, puisqu'il y recita en 1459. un discours au Pape *Pie II.*

Il mourut dans cette ville le 4. Decembre 1460. âgé de 90. ans, & fut enterré dans l'Eglise paroissiale de *S. Paul.*

Le plus sçavant & le plus fameux de ses fils, fut *Baptiste Guarini* l'Ancien, qui lui fit cette Epitaphe.

Quæ per te vixit Musarum cura, Guarine,
Græca, Latina simul, te moriente dolet.
Quam superis tua casta fides, moresque placerent,
Lustra tibi vitæ nona bis acta probant.
Quod Verona dedit, rapuit mors improba corpus:
Quod virtus peperit, restat in orbe decus.

Jerôme fut un de ses autres enfans, qui se rendit illustre dans les armes & dans les Lettres. On trouve dans la Bibliotheque de M. *de*

Thou un Ouvrage Manuscrit de son pere, qui lui est adressé : *Guarini Veronensis Institutio ad Hieronymum filium.* On a de lui des Lettres & des discours, qui sont en Manuscrits dans la Bibliotheque du College de *Bailleul* à *Oxford.* On a aussi de sa façon un discours qu'il recita à *Padoue* en 1445. aux nôces de *Nicolas Cavalli*, & d'*Orsolina Buzzacarini.*

G. GUARINI.

Catalogue de ses Ouvrages.

I. Il a traduit en Latin les dix-sept livres de *Strabon*, & non pas seulement les dix premiers, comme le dit *Vossius*, qui s'est trompé encore, en prétendant qu'il avoit fait cette traduction en concurrence avec *Gregoire Typhernas*, qui avoit traduit les sept derniers. Il est sûr qu'il entreprit cet Ouvrage à la sollicitation, & par les ordres du Pape *Nicolas V.* Il avoit dessein de le dedier à ce Pape, mais sa mort arrivée avant qu'il fût fini, l'obligea de le dedier à *Jacques Antoine Marcello* Sénateur Venitien. Il fut imprimé pour la premiere fois à *Rome* vers l'an 1470. *in-fol.* par les soins de *Jean André*, Evêque d'*Aleria*, qui le dé-

G. GUARINI. dia au Pape *Paul II.* Il s'en fit une nouvelle édition à *Venise* par *Vindelinus de Spire* l'an 1472. *Jean Albert Fabricius* a oublié ces deux éditions dans sa *Bibliotheque Grecque.*

2. Il a traduit aussi en Latin quelques vies de *Plutarque*; telles sont celles de *Q. Fabius*, *Coriolan*, *Marcellus*, *Philopœmen*, *T. Quintus Flaminius*, *C. Marius*, *Lysander*, *L. Cornelius Sylla*, *Nicias*, *M. Crassus*, *Eumenes*, *Alexandre le Grand*, *Dion*, & *Brutus*. Dans un Manuscrit de la Bibliotheque Bodleienne la traduction des vies de *Numa Pompilius*, & d'*Alcibiade* portent aussi le nom de *Guarino*, comme on le voit dans le Catalogue des Manuscrits de l'Angleterre; & si nous en croyons celui des MSS. de *Padouë*, donné par *Tomasini*, il a traduit encore celle de *Cesar*. Il est bon de remarquer, que la vie d'*Evagoras*, que *Guarino* a aussi traduite, n'est pas de *Plutarque*, mais d'*Isocrate*; & que celle d'*Homere*, dont il a fait de même une traduction, quoiqu'attribuée par quelques-uns à *Plutarque*, n'en est probablement pas. Toutes ces traduc-

tions ſe trouvent dans quelques anciennes éditions Latines de *Plutarque*, avec les vies de *Platon* & d'*Ariſtote*, qui ſont de la façon de *Guarino*. G. GUARINI.

3. *Guarino* a encore traduit *les petits Paralleles* de *Plutarque*, & l'on a une édition de cette traduction faite dans le 15e ſiecle *in*-4°. où le lieu ni l'année ne ſont point marqués. *Aſcenſius* l'a réimprimée depuis avec quelques Ouvrages de *Leonard Aretin*.

4. *Plutarchus de liberis educandis.* Cette traduction a été imprimée avec un Traité de *Vergerio*, *de ingenuis puerorum moribus*, & quelques autres Opuſcules à *Breſcia* en 1485. par *Bonino de' Bonini*.

5. *Erotemata Guarini cum multis additamentis. Ferrariæ* 1509. *in*-8°. C'eſt un abregé de la Grammaire Grecque de *Chryſoloras*, fait par *Guarino*. J'ai parlé au long de ce livre, qui eſt fort rare, dans la 2e. partie du 10e. volume de ces Mémoires. p. 253.

6. *De Arte Diphtongandi; Dialogus de Arte punctandi; de Accentu*,

G. GUARINI.

& vocabularium breviloquum. Basileæ 1481. *in-fol.*

7. *Regulæ Grammaticæ. Camer.* 1601. *in-8°.*

8. *Notæ in aliquot Ciceronis Orationes. Basileæ* 1553. *in-fol.* It. *Paris.* 1554. *in-fol.* Avec celles de plusieurs autres Auteurs.

Il a composé plusieurs autres Ouvrages, qui sont demeurés en Manuscrit.

Baptiste Guarini, son fils, enseigna à *Ferrare* à l'exemple de son pere; il vivoit encore en 1494. & il y avoit déja 33. ans qu'il remplissoit la charge de Professeur des Belles-Lettres dans cette ville.

Les Ouvrages qui nous restent de lui, sont les suivans.

Poëmata Latina. Mutinæ 1496. *in-*4°.

De Ordine docendi & studendi libellus. Heidelbergæ 1489. *in-8°.* It. *Argentorati* 1514. *in-8°.* It. *Ex Manuscripto emendatus; addita Præfatione de formandorum studiorum scriptoribus. Cura Burcardi Gotthelfii Struvii. Jenæ* 1704. *in-8°.*

C'est lui qui a publié le premier

le Commentaire de *Servius* sur *Virgile* à *Ratisbone* l'an 1471. *in-fol.* G. GUARINI.

V. *Pauli Jovii Elogia. N°.* 110. *Jean Tritheme, de scriptoribus Ecclesiasticis. Verona illustrata di Scipione Maffei part.* 2. *Vossius de Historicis Latinis. Le Journal de Venise, tom.* 12. *p.* 352.

FRANÇOIS TURRIEN.

FRANÇOIS *Turrien*, appellé en sa langue *Torrés*, naquit vers l'an 1504. à *Herrera*, au Diocèse de *Valence* en Espagne, comme il l'a marqué lui-même dans le livre du Noviciat des Jesuites de *Rome*. Ainsi *Alegambe* s'est trompé en le faisant natif de *Leon*. F. TURRIEN.

Il fut élevé dans les Lettres par les soins de *Barthelemi Torrés*, Evêque des Canaries, son oncle paternel, & prit par ses instructions du goût pour les études Ecclesiastiques.

Il se rendit habile, pour le temps & le pays où il vivoit, dans les langues Grecque & Hebraïque, & dans les Antiquités Théologiques.

F. TURRIEN.

Etant ensuite allé en Italie, il y visita avec soin les Bibliotheques, pour en tirer des Ouvrages, qui meritassent d'être donnés au Public.

Il demeura pendant quelques années à *Rome*, d'abord au service du Cardinal *Jean Salviati*, & ensuite à celui de *Jerôme Scripandi*, aussi Cardinal, apparemment en qualité de Théologien.

S'étant fait connoître d'une maniere avantageuse au Pape *Pie IV.* ce Pontife l'envoya au Concile de *Trente* avec quelques autres Théologiens. Il y étoit en 1562. & s'y opposa fortement à la concession de la Communion sous les deux especes.

De retour à *Rome*, il entra dans la Societé des Jesuites, & y prit l'habit le jour de Noël de l'an 1566. étant alors âgé de plus de 60. ans.

Il demeura depuis, quelques années en Allemagne, où il continua à écrire, & à publier divers Ouvrages.

Rappellé à *Rome* il y mourut la plume à la main le 21. Novembre 1584. âgé de près de 80. ans.

» On voit par ses Ouvrages qu'il

» n'étoit pas d'un goût fort exquis, F. TURRIEN.
» ni d'une critique bien fine. Il n'est
» pas non plus fort exact, ni fort
» habile traducteur; il est encore
» moins bon controversiste : cepen-
» dant on peut lui donner la loüan-
» ge d'avoir bien travaillé pour la
» Republique des Lettres, & servi
» l'Eglise avec beaucoup de zele.
C'est le jugement que M. *Du Pin* porte de cet Auteur. Ajoûtons-y celui de *Baillet* dans ses *Jugemens des Sçavans*. N°. 232.

» *Turrien* étoit, dit-il, un hom-
» me de grande Lecture & d'assez
» bon sens. Il étoit accusé de citer
» quantité de fausses pieces, pour
» defendre ses opinions, & dans la
» pensée où on étoit qu'il avoit for-
» gé des Manuscrits dans sa tête, on
» le faisoit passer pour un homme
» de mauvaise foy, sous prétexte
» que personne n'avoit alors ni vû
» ni lû même ces Manuscrits qu'il
» disoit avoir trouvés dans les Bi-
» bliotheques d'Italie & d'Espagne.
» Néanmoins le temps qui decouvre
» toutes choses semble avoir plei-
» nement justifié *Turrien*. Car les Ca-

F. TURRIEN.

» talogues des Manuscrits de l'Escu-
» rial, & de ceux de *Scipion Tetti*
» Napolitain, ayant été mis au jour
» long-temps après la mort de *Tur-*
» *rien*, on y a trouvé ceux qu'il a
» cités, & qu'on croyoit imaginai-
» res; & M. *Colomiez* même en a mar-
» qué trois ou quatre de cette natu-
» re, qui sont des plus rares. Après
» tout, l'érudition & la probité de
» *Turrien* ne l'empecheront pas de
» passer dans la posterité sçavante
» pour un critique de fort mauvais
» goût, qui étoit entêté & disposé
» à tout sacrifier pour la defense de
» ses prejugés. Il a été decrié par
» bien des gens, mais personne ne
» l'a tant humilié que le Ministre
» *Blondel*, quand il l'a entrepris avec
» le faux *Isidore* sur les Decretales
» prétendues des premiers Papes.

Catalogue de ses Ouvrages.

1. *In Monachos Apostatas. Romæ* 1549. *in*-4°. C'est le premier Ouvrage de *Turrien*, qui en donna depuis une édition plus ample, dont je parlerai plus bas.

2. *Dogmaticus de Electione & Justificatione divina. Romæ* 1551. *&* 1557. *in*-4°.

F. TURRIEN.

3. *De Residentia Pastorum, num ex scripto divino jure fuerit sancita. Florentiæ* 1551. *in*-8°. *Turrien* enseigne ici, que la Residence est de Droit divin, mais il changea de sentiment au Concile de *Trente.*

4. *De summi Pontificis supra Concilium autoritate libri tres. Florentiæ* 1551. & 1559. *in*-4°.

5. *De Actis Nicænæ, seu sextæ Synodi, deque Canonibus, qui ejusdem Synodi esse feruntur, & de septima ac multiplici Octava Synodo.* 1551. *in*-4°.

6. *De sola lectione Legis & Prophetarum Judæis cum Mosaïco ritu & cultu permittenda. Romæ* 1555. *in*-4°.

7. *De Commendatione perpetuæ administrationis Ecclesiarum vacantium, & Residentia Pastorum extra ovilia sua. Romæ* 1554. & 1562. *in*-4°.

8. *Dogmatici Characteres verbi Dei, adversus novos Evangelicos, libri quatuor. Florentiæ* 1561. *in*-4°.

9. *De Votis Monasticis liber* 1. *De inviolabili Religione votorum Monasticorum liber* 2. *Romæ* 1561. & 1566. *in*-4°. Le second livre de cet Ouvrage avoit déja paru, & je l'ai marqué au N°. 1. Le premier y a été ajouté.

F. TURRIEN.

10. *De Celibatu & de Matrimoniis Clandestinis. Venetiis* 1563. *in-4°.* Il a composé tous ces Ouvrages, avant que d'être Jesuite ; ceux qu'il a fait depuis sont les suivans.

11. *Apologeticus pro libro de Residentia Pastorum. Florentiæ in-4°.* Je n'en sçai point la date.

12. *Constitutiones Sanctorum Apostolorum à S. Clemente Episcopo Romano, Græce, studio Francisci Turriani. Venetiis* 1563. *in-4°. Turrien* y a joint des Prolegomenes en Grec.

13. *De Hierarchicis ordinationibus Ministrorum Ecclesiæ Catholicæ adversus Schismaticas vocationes Ministrorum & superintendentium Hæreticorum libri duo. Dilingæ* 1569. *in-4°.*

14. *S. Diadochi Episcopi Photices Capita centum de perfectione spirituali, & S. Nili Capita* 150. *de Oratione, Latinè, Interprete Fr. Turriano. Florentiæ* 1573. *in-8°.* It. *Antuerpiæ* 1575. *in-8°.*

15. *Pro Canonibus Apostolorum, & pro Epistolis Decretalibus Pontificum Apostolicorum Defensio adversus Centuriatores Magdeburgenses. Florentiæ* 1572. *in-8°.* It. *Paris.* 1573. *in-8°.* It.

Coloniæ 1575. *in*-8°. Cet Ouvrage est une preuve du peu de Critique de *Turrien*, que *David Blondel* n'a pas eu de peine à réfuter dans son *Pseudo-Isidorus & Turrianus vapulantes. Genevæ* 1628. *in*-4°. Il s'est cependant trouvé un Franciscain, nommé *Bonaventure Malvasia*, qui s'est proposé de repondre à *Blondel*, dans un livre intitulé : *Nuncius veritatis Davidi Blondello missus. Romæ* 1635. *in*-8°. mais ç'a été sans succès. F. TURRIEN.

16. *Adversus capita Disputationis Lipsicæ Andreæ Freyhubii de Ecclesia & ordinationibus Ministrorum Ecclesiæ Libri duo. Coloniæ* 1574. *in*-4°.

17. *Adversus capita Disputationis posterioris Andreæ Freyhubii, Doctoris Academiæ Lipsiensis de Ecclesia & ordinationibus Ministrorum Ecclesiæ. Coloniæ* 1578. *in*-8°.

18. *De Sanctissima Eucharistia Tractatus duo, contra Andream Volanum, Polonum, Calvini discipulum, & contra omnes Metonymicos. Romæ* 1576. *in*-4°. It. *Paris.* 1577. *in*-4°.

19. *Apologeticus contra Boquinum, Biturigem, Sectæ Zuinglianæ, Nominis Societatis Jesu Calumniatorem. Co-*

F. TURRIEN. *loniæ* 1578. *in-8°.* C'est une reponse au livre intitulé : *Petri Boquini Assertio veteris, ac veri Christianismi contra novum & fictum Jesuitismum. Lugduni* 1576. *in-8°.*

20. *Apostolicarum Constitutionum & Catholicæ doctrinæ Clementis Romani libri* VIII. *Franc. Turriano Interprete, cum ejusdem Scholiis. Accesserunt Canones Concilii Nicæni* 80. *ex Arabico in Latinum conversi, & Responsa Nicolai I. ad Consulta Bulgarorum. Antuerpiæ* 1578. *in-fol.*

21. *Joannis Sapientis, cognomento Cyparissioti expositio materiaria eorum quæ de Deo à Theologis dicuntur, in decem decades partita, Franc. Turriano Interprete, è Græco, additis etiam scholiis & annotationibus. Romæ* 1581. *in-4°.*

22. *Epistola Fr. Turriani de definitione propria peccati Originalis ex Dionysio Areopagita, & de Conceptione Virginis & Matris dei sine peccato, ex Scriptura Angelicæ salutationis, & testimoniis antiquorum Patrum. Florentiæ* 1581. *in-4°.* It. *Ingolstadii* 1581. *in-4°.*

23. *Defensio locorum sacræ scripturæ*

ræ de Ecclesia Catholica, & ejus Pastore, Episcopo Romano, adversus nugatorias cavillationes Antonii Sadeelis Lutherani. Libri duò. Coloniæ 1580. *in*-4°. F. TURRIEN.

24. *Defensionis &c. liber tertius bipartitus, contra Epistolam Antonii Sadeelis. Ingolstadii* 1581. *in*-4°. On peut voir dans l'article d'*Antoine de Chandieu* p. 291. du 22e. tome de ces Mémoires, les Ouvrages qu'il a composés dans cette dispute.

25. *Posterioris defensionis locorum Scripturæ &c. contra secundas cavillationes Sadeelis libri duo. Ingolstadii* 1583. *in*-4°.

26. *Adversus tertias in librum bipartitum cavillationes Sadeelis. Ingolstadii* 1584. *in*-4°.

27. *Epistola ad Gonzalum Herreram, Episcopum Laodicensem, de Redditibus Ecclesiasticis & ratione iis utendi. Romæ* 1587. *in*-8°. Cette Lettre est datée du 20. Avril 1584.

28. *Epistola ad quemdam in Germania Theologum contra Ubiquistas, Arianistas. Ingolstadii* 1583. *in* 4°.

29. *Responsio Apologetica ad capita Argumentorum Petri Pauli Vergerii,*

F. TURRIEN. *hæretici, ex libello ejus inscripto: de Idolo Lauretano. Huic Apologiæ præfixa est historia brevis de Origine, migratione, & agnitione Sacri Sacelli, olim B. Virginis Mariæ Domicilii. Ingolstadii* 1584. *in*-4°.

30. *Epistola prolixa & luculenta ad Stanislaum Cardinalem Hosium, quâ societatem tuetur, cur admiserit in Polonia Concionatores aliquot, eosque in Italiam vocarit.* Cette lettre se trouve parmi les lettres d'*Hosius*, dont elle est la 175e.

31. *Photii, Archiepiscopi Constantinopolitani, liber de voluntatibus in Christo, quæ dicuntur Gnomicæ, Latinè, Interprete Fr. Turriano.* Cette traduction se trouve dans un Recueil de *Pierre Stevart*, intitulé: *Tomus singularis insigniorum Autorum, tam Græcorum, quàm Latinorum. Ingolstadii* 1616. *in*-4°.

32. *Basilii Seleuciæ Episcopi demonstratio adversus Judæos de Christi adventu, Interprete Fr. Turriano.* Dans le Recueil de *Stevart*, & dans la Bibliotheque des Peres.

33. *S. Maximi Martyris disputatio adversus Pyrrhum Archiepiscopum Con-*

stantinopolitanum Monothelitam. Dans la Bibliotheque des Peres, & dans le 8e. volume des Annales de *Baronius.*

F. TURRIEN.

34. *S. Maximi contra Monothelitas & Acephalos Opuscula* 13. *Ingolstadii* 1605. *in*-8°.

35. *Theodori Presbyteri Rhaithensis Præparatio de Incarnatione divina, ex versione Fr. Turriani.* Dans *Bibliotheca Patrum Auctarium Græco-Latinum Frontonis Ducæi. Paris.* 1624. *tom.* 1. & dans les Bibliotheques des Peres des années suivantes.

36. *Theodori Abucaræ varia Opuscula contra Hæreticos, Judæos & Saracenos; Interpretibus Fr. Turriano & Jac. Gretsero. Ingolst.* 1606. *in*-4°. It. Dans la Bibliotheque des Peres.

37. *Serapionis, Episcopi Tmucos liber contra Manichæos, ex versione Fr. Turriani.* Dans le 5e. tome des *Antiquæ Lectiones Canisii.* & dans la Bibliotheque des Peres.

38. *Leontii Byzantini libri tres contra Eutychianos & Nestorianos, liber in fraudes Apollinaristarum; solutiones argumentorum Severi hæretici; dubitationes hypotheticæ & definientes* 30.

F. TURRIEN.

contra eos qui negant esse in Christo post unionem duas veras naturas; omnia Latinè, Turriano Interprete. Dans le 4e. tome de *Canisius.*

39. *Anastasii Sinaïtæ, Patriarchæ Antiocheni Orationes quinque, Latinè; Turriano Interprete.* Dans le Recueil de *Stevart.*

40. *Anastasii Abbatis liber contra Judæos, Latinè; Turriano Interprete.* Dans le 3e. tome de *Canisius.*

41. *Collectanea incerti Autoris contra Severianos, Latinè.* Dans le 4e. vol. de *Canisius.*

42. *S. Nicephori Patriarchæ C. P. Opuscula quatuor contra Iconomachos, Latinè.* Dans le 4e. tome de *Canisius.*

43. *Dionysii, Alexandrini Archiepiscopi, Epistola adversus Paulum Samosatensem, Episcopum Antiochiæ. Romæ* 1608. *in*-8°. It. Dans la Bibliotheque des Peres.

44. *Zachariæ, Mytilenensis Episcopi, disputatio contra Manichæos, Latinè.* Dans le 5e. tome de *Canisius* & dans la Bibliotheque des Peres.

45. *Titi, Bostrensis Episcopi, contra*

Manichæos libri tres. Dans le 5e. tome de *Canisius.* F. TURRIEN.

46. *Timothei Presbyteri de differentia eorum, qui accedunt ad Christianam fidem, liber, Latinè.* Il y a dans la Bibliotheque des Peres une version Latine de cet Ouvrage, mais qui n'est pas de *Turrien*, & qui est moins ample que la sienne. Pour ce qui est de la sienne, *Antoine Possevin* l'a inserée dans son *Apparat*, au mot : *Timothæus Presbyter.*

47. *Excerpta ex libro S. Hippolyti de Theologia & Incarnatione contra Beronem & Helicem, Latinè.* Dans le 5e. tome de *Canisius.*

48. *S. Basilii Rationes Syllogisticæ contra Arianos, quod Filius in divinis sit Deus, Latinè.* Dans le 5e. tome de *Canisius.*

49. *S. Gregorii Nyssenii Epistola ad Theophilum, Alexandriæ Episcopum, contra Apollinarium, Latinè.* Dans le 5e. tome de *Canisius.*

50. *Didymi Alexandrini liber contra Manichæos, Latinè.* Dans le 5e. tome de *Canisius.*

51. *S. Johannis Damasceni liber contra Acephalos & Jacobitas Mono-*

F. TURRIEN. *physitas, Latinè*. Dans le 4e. tome de *Canisius*.

52. *Ejusdem dissertatio adversus Nestorianos, Latinè*. Dans le même volume.

53. *Photii, Patriarchæ C. P. Epistola ad Michaëlem Bulgarorum Regem, Latinè.* Dans le 5e. tome de *Canisius*.

54. *Photii Dissertationes sex de Divinitate, Incarnatione &c. Latinè.* Dans le même volume.

55. *Theodori Hagiopolitani disputationes tres. 1. De nomine Dei. 2. De Deo & Deitate. 3. Cum Nestoriano, Latinè; Turriano Interprete.* Dans le 4e. tom. de *Canisius*.

V. *Alegambe & Sotwel, scriptores Soc. Jesu. Nicolai Antonii Bibliotheca Hispana. Andreæ Schotti Hispaniæ Bibliotheca. p. 285. Les Eloges de M. de Thou & les Additions de Teissier.*

JEAN HENRI MAIUS.

J. H. MAIUS.

JEAN *Henri Maius* naquit le 5. Février 1653. à *Pforzheim*, petite ville du Marquisat de *Bade* en Allemagne, de *Jean George Maius* Ministre de ce lieu, & de *Marguerite Dorothée Uzine*.

A l'âge de onze ans, on l'envoya à *Dourlac*, pour y faire ses études avec *Jean Burkard* son frere aîné ; & il y demeura jusqu'en 1671. qu'il passa à *Wittemberg*, pour s'y perfectionner dans les connoissances qu'il avoit acquises.

La guerre, qui avoit desolé son pays, ôtant à son pere les moyens de l'entretenir davantage dans ses études, il fut obligé de chercher les moyens de subsister par lui-même.

Son premier dessein fut de passer en Suede, & il se rendit pour cela à *Hambourg* ; mais ayant trouvé une condition à *Coppenhague*, il alla dans cette ville, où il passa l'hyver occupé à instruire les enfans d'un Ministre de la Cour, & à continuer ses

J. H. MAIUS.

études particulieres.

De retour à *Hambourg* l'année suivante, il se chargea de l'instruction des enfans d'*Esdras Edzard*, auprès desquels il demeura deux années. Il s'appliqua pendant tout ce temps-là avec beaucoup d'ardeur aux langues Orientales, & y fit des progrès si considerables, qu'étant après allé à *Leipsic*, il fut en état de les enseigner en particulier à plusieurs personnes.

Il fit ensuite quelque séjour à *Wittemberg*, où *Calovius* le prit chez lui, & le chargea d'instruire son fils unique dans la Litterature Orientale.

Ayant quitté cette ville, il se rendit à *Strasbourg*, où il prit des leçons de *Sebastien Schmid*, & de *Balthasar Bebelius*. On lui offrit dans ce lieu une place de Professeur; mais comme on y étoit menacé de la guerre, il la refusa, & se contenta d'accepter l'emploi de Predicateur du Prince *Leopold Louis* Comte de *Veldents*, qui tenoit alors sa Cour à *Strasbourg*.

Après l'avoir rempli un peu plus d'un

d'un an, il fut appellé à *Dourlac*, par le Marquis de *Bade-Dourlac*, pour y être Ministre, & Professeur en langue Hebraïque. Il se maria quelque temps après dans cette ville, & épousa *Sabine Helene Praun*, fille d'un Conseiller du Marquis, dont il eut quatre enfans; entre autres *Jean Henri Maius*, qui a été l'héritier de ses talens & de sa capacité, aussi bien que de son nom.

J. H. MAIUS.

En 1689. il quitta *Dourlac*, & passa à *Giessen*, pour y remplir une chaire de Professeur en langues Orientales.

Ayant perdu sa femme, il épousa en secondes nôces l'an 1692. une veuve, nommée *Anne Claire Hofmann*, dont il eut quatre enfans; mais ils moururent tous dans l'enfance, & la mere mourut elle même en 1716. Il se remaria encore l'année suivante, & épousa *Sophie Marguerite Holtzhaus*, fille d'un Ministre de *Francfort*.

Il y avoit déja quelques années que sa santé étoit foible & chancelante, lorsqu'il fut attaqué de la maladie dont il mourut le 3. Septem-

J. H. MAIUS.

bre 1719. âgé de 66. ans.

Il avoit passé par toutes les charges de l'Academie de *Giessen*, & en avoit été trois fois Recteur.

Catalogue de ses Ouvrages.

1. *Historia Animalium in sacro cum primis Codice memoratorum. Francofurti* 1685. *in*-8°.

2. *Vita Johannis Reuchlini Phorcensis; in qua multa ac varia ad historiam sæculi superioris, cùm sacram, tùm profanam, remque litterariam spectantia memorantur, succincte descripta. Francofurti* 1687. *in*-8°. L'Auteur a ramassé dans cet Ouvrage bien des choses curieuses sur *Reuchlin*, mais il n'a pas eu soin de les mettre en ordre comme il falloit, ni de les expliquer d'une maniere nette. Son livre est un vrai cahos, où les digressions font continuellement perdre de vûe celui qui en est le principal objet.

3. *Ecclesiæ Judaïcæ, testantis de Canone Veteris Testamenti, autoritas atque fides, ex Rom.* III. 12. *Giessæ* 1689. *in*-4°. C'est une These, qu'il fit soutenir à son arrivée à *Giessen*.

4. *De Utopia Sophia & Labyrin-*

tho Moriæ. Giessæ 1690. *in*-4°. C'est encore une These, aussi bien que la piece suivante. J. H. Maius.

5. *Constans & invariata Confessio fidei Ecclesiarum Augustanæ Confessionis, contra Jacobi Benigni Bossueti Tract.* Histoire des Variations des Eglises Protestantes. *Giessæ* 1690. *in*-4°.

6. *Selectiores Dissertationes quatuor de scriptura sacra, novæ Historiæ Criticæ Veteris Testamenti Autori P. Richardo Simoni, ejusque adversariis Theologis Batavis opposita. Francofurti* 1690. *in*-8°. *Maius* se propose de refuter ici également le P. *Simon*, & M. *le Clerc*, qui l'avoit attaqué dans ses *sentimens de quelques Théologiens de Hollande.*

7. *Dissertationes sacræ, in quibus selectiora Veteris Testamenti Oracula secundum seriem locorum Theologicorum ita explicantur, ut non tantum usus Philologiæ in Theologia amplissimus dilucide ostendatur, sed etiam novi præsertim Autores, Sandius, Huetius, Rich. Simon, Theologi Batavi, aliique ex instituto examinentur ac refutentur. Francofurti* 1690. *in*-8°. Cet

J. H. MAIUS.

Ouvrage avoit d'abord été imprimé à *Dourlac*, mais les François étant entrés brusquement dans cette ville, en brûlerent les exemplaires, à la reserve d'un seul, qui échappé aux flammes a servi à faire cette édition.

8. *Biblia Hebraïca, prout illa antehac diligenti opera atque studio Davidis Clodii prodiere, accurate recognita à Joanne Henrico Maio, & ultimo revisa à Joanne Leusdeno, cum antiqua Præfatione Clodii, & nova Maii & Monito Leusdeni. Francofurti ad Mœnum* 1692. *in*-8°. La premiere édition de *Clodius* avoit paru en 1677.

9. *De Pietate Heroïca. Giessæ* 1692. *in*-4°.

10. *De lustrationibus & purificationibus Hebræorum, contra Joh. Spencerum. Giessæ* 1692. *in*-4°.

11. *Positiones Philosophicæ. Ib.* 1692. *in*-4°.

12. *De Aquila Romana cadaveri Judaïco infesta, ex Matthai* XXIV. 28. *& Lucæ* XVII. 27. *Ibid.* 1692. *in*-4°.

13. *De genuina Philosophiæ dispositione. Ibid.* 1692. *in*-4°.

14. *De salis usu Symbolico apud sacros & prophanos Autores. Ibid.* 1692. *in*-4°. J. H. Maius.

15. *De Ephemeriis, sive Sacerdotum Hebræorum Classibus, ex* 1. *Paralipom.* XXIII. XXIV. *& Lucæ* I. 5. *&* 8. *Ibid.* 1692. *in*-4°.

16. *Super dicto Matthæi* V. 21. 22. *Hamburgi* 1692. *in*-4°.

17. *De purificatione mirabiliter singulari, & singulariter mirabili ex Jos.* X. 16. 55. *& Psal.* LI. 9. *Giessæ* 1693. *in*-4°.

18. *De Linguarum, Teutonicæ, Latinæ, Græcæ, atque Hebrææ, addiscendarum facili ratione, earumdemque secreta convenientia. Ibid.* 1693. *in*-4°.

19. *Theologia Davidis, ex ejus vita & præsertim Psalmis secundum seriem Locorum Communium thetice concinnata. Ibid.* 1693. *in*-4°.

20. *Synopsis Theologiæ Symbolicæ Ecclesiarum Lutheranarum ex omnibus libris Symbolicis eorumdemque verbis propriis ordine Systematico adornata. Ibid.* 1694. *in*-4°.

21. *Præfatio Isagogica in Synopsin Criticorum Matthæi Poli, quâ hujus Operis dignitas & utilitas ab iniqua*

J. H. MAIUS.

nonnullorum censura vindicatur; brevis & dilucida ad studium Philologicum atque Exegeticum via monstratur, ejusque subsidia è Synopsi ostenduntur; judicia de singulis citatis Autoribus modeste feruntur. Francofurti 1694. *in*-4°.

22. *Examen Historiæ Criticæ Novi Testamenti, à Rich. Simonio vulgatæ. Giessæ* 1694. *in*-4°.

23. *De* Δοκιμασία *fidei hominis vere Christiani è* II. *Corinth.* XIII. 5. *Giessæ* 1695. *in*-4°.

24. *De Propitiatorio. Ibid.* 1695. *in*-4°.

25. *De Ratione in rebus fidei suo modo cæca & oculata. Ibid.* 1695. *in*-4°.

26. *De Clave cognitionis ad Lucæ* XI. 51. *Ibid.* 1695. *in*-4°.

27. *De Magistro Gentium, in Psalm.* IX. 21. *Ibid.* 1695. *in*-4°.

28. *Ebraicæ linguæ ejusque accentuationis necessitas & utilitas. Giessæ* 1695. *in*-4°.

29. *De Philothesiis veterum Hebræorum, Græcorum & Romanorum. Giessæ* 1696. *in*-4°.

30. *De Juramento per dolum elicito, ex Jos.* IX. *Ibid. in*-4°.

31. *Apocalypsis Regni Dei in anima*

fideli. Ibid. 1696. *in*-4°. J. H. MAIUS.

32. *De imagine veritatis fatidica & juridica, S. Ebræorum Urim & Thummim, ex Exod.* XXVIII. 30. *Ibid.* 1696. *in*-4°.

33. *Synopsis Theologiæ Moralis, per omnes locos Theologicos, ad normam scripturæ sacræ & ductum Librorum Symbolicorum adornata. Giessæ* 1697. *in*-4°.

34. *De simplicitate Christiana. Ibid.* 1697. *in*-4°.

35. *De amicitia inter Deum & homines, ad Jac.* II. 23. *Ibid.* 1697. *in*-4°.

36. *De Duplici Idololatria, crassa & subtili. Giessæ* 1698. *in*-4°.

37. *Synopsis Theologiæ Judaïcæ, veteris & novæ, in quâ illius veritas hujusque falsitas ex S. Hebræo Codice & ipsis Judaïcæ Gentis scriptoribus antiquis & novis, per omnes locos Theologicos ostenditur. Ibid.* 1698. *in*-4°.

38. *Sophia exul. Ibid.* 1698. *in*-4°.

39. *Introductio ad studium Philologicum, Criticum & Exegeticum, in qua simul Joannis Clerici Ars Critica, & Marci Meibomii novum specimen Biblicarum emendationum & interpre-*

J. H. MAIUS.

tationum examinatur. Giessæ 1699. *in*-4°.

40. *Apodixis Theologica de Theosophia Fidelium universali ex* I. *Corint.* II. *demonstrata. Ibid.* 1699. *in*-4°.

41. *L'Ecole de Jesus-Christ ; ou devoirs de ses disciples.* (en Allemand) *Giessen* 1699. *in*-12.

42. *Sebastiani Castallionis Dialogorum libri* IV. *In usum Scholarum Christianarum recensuit J. Henr. Maius, & Dialogum de Fide addidit. Giessæ* 1699. *in*-8°.

43. *La souveraine sagesse des Chrétiens en general, & des Etudians en particulier* (en Allemand) *Giessen* 1699. *in*-12.

44. *Epistolæ ad Hebræos Paraphrasis, sic adornata, ut justi Commentarii locum explere queat, cum Analysim textus, Exegesim rerum, & Emphasim vocum succincte exhibeat. Ibid.* 1700. *in*-4°.

45. *De la simplicité Chrétienne dans la Foy, & dans la conduite de la vie.* (en Flamand) *Giessen* 1700. *in*-12.

46. *De la résignation de l'ame Chrétienne.* (en Flamand) *Ibid.* 1701. *in*-12.

47. *Theologia Evangelica, ex Pericopis Evangeliorum Dominicalium & Festivalium eruta, & ita comparata, ut post Analysim, Harmoniam & Exegesin locus Theologicus Theoretice & Practice pertractetur. Pars* Ia. *Giessæ* 1701. *in* 4°. *Ejusdem partes* II. III. & IV. *Ibid.* 1719. *in*-4°. J. H. MAIUS.

48. *Hieronymi Welleri Methodus Concionandi cum brevibus notis. Giessæ* 1701. *in*-8°.

49. *Quatre livres de Jean Arnd sur le veritable Christianisme, avec de courtes prieres ajoûtées à chaque Chapitre* (en Allemand) 2e. *Edition. Giessen* 1703. *in*-12.

50. *Instruction Chrétienne sur la Confirmation des Enfans du Lundi de Pasques & de la Pentecôte, en trois Sermons* (en Allemand) 2e. *Edition. Giessen* 1703. *in*-12.

51. *Animadversiones & supplementa ad* Joh. *Coccei Lexicon & Commentarium Sermonis Hebraïci atque Chaldaïci; in quibus non tantum radices deperditæ in Hebræa lingua ex Chaldaïca, Syriaca, Arabica & Æthiopica, magno numero restitutæ sunt, sed etiam Idiotismi non pauci observati, &*

J. H. MAIUS. *obscura loca dilucide explicata reperiuntur. Francofurti* 1689. *in-fol.* It. *Secunda editio priore auctior. Francofurti* 1703. *in-fol.*

52. *Theologia Jeremiana, ex Jeremiæ Vaticiniis & Lamentationibus juxta Articulorum fidei ordinem, per Theses collecta. Giessæ* 1703. *in*-4°.

53. *Theologia Jesaiana, è toto volumine Jesaiæ vatis, secundum seriem locorum Theologicorum omnium breviter delineata. Ibid.* 1704. *in*-4°.

54. *Orientalium Linguarum usus Catholicus. Ibid.* 1704. *in*-4°.

55. *Novum Testamentum Græcum, & Græco-Germanicum locis vere parallelis illustratum atque auctum. Giessæ* 1705. *in*-12.

56. *Epistola ad D. Jo. Frid. Mayerum, quâ Calumniæ crimen, inique sibi impactum, modeste abstergit, & suam pariter famam & officium ab obtrectatoribus aliis vindicat. Ibid.* 1705. *in*-4°. Il se defend ici sur ce qu'il avoit dit dans sa *Synopsis Theologiæ Moralis*, que l'on ne s'appliquoit pas assez dans les Academies a expliquer l'Ecriture Sainte aux jeunes étudians ; ce que *Mayer* avoit relevé

comme une chose injurieuse aux Professeurs qui y enseignoient. J. H. MAIUS.

57. *Les sept Pseaumes de la penitence, traduits sur l'Hebreu en vers Allemands. Giessen* 1706. *in*-4°.

58. *De consuetudinis antiquæ antiquatione.* 1. *Samuel* 1. 3. *Giessæ* 1706. *in*-4°.

59. *De Manna triplici ex scriptura & Naturæ libro, occasione Apocal.* II. 17. *Giessæ* 1706. *in*-4°.

60. *De Theognosia naturali theorico-practica. Ibid.* 1706. *in*-4°.

61. *Oeconomia Temporum Veteris Testamenti, exhibens gubernationem Dei inde à Mundo condito usque ad Messiæ adventum, per omnes antiqui Hebraïci Codicis Libros, secundum seriem sæculorum, & similitudinem rerum. Giessæ* 1706. *in*-4°.

62. *De Christo sole Justitiæ, occasione Malachiæ* IV. 2. *Giessæ* 1706. *in*-4°.

63. *Joannis Justi Losii Biga Dissertationum, cum Præfatione J. H. Maii. Ibid.* 1706. *in*-4°.

64. *De Calculo Albo, Victoriæ contra Nicolaitas tessera, ad Apocal.* II. 14. 15. *Ibid.* 1706. *in*-4°.

J. H. MAIUS.

65. *De Unico Theologiæ Principio: Ibid.* 1706. *in*-4°.

66. *Harmonia Evangelica omnium dictorum & factorum Jesu-Christi usque ad Pascha* Σταυρώσιμον, *quinque partibus comprehensa, atque ita concinnata, ut monotessaron, seu unum continuum Evangelium ex quatuor Evangelistis, perpetua paraphrasi sistatur ac illustretur, & ex singulis capitibus atque commatibus cognitio veritatis & praxis pietatis ostendatur. Francofurti* 1707. *in*-4°. pp. 1472. L'épaisseur de ce volume, qui ne touche pas même à l'histoire de la passion, fait connoître que l'Auteur est diffus dans son stile, aussi fait-il perdre de vûe, par ses longueurs, le concert qu'il se propose de montrer entre les Evangelistes.

67. *Philosophia Jobi Arabica. Giessæ* 1707. *in*-4°.

68. *Sciagraphia Scholarum Prophetarum. Ibid.* 1707. *in*-4°.

69. *Specimen Philosophiæ Mosaïcæ, thesibus quibusdam subitariis comprehensum. Ibid.* 1707. *in*-4°.

70. *De pietate Cyri Regis Persarum, ex Jes.* XLV. 1. 55. *Ibid.* 1707. *in*-4°.

J. H. MAIUS.

71. *De custodia cordis, ex Prov.* IV. 20. *Ibid.* 1707. *in*-4°.

72. *De jure anni septimi, secundùm disciplinam Hebræorum, ad diversa Codicis Sacri loca illustranda. Giessæ* 1707. *in*-4°.

73. *Sciagraphia Philosophiæ Abrahami. Ibid.* 1707. *in*-4°.

74. *De nomine Jehova. Ibid.* 1707. *in*-4°.

75. *De falsa eruditione, ad* 1. *Timot.* VI. 20. *Ibid.* 1707. *in*-4°.

76. *De Archisophia, ex Proverb.* VIII. 30. *Ibid.* 1707. *in*-4°.

77. *De Kiun & Remphan, ex Amos* V. *& Actor.* VII. *Ibid.* 1707. *in*-4°.

78. *Oeconomia Judiciorum divinorum per omnes S. Codicis libros secundùm seriem sæculorum & similitudinem rerum adornata atque digesta. Francofurti. in*-4°. Quatre parties ; la premiere en 1707. la 2e. en 1713. la 3e. en 1714. & la 4e. en 1717.

79. *Repetitum Examen Historiæ Criticæ Textus Novi Testamenti à P. Richardo Simonio vulgatas, publice institutum antehac in Academia Ludoviciana, nuncque auctum Introductione ad studium Philologicum, Criticum, &*

J. H. MAIUS.

Exegeticum, atque examine Artis Criticæ Joh. Clerici, & novi speciminis Biblicarum emendationum & interpretationum Marci Meibomii. Francofurti 1708. *in*-4°. C'est une nouvelle édition de l'Ouvrage marqué au N°. 22. mais qui est plus ample & plus en ordre.

80. *Synopsis Theologiæ Christianæ, ex solis verbis Christi, velatis ab Evangelistis, eruta. Francofurti* 1708. *in*-4°.

81. *Oeconomia Temporum Novi Testamenti, exhibens gubernationem Dei in Ecclesia ab adventu Messiæ usque ad finem Mundi. Giessæ* 1708. *in*-4°.

82. *De Adamo inter mortales homines primo. Ibid.* 1708. *in*-4°.

83. *D. M. Lutheri Theologia pura & sincera, ex Viri divini scriptis universis, maxime tamen Latinis, per omnes articulos fidei digesta & concinnata. Francofurti* 1709. *in*-4°.

84. *Theologia Prophetica, ex Selectioribus Veteris Testamenti oraculis, secundùm seriem locorum Theologicorum dispositis, ita explicata, ut usus Philologiæ in Theologia amplissimus, ejusque abusus novorum Criticorum dilucide ostendatur. Accessit, Theologia*

Davidis, Jesaiæ, & XII. Prophetarum Minorum. Giessæ 1709. *in*-4°. J. H. MAIUS.

85. *De erroribus Fanaticorum quorumdam, circa lumen Naturæ hoc tempore exortis. Ibid.* 1709. *in*-4°.

86. *Historia Reformationis ex D. Martini Lutheri, aliorumque fide dignorum scriptorum Monumentis eruta ac digesta; & supplementa ad Theologiam Lutheri nuper editam. Francofurti* 1710. *in*-4°.

87. *Selectiorum Exercitationum Philologicarum & Exegeticarum Tomi duo. Francofurti* 1711. *in*-4°. C'est un Recueil des Theses que l'Auteur a fait soutenir à *Giessen*, & dont j'ai parlé ci-dessus. Sa méthode generale est de prendre un passage de l'Ecriture pour être le principal sujet de chaque dissertation; il l'examine & cherche l'étymologie de chaque mot; ensuite il s'étend à son gré, & cite quantité d'Auteurs, mais peu de Catholiques. Le premier volume contient 23. de ces Dissertations, & le second 17.

88. *Explication des sept Pseaumes de la Penitence.* (en Allemand) *Giessen* 1713. *in*-8°.

J. H. MAIUS.

89. *Preservatif spirituel contre toutes les maladies contagieuses, tiré des Pseaumes* 90. & 91. (en Allemand) *Giessen* 1714. *in-8°.*

90. *Dissertatio de summa Theologiæ Christianæ, sive Mysterio Magno, Christo in nobis & pro nobis. Giessæ* 1714. *in* 4°.

91. *Dissertatio de pietatis specie atque virtute, ex* II. *Timot.* III. 5. *Ibid.* 1714. *in-*4°.

92. *La pierre precieuse de David.* (en Allemand) *Giessen* 1715. *in-*8°.

93. *Dissertatio de Mysterio conversionis Judaicæ gentis ante Mundi finem adhuc certo sperandæ. Giessæ* 1716. *in-*4°.

94. *Sentimens de devotion tirés des Pseaumes qui se disent aux grandes fêtes.* (en Allemand) *Giessen* 1716. *in-*8°.

95. *La Mine spirituelle contenue dans un Sermon sur S. Jean* v. 39. (en Allemand) *Giessen* 1717. *in-*12.

96. *Historia Reformationis per Veteris Novique Testamenti libros, secundùm seriem sæculorum digesta, & ad Reformationem D. Lutheri applicata. Francofurti* 1719. *in-*4°.

97.

97. *Martini Molleri Meditationes Sanctorum Patrum, cum Præfatione Maii. Giessæ* 1719. *in*-4°. J. H. MAIUS.

98. *Disharmonia Doctrinæ Protestantium & Romano-Catholicorum in articulo de Justificatione contra Anonymum Timotheum Philaletham. Ibid.* 1719. *in*-4°.

V. Son Eloge dans les *Nova Litteraria Lipsiensia anni* 1720. *p.* 89. & dans la *Bibliotheca Bremensis. tom.* 5. *p.* 298.

JACQUES PHILIPPE TOMASINI.

JACQUES *Philippe Tomasini* naquit à *Padoue* le 17. Novembre 1597. (a) de *Jacques Tomasini* d'une famille noble, originaire de *Lucques*, & d'*Hippolite Panizzola*. J. P. TOMASINI.

Il apprit les langues Latine & Gréque, avec la Logique, de *Benoît Benedetti* de *Legnano*, Jurisconsulte & Théologien fameux de ce temps-

(a) On lit en 1595. dans *le glorie de gli Incogniti*; mais j'ai preferé la date d'*Ughelli*, comme plus circonstanciée.

J. P. TOMASINI.

là; & se consacra ensuite au service de Dieu en entrant dans la Congregation des Chanoines Seculiers de *S. George in Alga.*

Il s'y appliqua à la Philosophie & à la Théologie, & se fit recevoir Docteur en cette derniere Faculté à *Padouë* le 21. Février 1619. Il a inseré dans son *Gymnasium Patavinum* p. 190. les Lettres qu'on lui donna en cette occasion.

Il auroit après cela volontiers professé, mais les regles de sa Congregation ne le lui permettant pas, il se donna à la composition de differents Ouvrages, qui lui firent honneur.

Son mérite l'éleva bientôt aux premieres charges de son Ordre. Il en étoit Visiteur, lorsque passant à *Rome*, où il étoit déja connu de quelques Cardinaux, entre autres du Cardinal François *Barberin*, à qui il avoit dedié son livre *de Donariis*, il presenta tous ses Ouvrages au Pape *Urbain VIII.* qui les reçut avec plaisir, & lui témoigna qu'il avoit lû avec beaucoup de satisfaction, sa vie de *Petrarque.*

Ce Pape voulut lui donner des marques de son estime, en le nommant à l'Evêché de *Canée* dans l'Isle de *Candie*; mais *Tomasini* ne put consentir à l'accepter pour diverses raisons. Il aima mieux celui de *Citta Nuova* (en Latin *Æmonia*) en Istrie, quoique d'un revenu modique & situé dans un air peu sain.

J. P. TOMASINI.

Le Pape *Urbain VIII.* l'y nomma le 16. Juin 1642. Il fut sacré à *Rome* par le Cardinal *Antoine Bragadini* le 22. Juillet suivant, & il prit possession le 1. Novembre de la même année.

Le soin de son Diocèse, & la composition de ses Ouvrages l'occuperent entierement depuis.

Il mourut à la fin de l'année 1654. âgé de 57. ans.

Catalogue de ses Ouvrages.

1. *Illustrium Virorum Elogia Iconibus exornata. Patavii* 1630. *in-4°.* Ce sont les Eloges de plusieurs Sçavans Italiens, dont il avoit les Portraits dans son cabinet. Ces Eloges sont assez bien faits, & accompagnez le plus souvent des dates necessaires. L'Auteur en donna un second volume en 1644.

J. P. TOMASINI. 2. *Titus-Livius Patavinus. Patavii* 1630. *in*-4°. It. *Editio aucta. Amstelodami* 1670. *in*-4°. fig. C'est une Vie de cet Auteur, remplie d'érudition, comme tous les Ouvrages de *Tomasini.*

3. *Oratio de D. Hieronymi laudibus. Patavii* 1630. *in*-4°.

4. *Cenotaphium Maximi Turani. Patavii* 1631. *in*-4°.

5. *Laurentii Pignorii Vita, Bibliotheca, & Musæum. Venetiis* 1632. *in*-4°. It. A la pag. 199. du second volume des Eloges. It. Avec *Manus Æneæ dilucidatio* à la suite de *Laurentii Pignorii Mensa Isiaca. Amstelod.* 1669. *in*-4°.

6. *Prodromus Athenarum Patavinarum ad Cives Patavinos emissus. Patavii* 1633. *in*-4°. C'est un essai de la Bibliotheque des Auteurs de *Padoue*, qu'il vouloit donner au Public, mais qui n'a pas eu de suite.

7. *Petrarcha redivivus, integram Poëtæ celeberrimi vitam iconibus ære cœlatis exhibens. Accessit Nobilissimæ fœminæ Lauræ brevis historia. Patavii* 1635. *in*-4°. It. *Editio altera correcta & aucta; cui addita Poëtæ Vita, Pau-*

lò Vergerio, Anonymo, Jannozzo Manetto, Leonardo Aretino, & Ludovico Beccadello auctoribus. Item V. C. Fortunii Liceti ad Epistolam Tomasini de Petrarchæ cognominis ortographia Responsum. Patavii 1650. *in*-4°. La lettre de *Liceti* avec celle de *Tomasini*, qui y a donné occasion, ont été tirées du livre du premier intitulé : *De secundò quæsitis per Epistolas à Claris Viris Responsa. Utini* 1646. *in*-4°. *Liceti* y decide qu'il faut écrire *Petrarcha*. J. P. TOMASINI.

8. *Marci Antonii Peregrini Vita. Patavii* 1636. *in*-4°.

9. *Clarissimæ fœminæ Cassandræ Fidelis Venetæ Epistolæ & Orationes Posthumæ, numquam antehac editæ. Jacobus Phil. Tomasinus e MSS. recensuit; præmissa ejus Vita, argumentis, notisque illustravit. Patavii* 1636. *in*-12. *Tomasini* a inseré depuis cette vie, avec quelques retranchemens à la p. 343. du second volume de ses Eloges.

10. *De Donariis ac Tabellis Votivis liber singularis. Utini* 1639. *in*-4°. It. *Editio auctior Patavii* 1654. *in*-4°. It. dans le 12e. volume des Antiqui-

J. P. TOMASINI. tez Romaines de *Gravius* p. 737.

11. *Lauræ Ceretæ Epistolæ, cum notis; præmissa ejus Vita. Patavii* 1640. *in*-12. Cette vie se trouve aussi à la p. 360. du second volume des Eloges de *Tomasini*.

12. *Bibliotheca Patavina Manuscripta Publica & privata, quibus diversi scriptores hactenus incogniti recensentur. Patavii* 1639. *in*-4°.

13. *Annales Canonicorum secularium S. Georgii in Alga. Utini* 1642. *in*-4°. Quoique les Membres de cette Congregation portent le nom de Chanoines Seculiers, ils sont cependant des vœux solemnels.

14. *Elogia Virorum Literis & sapientia illustrium ad vivum expressis imaginibus exornata. Patavii* 1644. *in*-4°. C'est le second volume du livre marqué au N°. 1. *Colomiés* assûre dans le *Colomesiana* avoir appris de *Vossius*, que *Jean Rhodius*, Auteur du Traité *de Acia*, disoit hautement à *Padouë*, qu'il avoit fait les Eloges des hommes illustres, que *Tomasini* avoit publiés sous son nom; & que si celui-ci étoit devenu Evêque, il lui en avoit toute l'obligation. Mais

c'est une chose qui n'a aucune vraisemblable ; *Tomasini*, qui faisoit une étude particuliere de l'histoire Literaire, étoit plus en état d'écrire les Eloges dont il s'agit, qu'un étranger, si habile qu'il fût d'ailleurs.

J. P. TOMASINI.

15. *Bibliotheca Veneta Manuscripta, Publica & privata, quibus diversi scriptores hactenus incogniti illustrantur. Utini* 1650. *in*-4°.

16. *Sinodo Diocesano di Citta nuova. Udine* 1644. *in*-8°. Son Diocèse étoit fort derangé pour le spirituel, & aucun de ses prédecesseurs ne s'étoit avisé de tenir de Synode ; ce fut pour ce sujet qu'il en tint un le 17. May 1644. & qu'il jugea à propos d'en publier les Actes.

17. *Historia della Beata Vergine di Monte Ortone. In Padoua* 1644. *in*-4°. *Monte Ortone* est a sept milles de *Padouë*, & il y a une Eglise dediée à la Vierge, possedée par des Ermites de *S. Augustin. Tomasini* fait ici l'histoire de la Madonne, qu'on y honore.

18. *De Tesseris Hospitalitatis liber singularis, in quo jus hospitii universum apud veteres potissimum expendi-*

J. P. TOMASINI. *tur. Utini* 1647. *in*-4°. It. *Amstelod.* 1670. *in*-12. It. Dans le 5e. tome des Antiquitez Romaines de *Grævius* p. 869.

19. *Parnassus Euganeus, sive de scriptoribus ac Litteratis hujus ævi claris. Accedit Index eorum qui Elogia condidere, ac de scriptoribus diversis tractarunt. Patavii* 1647. *in*-4o. Le P. *Labbe* assure dans sa *Bibliotheca Bibliothecarum*, que cet Ouvrage est tellement rempli de fautes, qu'à peine y a-t-il trois ou quatre noms qui ne soient estropiez.

20. *Manus Æneæ, Cecropii votum referentis, dilucidatio. Patavii* 1649. *in*-4o. It. Avec *Laurentii Pignorii Mensa Isiaca. Amstelodami* 1669. *in*-4°. It. Dans le 10. Volume des Antiquitez Gréques de *Gronovius*. p. 657.

21. *Urbis Patavinæ Inscriptiones sacræ & Profanæ. Patavii* 1649. *in*-4o.

22. *Territorii Patavini Inscriptiones sacræ & Prophanæ, quibus accesserunt omissæ in primo volumine, ac noviter positæ. Patavii* 1654. *in*-4o. Les Inscriptions de ces deux volumes se trouvent dans un Recueil plus ample publié depuis : *Agri Patavini In-*

Inscriptiones sacræ & Prophanæ Fr. Jacobi Salomonii Ord. Præd. Patavii 1696. in-4°. J. P. TOMASINI.

23. *Gymnasium Patavinum libris v. Comprehensum. Utini* 1654. *in-4°.* C'est le dernier Ouvrage de *Tomasini*, qui mourut à la fin de cette année. On y voit les Actes Originaux de l'Université de *Padouë*, dont les dates ne s'accordent pas toûjours avec celles de ses Eloges.

V. *Son Eloge dans le Glorie degli Incogniti, Academie de Venise, dont il étoit. In Venetia* 1647. *p.* 189. *Ughelli Italia sacra, tome* 5e. *de la nouvelle édition.*

JEAN BAPTISTE POCQUELIN DE MOLIERE.

JEAN *Baptiste Pocquelin*, si connu sous le nom de *Moliere*, naquit à *Paris* l'an 1620. Il étoit fils & petit-fils de Tapissiers, Valets de Chambre du Roi. Sa mere nommée *Boutet* étoit aussi fille de Tapissier, & les deux familles demeuroient sous les pilliers des Halles. J. B. MOLIERE.

J. B. MOLIERE.

Il passa quatorze ans dans la maison paternelle, où l'on ne songea à lui donner qu'une éducation conforme à sa naissance. Sa famille, qui le destinoit à la charge de son pere, en obtint pour lui la survivance. Mais la complaisance qu'avoit eue son grand-pere de le mener souvent à la Comedie à l'Hotel de Bourgogne, ayant commencé à developper en lui le goût naturel qu'il avoit pour les spectacles, il conçut un dessein fort opposé aux vûes de ses parens; il demanda instamment la permission de faire ses études, & son pere se rendant à ses instances, l'envoya au College de *Clermont*.

Il y étudia pendant cinq ans, pendant lesquelles il contracta une étroite amitié avec *Chapelle*, *Bernier*, & *Cyrano de Bergerac*. *Chapelle*, aux études de qui on avoit associé *Bernier*, avoit pour précepteur le celebre *Gassendi*, qui voulut bien admettre *Pocquelin* à ses leçons.

Les Belles-Lettres ornerent l'esprit du jeune *Pocquelin*, & les preceptes du Philosophe lui apprirent à raisonner. Ce fut dans ses leçons qu'il puisa ces principes de justesse, qui lui ont servi de guides dans la plûpart de ses Ouvrages.

J. B. MOLIERE.

Le Voyage de *Louis XIII.* à *Narbonne* en 1641. interrompit ces études, d'autant plus agréables pour lui, qu'elles étoient de son choix. Son pere devenu infirmé ne pouvant suivre la Cour, il y alla remplir les fonctions de sa charge, qu'il a depuis exercée jusqu'à sa mort. Mais à son retour à *Paris*, cette passion pour le Théâtre, qui l'avoit porté à faire ses études, se réveilla plus vivement que jamais.

S'il est vrai, comme on l'a prétendu, qu'il ait étudié en Droit, & qu'il ait été reçu Avocat, il ceda bientôt à son inclination.

Le goût pour les spectacles étoit presque general en France, depuis que le Cardinal de *Richelieu* avoit accordé une protection distinguée aux Poëtes Dramatiques. Plusieurs societés particulieres se faisoient un divertissement de joüer la Comedie. *Pocquelin* entra dans une de ces societés, qui fut connue sous le nom de l'*Illustre Théâtre.* Ces nouveaux

J. B. MOLIERE.

Comediens, qui avoient d'abord joüé pour leur plaisir, flattés par quelque succès, voulurent tirer de l'argent de leurs representations, & s'établirent dans le jeu de Paume de la croix blanche au fauxbourg *S. Germain.*

Ce fut alors que *Pocquelin* changea de nom, & prit celui de *Moliere.* Peut-être crut-il devoir cet égard à ses parens, qui ne pouvoient que desaprouver la profession qu'il embrassoit; peut-être aussi ne fit-il que suivre l'exemple des premiers Acteurs de l'Hôtel de Bourgogne, qui avoient au Théâtre des noms particuliers.

L'établissement de cette nouvelle troupe n'ayant point réussi, *Moliere* fut obligé de courir quelque temps la Province. On le perd de vûe pendant quelques années. Cet intervalle fut le temps des guerres Civiles, qui agiterent Paris & tout le Royaume depuis 1648. jusqu'en 1652. Il est à presumer que *Moliere* composa alors ses premieres pieces.

La *Bejart*, Comedienne de Campagne, attendoit comme lui, un temps plus favorable pour exercer son talent. *Moliere* ayant eu occasion de la connoître, contracta avec elle une étroite amitié. Ils formerent de concert une troupe, & partirent pour *Lyon* en 1653. J. B. MOLIERE.

On y representa *l'Etourdi* de *Moliere*, piece en cinq Actes, qui enleva presque tous les spectateurs au Théâtre d'une autre troupe de Comediens établis dans cette ville. Quelques-uns d'entre eux prirent parti avec *Moliere*, & le suivirent en *Languedoc*, où il alla offrir ses services à M. le Prince de *Conti*, qui tenoit à *Beziers* les Etats de la Province. Ce Prince le reçut avec bonté, & fit donner des appointemens à sa troupe.

Il avoit connu *Moliere* au College, & s'étoit amusé des representations de l'*Illustre Théâtre*, qu'il avoit plusieurs fois mandé chez lui. Non content de lui confier la conduite des Fêtes qu'il donnoit, on veut qu'il ait voulu en faire son Secretaire : mais *Moliere* aimoit trop l'independance pour accepter cette place.

L'Etourdi reparut à *Beziers* avec un

J. B. MOLIERE.

nouveau succès. *Le Depit amoureux*, & *les Précieuses ridicules*, qui les suivirent, eurent beaucoup de succès. On y donna même des applaudissemens à quelques farces, qui, par leur constitution irreguliere, meritoient à peine le nom de Comedies, telles que *le Docteur amoureux*, *les trois Docteurs rivaux*, & *le Maître d'Ecole*, dont il ne nous reste que les titres.

On a cru jusqu'ici que dans ces sortes de pieces chaque Acteur de la troupe de *Moliere*, en suivant un plan general, tiroit le Dialogue de son propre fond à la maniere des Comediens Italiens; mais si on en juge par deux pieces du même genre, qui sont parvenues Manuscrites jusqu'à nous, elles étoient écrites & dialoguées en entier. Ces deux pieces, qui se trouvent dans le Cabinet de quelques curieux, sont intitulées: *Le Medecin volant*, & *la Jalousie de Barbouillé.* Il y a quelques phrases & quelques incidens, qui ont été inserés dans *le Medecin malgré lui*, & l'on voit dans *la Jalousie de Barbouillé* un Canevas, quoiqu'informe, du

3e. Acte de *George Dandin*. J. B. MOLIERE.

Moliere à probablement supprimé dans la suite toutes ces farces, parce qu'il sentoit bien qu'elles ne pourroient lui procurer la réputation à laquelle il aspiroit.

Sur la fin de 1657. *Moliere* partit avec sa troupe pour *Grenoble*, où il demeura pendant le Carnaval de 1658.

Il alla ensuite passer l'été à *Rouen*, & dans les frequens voyages qu'il fit à *Paris*, où il avoit dessein de se fixer, il eut accès auprès de Monsieur, qui le presenta au Roi & à la Reine Mere.

Le 24e. Octobre de la même année sa troupe representa la Tragedie de *Nicomede* devant toute la Cour sur un Théâtre élevé dans la sale des Gardes du vieux Louvre. Le debut fut heureux; mais *Moliere* sentant bien que sa troupe ne l'emporteroit pas pour le serieux sur celle de l'Hôtel de Bourgogne, fit à la fin un compliment au Roi, dans lequel après avoir loué les Comediens de l'Hôtel de Bourgogne, qui étoient presens, il le supplia d'agréer qu'il lui donnât un des petits divertisse-

J. B. MOLIERE.

mens, qui lui avoient acquis quelque réputation dans les Provinces. Le Roi y ayant consenti, on representa *le Docteur amoureux*, qui fut applaudi. Le succès de cet Essai retablit l'usage des petites Comedies, qui avoit cessé à l'Hôtel de Bourgogne, où l'on ne joüoit que des pieces serieuses.

La Cour avoit tellement goûté le jeu de ces nouveaux Acteurs, que le Roi leur permit de s'établir à *Paris*, sous le titre de Troupe de Monsieur, & de joüer alternativement avec les Comediens Italiens sur le Théâtre du petit Bourbon, d'où ils passerent en 1660. à celui du Palais Royal.

Ils representerent *l'Etourdi* le 3. Novembre 1658. On ne connoissoit gueres alors que des pieces chargées d'intrigues ; l'art d'exposer sur la scene des Caracteres & des mœurs étoit reservé à *Moliere*. Quoiqu'il n'ait fait que l'ébaucher dans cette piece, elle n'est point indigne de son Auteur. Elle est partie à l'antique, puisque c'est un valet qui met la scene en mouvement, & partie dans le goût Espagnol, par la multiplicité des incidens qui naissent l'un après l'autre, sans que l'un naisse necessairement de l'autre. On y trouve des personnages froids, des scenes peu liées entre elles, des expressions peu correctes. Le Caractere de *Lelie* n'est pas même trop vraisemblable, & le denoüement n'est pas heureux. Mais ces defauts sont couverts par une varieté & par une vivacité, qui tiennent le spectateur en haleine, & l'empêchent de trop reflechir sur ce qui pourroit le blesser. Cette piece est en cinq Actes & en vers. J. B. MOLIERE.

Le Depit amoureux la suivit de près. Cette piece est aussi en cinq Actes & en vers. Les incidens y sont rangés avec plus d'art, quoique toûjours dans le goût Espagnol. Trop de complication dans le nœud, & peu de vraisemblance dans le denoüement, sont les defauts qu'on y remarque. Cependant on y reconnoît dans le jeu des personnages, une source de vrai Comique. Peres, Amans, Maîtresses, Valets, tous ignorent mutuellement les motifs qui les font agir. Ils se jettent tour à tour dans un la-

J. B. MOLIERE.

byrinthe d'erreurs qu'ils ne peuvent démêler. La conversation de *Valere* avec *Ascagne* deguisée en homme; celle des deux vieillards, qui se demandent reciproquement pardon, sans oser s'éclaircir du sujet de leur inquiétude, la situation de *Lucile* accusée en presence de son pere, & le stratageme d'*Eraste*, pour tirer la verité de son valet, sont des traits également ingenieux & plaisans. Mais l'éclaircissement du même *Eraste* & de *Lucile*, qui a donné à la piece le titre de *Depit amoureux*, leur broüillerie, & leur reconciliation, sont le morceau de cet Ouvrage le plus justement admiré. Une Comedie Italienne du *Serchi* a fourni à *Moliere* l'idée & le Canevas de cette piece.

Les Precieuses ridicules, Comedie en un Acte en prose, furent representées le 18. Novembre 1659. Elles eurent un succès qui passa les esperances de *Moliere*, & commencerent à lui donner cette reputation, qu'il a si bien soutenue & augmentée depuis. Quoique cette piece ne soit pas une de ses meilleures du côté de l'intrigue, elle doit cependant tenir J. B. MOLIERE. son rang parmi ses Chef-d'œuvres. Il osa y abandonner la route connue des intrigues compliquées, pour suivre une carriere de Comique ignorée jusqu'à lui, & faire une critique fine & delicate des mœurs & du ridicule de son siecle.

Menage, qui assista à la premiere representation, en fut extremement satisfait, & dit en sortant à *Chapelain*: *M. nous approuvions, vous & moi, toutes les sottises, qui viennent d'être critiquées si finement, & avec tant de bon sens; mais croyez-moi, il nous faudra brûler ce que nous avons adoré, & adorer ce que nous avons brûlé.* Cela arriva comme je l'avois predit, ajoute *Menage*, (a) & dès cette premiere representation, l'on revint du Galimatias & du stile forcé.

La piece fut d'abord representée au simple; mais à la seconde representation on fut obligé à cause de l'affluence du monde, de la mettre au double; & elle fut joüée pendant quatre mois de suite.

Sganarelle ou *le Cocu imaginaire*,

(a) *Menagiana tom. 2. p. 65.*

J. B. MOLIERE.

Comedie en trois Actes en vers, fut joüé le 28. Mars 1660. On y remarqua que l'Auteur depuis son établissement à *Paris* avoit perfectionné son stile. En effet cette piece est écrite plus correctement que ses deux premieres. Mais si l'on y retrouve *Moliere* en quelques endroits, ce n'est pas le *Moliere* des *Precieuses ridicules*. Le titre de la piece, le caractere du premier personnage, la nature de l'intrigue, & le genre Comique qui y regne, semblent annoncer qu'elle est moins faite pour amuser des gens delicats, que pour faire rire la multitude. Cependant la verité qui en resulte, qu'il ne faut point juger avec trop de précipitation, sur tout dans les circonstances où la passion peut grossir ou diminuer les objets; cette verité, dis-je, soutenue par un fond de plaisanterie gaye, & d'une sorte d'interêt né du sujet, attira un grand nombre de spectateurs pendant quarante representations, quoiqu'on fût alors dans l'été, & que le mariage du Roi, tint la Cour éloignée de *Paris*.

Moliere ne fut pas heureux dans

la piece qu'il donna ensuite, je veux dire *Dom Garcie de Navarre, ou le Prince Jaloux*, Comedie-Heroïque en cinq Actes en vers, qui fut representée le 4. Février 1661. Le choix du sujet, tiré ou imité des Espagnols, dans lequel les incidens appartiennent plus à la Comedie, qu'au genre héroïque, & dont le fond même est vicieux, put contribuer au peu de succès de cet Ouvrage. *Moliere* en sentit le foible aussi-bien que le Public, & n'appella pas de son jugement. Aussi ne le fit-il point imprimer, quoiqu'il y eût des traits qu'il jugea dignes d'être inserés depuis dans d'autres Comedies, & sur tout dans *le Misantrope*.

J. B. MOLIERE.

L'Ecole des Maris, Comedie en trois Actes en vers, qui fut joüée le 24. Juin 1661. effaça l'impression desavantageuse que *Dom Garcie* avoit laissée. Il est peu de pieces, sur-tout en trois Actes, aussi simples, aussi claires, aussi fecondes que celle-ci. Chaque scene produit un incident nouveau, & ces incidens developpés avec art, amenent insensiblement un des plus beaux dénoüe-

J. B. MOLIERE.

mens, qu'on ait vûs sur le Théâtre François. Les *Adelphes* de *Terence*, n'ont fourni que l'idée de cette piece.

Les Facheux, Comedie-Ballet, en trois Actes en vers, furent representez à *Vaux* chez M. *Fouquet* au mois d'Août 1661. & depuis à *Paris* le 4. Novembre suivant. La scene du chasseur, dont le Roi donna l'idée à *Moliere*, y fut ajoutée dans la suite. Cette espece de Comedie est presque sans nœud, les scenes n'ont point entre elles de liaison necessaire : on en peut changer l'ordre, en supprimer quelques-unes, en substituer d'autres, sans faire tort à l'Ouvrage. Mais le point essentiel étoit de soutenir l'attention des spectateurs par la varieté des caracteres, par la verité des portraits, & par l'élegance du stile. C'est en quoi *Moliere* a réussi ; & ce qui a fait le succès de la piece, qui fut conçue, faite, apprise, & representée en quinze jours.

L'Ecole des Femmes, Comedie en cinq Actes en vers, que *Moliere* donna le 26. Decembre 1662. attira tout *Paris*. Cette nouvelle piece eut bien des Critiques, on en releva jusqu'aux moindres negligences ; mais si l'on considere l'art qui y regne, on conviendra que c'est une des plus excellentes productions de l'esprit humain. La confidence réiterée, que fait *Horace* au jaloux *Arnolphe*, toûjours la duppe, malgré ses precautions, *d'une jeune innocente, & d'un jeune éventé*, le caractere inimitable d'*Agnés*, le jeu des personnages subalternes, tous formés pour elle, le passage prompt & naturel de surprise en surprise, sont autant de coups de Maître. Mais ce qui distingue encore plus particulierement cette piece, c'est que tout paroît recit, & cependant tout est en action ; chaque recit par sa proximité avec l'incident qui y a donné lieu, le retraçant si vivement, que le spectateur croit en être témoin.

J. B. MOLIERE.

Moliere n'opposa pendant longtemps, que les representations toûjours suivies de sa piece, aux critiques que l'on en faisoit, & il ne songea à les combattre qu'au mois de Juin 1663. qu'il donna sa Comedie intitulée *la Critique de l'Ecole des femmes*,

J. B. MOLIERE.

elle est en un Acte en prose, & fut joüée pour la premiere fois le 1. Juin de cette année. Par le choix des personnages ridicules qu'il y a introduits, il paroît n'avoir pas eu moins en vûe de faire la Satyre de ses censeurs, que l'Apologie de sa piece.

La même année 1663. *Moliere* fut compris dans l'Etat des gens de Lettres, qui eurent alors part aux liberalités du Roi par les soins de M. *Colbert* ; & on a le remerciement qu'il fit à ce Prince en cette occasion.

L'Impromptu de Versailles, Comedie en un Acte en prose, fut representée en ce lieu le 14. Octobre 1663. & ensuite à *Paris* le 4. Novembre suivant. Ce n'est qu'une conversation satyrique entre les Comediens, dans laquelle *Moliere* attaque les Courtisans, dont les mœurs & le mauvais goût lui deplaisoient, & les Comediens de l'Hôtel de Bourgogne, dont il fit voir l'ignorance dans la declamation, en les contrefaisant tous si naturellement, qu'on les reconnoissoit dans son jeu. Il s'y attacha sur tout à tourner en ridicule une

une piece que *Boursault* avoit faite contre lui, sous le titre de *Portrait du Peintre*, ou *la Critique de l'Ecole des femmes*, & qu'il avoit fait representer à l'Hôtel de Bourgogne. J. B. MOLIERE.

Ce fut vers ce temps qu'il se maria. On ne pouvoit souhaiter une situation plus heureuse que celle où il se trouvoit depuis quelques années; cependant il crut que son bonheur seroit plus sensible & plus vif, s'il le partageoit avec une femme. Il aimoit passionnément la fille de la *Bejart*, qui l'avoit eue, avant leur connoissance, de Monsieur *de Modene*, Gentilhomme d'*Avignon*, avec qui elle avoit contracté un mariage secret. Mais il sçavoit que la mere avoit d'autres vûes, qu'il auroit de la peine à déranger. C'étoit une femme altiere & peu raisonnable, lorsqu'on n'adheroit pas à ses sentimens: elle aimoit mieux être l'amie de *Moliere* que sa belle-mere; ainsi il auroit tout gâté en lui declarant le dessein qu'il avoit d'épouser sa fille.

Il prit le parti de le faire sans lui en rien dire; mais comme elle l'observoit de fort près, il ne put con-

J. B. MOLIERE. ſommer ſon mariage pendant plus de neuf mois. Enfin la fille laſſe des mauvais traitemens de ſa mere, qui la tourmentoit ſans ceſſe, s'alla un matin jetter dans l'appartement de *Moliere*, reſolue a n'en point ſortir, qu'il ne l'eût reconnue pour ſa femme; ce qu'il fut obligé de faire. Cette reconnoiſſance cauſa un vacarme terrible; la mere donna des marques de fureur & de deſeſpoir; mais comme il n'y avoit point de remede, elle ſe fit enfin une raiſon, & reconnut que c'étoit un mariage avantageux pour ſa fille.

Mais *Moliere* perdit par-là tout l'agrément que ſon merite & ſa fortune pouvoient lui procurer. La jeune *Bejart* ne fut pas plûtôt Mademoiſelle *Moliere*, qu'elle ſe crut une perſonne de conſequence. Les jeunes Seigneurs commencerent à lui en conter, & ſa vanité les lui fit écouter avec complaiſance. La jalouſie de *Moliere* en ſouffrit; il s'imagina que toute la Cour & la ville en vouloit à ſa femme. Elle negligea de l'en deſabuſer: au contraire les ſoins extraordinaires qu'elle prenoit de ſa parure, ne firent qu'augmenter ses soupçons. Il avoit beau lui representer la maniere dont elle devoit se conduire, afin qu'ils pussent bien vivre ensemble; elle ne s'embarassoit point de ses leçons, qui lui paroissoient trop severes pour une jeune personne, qui d'ailleurs n'avoit rien à se reprocher. Ainsi *Moliere*, après avoir éprouvé beaucoup de froideurs & de dissentions domestiques, se vit obligé de se renfermer dans son travail & dans ses amis, sans se mettre davantage en peine de la conduite de sa femme.

J. B. MOLIERE.

En 1664. le Roi donna aux Reines une fête aussi magnifique que galante. Elle commença le 7. Mai, & dura plusieurs jours. *Moliere* composa à cette occasion *la Princesse d'Elide*, Comedie-Ballet, dont le premier Acte, & la premiere scene du second Acte, sont en vers, & le reste en prose; le temps qui pressoit ne lui ayant pas permis de l'achever en vers. Elle fut joüée le 8. Mai, & depuis à *Paris* le 9. Novembre suivant. Cette piece réussit à la Cour, qui ne traita point avec severité un

J. B. Mo-
LIERE.

Ouvrage fait à la hâte pour la divertir. Mais *Paris*, qui la vit denuée de ses ornemens & hors de son point de vûe, ne lui fut pas si favorable; & se contenta de tenir compte à l'Auteur de la finesse, avec laquelle il y avoit developpé quelques sentimens du cœur, & de l'art qu'il avoit employé pour peindre l'amour propre & la vanité des femmes.

Le Mariage forcé, Comedie d'un Acte en prose, fut representé le treize Mai, septiéme jour de la fête donnée aux Reines. Elle avoit été auparavant joüée au Louvre le 29. Janvier de cette année 1664. & le Roi y avoit dansé une entrée, ce qui lui avoit procuré le nom de *Ballet-Royal*. Elle parut le 5. Novembre suivant sur le Théâtre du Palais Royal sous le titre de Comedie, avec quelques changemens.

Ce ne fut point par son propre choix que *Moliere* traita le sujet de *Dom Juan* où *le Festin de Pierre*, Comedie en 5. Actes en prose, qui fut representée le 15. Février 1665. ses camarades, qui l'avoient engagé à ce travail, furent punis d'avoir choisi un ſi mauvais ſujet, par la mediocrité du ſuccès. On fut choqué du melange monſtrueux de Religion & d'impieté, de morale & de bouffonneries qu'on y voyoit. *Moliere* fut même obligé de ſupprimer à la ſeconde repreſentation certains traits trop hazardés. *Thomas Corneille* mit depuis en 1677. en vers cette piece à laquelle il ajouta quelques ſcenes dans le 3e. & le 5e. Acte, & où il adoucit certaines expreſſions qui avoient déplû. C'eſt la ſeule qu'on joüe à preſent.

J. B. MOLIERE.

L'Amour Medecin, Comedie en trois Actes en proſe avec un Prologue, repreſentée à *Verſailles* le 15. Septembre 1665. & enſuite à *Paris* le 22. du même mois, eſt encore un de ces Ouvrages precipités, que l'on ne doit point juger avec rigueur. Il fut propoſé, fait, appris & repreſenté en cinq jours. Il eſt inutile de rechercher ſi *Moliere* a maltraité les Medecins par humeur ou par reſſentiment; les traits ſatyriques qu'ils pouvoient lui fournir, ont été peut-être les ſeuls motifs qui l'ont engagé à les produire ſur la ſcene.

J. B. MOLIERE.

Cette même année 1665. le Roi, qui prenoit plaisir aux divertissemens que la troupe de *Moliere* lui donnoit, jugea à propos de la fixer à son service, en lui donnant une pension de sept-mille livres. Elle prit alors le titre de la Troupe du Roi, qu'elle a toûjours conservé depuis.

Le Misantrope, Comedie en cinq Actes en vers, qui fut representé le 4. Juin 1666. est l'Ouvrage le plus parfait de la Comedie Françoise. Cependant il fut reçu froidement; tout le monde n'étant pas en état d'en goûter les beautés.

Moliere fut obligé d'y joindre à la quatriéme representation qu'il donna le 6. Août suivant, *le Medecin malgré lui*, Comedie en trois Actes en prose, qui accoutuma à goûter *le Misantrope*.

Melicerte, Pastorale Heroïque en vers, fut representée pour la premiere fois devant le Roi à *S. Germain en Laye* dans le Ballet des Muses, au mois de Decembre 1666. *Moliere* n'en fit que les deux premiers Actes. *Guerin* le fils, qui acheva cette piece en 1699. y joignit des intermedes,

& changea la versification des deux premiers Actes, qu'il mit en vers libres & irreguliers. J. B. MOLIERE.

Il nous reste un *fragment d'une Pastorale Comique* representée à *S. Germain en Laye* au mois de Decembre 1666. dans le Ballet des Muses à la suite de *Melicerte*, qui fait connoître l'étendue & la fecondité du genie de *Moliere*, lequel sçavoit se plier en tant de manieres, & se prêter à tous les genres : ce fragment a été imprimé pour la premiere fois dans l'édition des Oeuvres de *Moliere* donnée en 1734.

Le Sicilien, ou *l'Amour Peintre* suivit de près les representations de ces deux Pastorales. Cette Comedie-Ballet en un Acte en prose, fut joüée dans le Ballet des Muses à *S. Germain* en Janvier 1667. & à *Paris* le 10. Juin suivant. C'est une piece d'intrigue, dont le denoüement à quelque ressemblance avec celui de *l'Ecole des Maris*. La finesse du Dialogue, & la peinture vive de l'Amour dans un Amant Italien & dans un Amant François, font le principal merite de cette Comedie, qui est

J. B. MOLIERE.

ornée de Musique & de danses.

Les trois premiers Actes de *Tartuffe* avoient été representés la 6e. journée des fêtes de Versailles, c'est-à-dire le 12. Mai 1664. en presence du Roy & des Reines. Le Roi defendit dès lors cette Comedie pour le Public, jusqu'à ce qu'elle fût achevée & examinée par des gens capables d'en faire un juste discernement, ajoutant cependant qu'il n'y trouvoit rien à redire. Ces trois Actes furent encore representés à *Villers-coterés* chez Monsieur, en presence du Roi & des Reines le 24. Septembre de la même année. La piece entiere le fut au *Rainci* chez M. le Prince le 29. Novembre suivant & le 9. Novembre de l'année suivante 1667. Le Roi ayant enfin permis verbalement à *Moliere* de la donner au Public, il y fit plusieurs adoucissemens, que l'on avoit apparemment exigés, & la fit joüer sous le titre de *l'Imposteur* le 5e. Août 1667.

L'ordre qu'il reçut le lendemain de la part du Premier President, d'en suspendre la representation, le rendit moins sensible aux applaudissemens

mens qu'elle avoit reçus. Il envoya sur le champ *la Thorilliere*, & *la Grange* au Camp devant *Lille*, où étoit le Roi, pour lui presenter un Mémoire sur ce sujet. Ce ne fut néanmoins qu'en 1669. que le Roi donna une permission autentique de remettre cette piece sur le Théâtre, & elle reparut à *Paris* le 5. Février de cette année.

J. B. MOLIERE.

L'Amphitrion, Comedie en trois Actes, en vers, avec un prologue, fut representé le 13. Juin 1668. & eut un applaudissement general. *Rotrou* avoit déja traité ce sujet, qui est tiré de *Plaute*, mais d'une maniere moins fine & moins gracieuse.

L'Avare, Comedie en cinq Actes en prose, parut peu de temps après. Le merite de cette piece ceda pour quelque temps à la prévention generale où l'on étoit alors contre les grandes pieces en prose, & *Moliere* fut obligé de la retirer à la septiéme representation. Mais lorsque le prejugé eut cessé, on rendit justice à la piece, qui eut dans la suite pour admirateurs ceux qui l'avoient meprisée d'abord.

J. B. MOLIERE.

George Dandin, Comedie en trois Actes en prose, fut representée avec des intermedes à *Versailles*, le 15. Juillet 1668. & ensuite à *Paris* sans intermedes, le 9. Novembre suivant.

Monsieur de Pourceaugnac, Comedie-Ballet en trois Actes en prose, le fut à *Chambord* au mois d'Octobre 1669. & ensuite à *Paris* le 15. Novembre suivant. Cette piece est d'un Comique plus propre à divertir qu'à instruire.

Le Roi donna à *Moliere* le sujet des *Amans Magnifiques*, Comedie-Ballet en cinq Actes en prose, qui fut representée à *S. Germain en Laye* au mois de Février 1670. sous le titre de *Divertissement Royal.* Cette piece plut beaucoup aux Courtisans; mais comme elle étoit faite uniquement pour la Cour, *Moliere* ne crut pas devoir la hasarder sur le Théâtre de *Paris.* Il ne la fit pas même imprimer, quoiqu'elle ne soit pas sans beautés pour ceux qui sçavent se transporter aux lieux, aux temps & aux circonstances, dont ces sortes de divertissemens tirent leur plus grand prix.

La Cour fut moins favorable au *Bourgeois Gentilhomme*, Comedie-Ballet en 5. Actes en prose, qui fut joüée à *Chambord* au mois d'Octobre 1670. jamais piece n'a été plus mal reçue. Le Roi n'en dit pas un mot à son souper, & tous les Courtisans en firent des railleries. Mais après une seconde representation, le Roi l'assura qu'il n'avoit encore rien fait qui l'eût tant diverti, & que sa piece étoit excellente. Les Courtisans changerent alors de langage, & l'accablerent de loüanges. La piece fut ensuite representée à *Paris* le 29. Novembre de la même année avec un grand succès.

J. B. MOLIERE.

Les fourberies de Scapin, Comedie en trois actes en prose, parurent pour la premiere fois le 24. Mai 1671. C'est une de ces pieces qu'il a faites proprement pour le Peuple, qui l'a toûjours vûe avec plaisir.

Dans *Psyché*, Tragedie-Ballet, en cinq Actes, en vers libres, *Moliere* crut devoir sacrifier la regularité de la conduite, à la pompe du spectacle. Pressé par les ordres du Roi, qui ne lui donnerent pas le temps de

J. B. MOLIERE.

composer sa piece en entier, il eut recours à *Pierre Corneille*, qui voulut bien s'assujétir à son plan. Il fit seulement le prologue, le premier Acte, & la premiere scene du second & du troisiéme; *Corneille* fit le reste. *Quinault* composa les paroles Françoises, qui furent mises en Musique par *Lulli.* Cette piece fut representée dans la salle des Machines du Palais des Thuilleries pendant le Carnaval de l'année 1670. & ensuite sur le Théâtre du Palais Royal le 24. Juillet 1671.

Moliere travailla avec plus de loisir la Comedie des *Femmes Sçavantes*, qui est en cinq Actes, & en vers, & qui fut representée le 11. Mars 1672. Il a voulu y peindre le ridicule du faux bel esprit, & de l'érudition pedantesque. Un sujet pareil ne fournit rien en apparence qui puisse être interessant sur le Théâtre, & ce prejugé nuisit d'abord au succès de la piece, mais il ne dura pas. On sentit bientôt avec quel art l'Auteur avoit sçu tirer cinq Actes entiers d'un sujet aride de lui-même, sans y rien mêler d'étranger; & on lui sçut gré d'avoir presenté sous une face comique, ce qui n'en paroissoit pas susceptible. On pretend que la dispute de *Trissotin* & de *Vadius* est copiée de celle que *Menage* & l'Abbé *Cotin* eurent un jour ensemble. J. B. MOLIERE.

La Comtesse d'Escarbagnas, n'est qu'une peinture simple des ridicules, qui étoient alors repandus dans la Province, d'où ils ont été bannis, à mesure que le goût & la politesse s'y sont introduits. Cette Comedie, qui est en prose, parut suivie d'une *Pastorale Comique*, dont il ne nous est resté que les noms des personnages, dans une fête que le Roi donna à Madame à *S. Germain en Laye* au mois de Decembre 1671. Les deux pieces divisées en sept Actes, sans qu'on en connoisse la veritable distribution, y étoient accompagnés d'intermedes tirés de plusieurs divertissemens, qui avoient déja été representés devant le Roi. *La Comtesse d'Escarbagnas* fut depuis joüée sans intermedes, en un acte, à *Paris* le 8. Juillet 1672. C'est encore une des pieces faites pour le peuple.

Le Malade imaginaire, Comedie-

J. B. MOLIERE.

Ballet en trois Actes, en prose, est la derniere production de *Moliere.* Cette piece fut joüée le 10. Février 1673. pour la premiere fois. Le 17. du même mois, où l'on devoit en faire la troisiéme representation, il se sentit plus incommodé qu'à l'ordinaire d'un mal de poitrine auquel il étoit sujet, & qui depuis long-temps l'assujettissoit à un grand regime, & a un usage frequent du lait. Ce mal avoit degeneré en fluxion, ou plûtôt en toux habituelle. Il voulut cependant joüer; mais les efforts qu'il fit pour achever son rolle, augmenterent son oppression, & l'on remarqua qu'en prononçant le mot *Juro* dans le divertissement du troisiéme Acte, il lui prit une convulsion, qu'il tacha envain de deguiser aux spectateurs par un ris forcé. On le porta dans sa maison ruë de *Richelieu*, où sa toux augmenta considerablement, & fut suivie d'un vomissement de sang qui le suffoqua.

Il mourut le même jour 17. de Février 1673. âgé de 53. ans, & fut enterré avec la permission de l'Archevêque dans l'Eglise de *S. Joseph* le 21e. du même mois.

J. B. MOLIERE.

Il ne laissa qu'une fille, & sa veuve épousa dans la suite le Comedien *Détriché*, connu sous le nom de *Guerin*.

M. *Despreaux* nous represente fort bien la destinée des Ouvrages de *Moliere* dans ses vers de son Epitre 7e.

Avant qu'un peu de terre, obtenu par priere
Pour jamais sous la tombe eût enfermé Moliere,
Mille de ces beaux traits aujourd'hui si vantez
Furent des sots esprits à nos yeux rebutez
L'ignorance & l'erreur à ses naissantes pieces,
En habits de Marquis, en robbes de Comtesses,
Venoient pour diffamer son chef-d'œuvre nouveau;
Et secoüoient la tête à l'endroit le plus beau,
Le commandeur vouloit la scene plus exacte;
Le Vicomte indigné sortoit au second acte.

J. B. MOLIERE.

L'un defenseur zelé des Bigots mis en jeu,
Pour prix de ses bons mots le condamnoit au feu.
L'autre, fougueux Marquis, lui declarant la guerre,
Vouloit vanger la cour immolée au Parterre.
Mais sitôt que d'un trait de ses fatales mains
La Parque l'eut raié du nombre des Humains,
On reconnut le prix de sa Muse Eclipsée.
L'aimable Comedie avec lui terrassée,
Envain d'un coup si rude espera revenir,
Et sur ses brodequins ne put plus se tenir.

Le même Auteur parle encore de *Moliere* dans le chant 3e. de son Art Poëtique en ces termes.

Etudiez la Cour & connoissez la ville;
L'une & l'autre est toûjours en modelles fertile.
C'est par-là, que Moliere illustrant ses Ecrits,

Peut-être de ſon Art eut remporté le prix, J. B. MOLIERE.
Si moins ami du peuple, en ſes doctes peintures,
Il n'eût point fait ſouvent grimacer ſes figures,
Quitté pour le bouffon l'agréable & le fin,
Et ſans honte à Terence allié Tabarin.
Dans ce ſac ridicule où Scapin s'enveloppe,
Je ne reconnois plus l'Auteur du Miſantrope.

En effet les pieces de *Moliere* ne ſont pas toutes du même genre.

Dans ſes premieres Comedies d'intrigues, il ſe conforma à l'uſage qui étoit alors établi ſur le Théâtre François, & crut devoir menager le goût du Public, accoutumé à voir réuni dans un même ſujet les incidens les moins vraiſemblables.

Dans les pieces qu'il preparoit à la hâte pour des Fêtes ordonnées par *Louis XIV*. il a quelquefois ſacrifié une partie de ſa gloire, à la magnificence, à la varieté du ſpectacle, & aux ornemens que la Muſique & la

J. B. MOLIERE.

Danse y devoient ajouter.

Il s'est preté au peu de delicatesse de la multitude, dans ces pieces dont il a chargé les caracteres pour plaire au grand nombre, & pour attirer des spectateurs.

Mais il en est d'autres où il a fait connoître l'excellence & la grandeur de son genie, en y cachant l'art sous des graces simples & naïves, & où il n'a employé que des expressions claires & élegantes, des pensées justes & naturelles, & une plaisanterie noble & ingenieuse, pour peindre, & developper les replis les plus secrets du cœur humain.

La nature qui lui avoit été entierement favorable du côté des talens de l'esprit, lui avoit refusé les dons exterieurs, necessaires au théâtre, sur tout pour les rolles tragiques. Une voix sourde, des inflexions dures, une volubilité de langue, qui precipitoit trop sa declamation, le rendoient, de ce côté-là, fort inferieur aux Acteurs de l'hôtel de Bourgogne. Il se rendit justice, & se renferma dans le Comique où ces defauts étoient plus supportables.

J. B. Moliere.

Il eut cependant des difficultés à surmonter pour y réussir ; il ne se corrigea de cette volubilité que par des efforts continuels, qui lui causerent un hoquet, qu'il a conservé jusqu'à sa mort, & dont il sçavoit tirer parti en certaines occasions. Pour varier ses inflexions, il mit le premier en usage certains tons inusités, qui le firent d'abord accuser d'un peu d'affectation, mais ausquels on s'accoutuma. Non seulement il plaisoit dans les rolles de Mascarille, de Sgnarelle &c. Il excelloit encore dans les rolles de haut Comique, tels que ceux d'Arnolphe, d'Orgon, d'Harpagon &c. C'étoit alors que, par la verité des sentimens, par l'intelligence des expressions, & par toutes les finesses de l'art, il séduisoit les spectateurs au point qu'ils ne distinguoient plus le personnage representé, d'avec le Comedien qui le representoit : aussi se chargeoit-il toûjours des rolles les plus difficiles & les plus longs. Il s'étoit aussi reservé l'emploi d'Orateur de sa troupe.

Des trente Comedies de *Moliere*,

J. B. MOLIERE.

il ny en a eu que 23. imprimées de ſon vivant. Les ſept autres, ſçavoir *D. Garcie de Navarre*, *l'Impromptu de Verſailles*, *le feſtin de Pierre*, *Melicerte*, *les Amans Magnifiques*, *la Comteſſe d'Eſcarbagnas*, & *le Malade imaginaire* ne parurent qu'en 1682. que *Denys Thierry* publia toutes les œuvres de *Moliere* en huit volumes *in*-12. *La gloire du Val de Grace*, Poëme de cet Auteur, imprimé d'abord à *Paris* en 1669. *in*-4°. y tint ſa place, de même que dans toutes les éditions ſuivantes, qui ſont en aſſez grand nombre. Celle de *Paris* de l'an 1730. en huit volume *in*-12. eſt aſſez belle, & aſſez correcte, quoiqu'il s'y trouve quelques fautes; elle a été faite ſur celle de 1682.

L'Edition de 1734. en 6. volumes *in*-4°. eſt dans un meilleur ordre & on y a ajouté quelque choſe. Elle eſt ſur tout extrêmement correcte, & recommandable par la beauté des caracteres & des gravures.

Les Comedies de *Moliere* ont été traduites en Italien par *Nicolas di Caſtelli*, Secretaire de l'Electeur de *Brandebourg*, & imprimées en cette langue à *Lipsic* l'an 1698. en 4. vol. *in*-12. J. B. MOLIERE.

V. *Sa vie dans les anciennes éditions; celle que M. Grimarest a fait imprimer à part, & qui ensuite a été mise à la tête des œuvres de Moliere.* Cet Auteur à fait de grandes recherches, & a fait mieux connoître *Moliere*, qu'il ne l'étoit auparavant. *Celle de M. de la Serre à la tête de l'édition in*-4°. On y trouve ici des jugemens & des reflexions sur ses pieces, qui ne sont point dans l'Ouvrage de *Grimarest*.

JEAN STURMIUS.

JEAN *Sturmius* naquit à *Sleida*, ville du petit Pays d'*Eiffel* près de *Cologne*, le 1. Octobre 1507. de *Guillaume Sturmius*, Trésorier des Comtes de *Manderscheid*, & de *Gertrude Hulsan*. J. STURMIUS.

Il fit ses premieres études dans sa patrie avec les jeunes Comtes de *Manderscheid*, & alla ensuite les continuer à *Liege*. Il ne demeura qu'un an ou deux dans cette derniere vil-

J. STURMIUS.

le; & se rendit en 1524. à *Louvain*, où il passa cinq ans, occupé pendant les trois premieres à achever de s'instruire, & pendant les deux suivantes à instruire les autres. Il y eut pour compagnons de ses études *Jean Sleidan*, *Jean Guintier d'Andernach*, *Christophe Montius*, *Barthelemi Latomus*, *André Vesal*, *Jacques Omphalius*, & quelques autres qui se rendirent illustres, & qui conserverent toûjours de l'amitié pour lui.

Considerant ensuite l'utilité dont l'Impression étoit pour le bien des Lettres, il s'associa avec *Rudger Rescius*, Professeur en langue Grecque à *Louvain*, pour en dresser une dans cette ville; & son pere, qui aimoit les sciences, voulut bien contribuer aux frais necessaires pour cela. Il mit alors sous la presse quelques Auteurs Grecs, & entre autres *Homere*, & porta ensuite en 1529. à *Paris* les Editions qu'il avoit faites.

Il prit dans cette ville des leçons des Professeurs, qui y enseignoient, & s'appliqua à l'étude de la Medecine. L'estime qu'il y acquit par sa capacité, lui fit accorder la permisſion d'enſeigner lui-même ; & il y enſeigna pendant huit ans les langues Latine & Grecque , & la Logique. J. STURMIUS.

Il s'y maria auſſi , & épouſa *Jeanne Ponderia* , comme il la nomme lui-même dans ſon *Anti - Pappus* ; ainſi *Melchior Adam* s'eſt trompé en lui donnant le nom de *Jeanne Piſon*. Il ne s'eſt pas moins écarté de la verité , quand il a dit qu'elle mourut fort peu d'années après l'établiſſement de ſon mari à *Strasbourg* , puiſque *Sturmius* nous apprend encore , qu'il vécut vingt ans avec elle.

Pendant ſon ſéjour à *Paris* , il prit des Penſionnaires , & il en eut d'Anglois , d'Allemands , d'Italiens , & de François , dont quelques-uns même étoient de familles conſiderables. Comme il y en avoit parmi eux , qui ſuivoient les nouvelles opinions de Religion , *Sturmius* , qui avoit vécu juſques-là dans la Religion Catholique , ſe laiſſa ſéduire ; & le goût qu'il prit pour la Proteſtante , le mit plus d'une fois en danger.

Ce fut apparemment ce qui le determina à ſortir de France , & à re-

J. STURMIUS.

pondre aux instances que les amis qu'il avoit en Allemagne lui faisoient, pour l'attirer à *Strasbourg*.

Il se rendit dans cette ville en 1537. & y fit l'année suivante l'ouverture d'une Ecole, qui devint celebre, & qui par ses soins obtint de l'Empereur *Maximilien II.* le titre d'Academie en 1566.

Il en fut fait Recteur perpetuel, & y enseigna pendant quarante-cinq ans, c'est à-dire, jusqu'en 1583. que s'étant rendu suspect de Calvinisme, comme je le dirai plus bas en parlant de ses Ouvrages, il fut deposé de sa charge, qu'il avoit remplie jusques-là avec beaucoup de réputation.

Sa premiere femme étant morte, il en épousa une seconde, nommée *Marguerite Wigand* avec laquelle il vécut aussi vingt ans, & dont il n'eut qu'un fils, qui mourut dans l'enfance. Celle-ci morte à son tour, il passa à de troisiémes nôces, & épousa *Elizabeth d'Hohenbourg*.

Il devint aveugle sur la fin de sa vie, & mourut le 3. Mars 1589. âgé de 81. ans, sans laisser d'enfans.

C'étoit un homme qui entendoit fort

fort bien les Humanitez, qui écrivoit pûrement en Latin, & qui enſeignoit avec beaucoup de Méthode. Mais ſes talens ne furent pas renfermez dans l'enceinte de ſon Ecole; il fut ſouvent chargé de Deputations tant en Allemagne, que dans les Pays étrangers, & il s'acquitta toûjours de ces emplois avec fidelité & avec adreſſe. J. STURMIUS.

Il témoignoit beaucoup de charité pour ceux de ſa Religion, qui ſe réfugioient à *Strasbourg:* non content d'employer ſes recommandations pour leur procurer les ſecours dont ils avoient beſoin, il leur ouvroit liberalement ſa bourſe, & s'endettoit pour les ſoulager.

Il avoit trouvé à *Strasbourg* un Lutheraniſme mitigé, dont il s'étoit accommodé ſans beaucoup de peine. Mais peu à peu les Miniſtres Lutheriens s'aigrirent contre ceux qui ne croïoent pas la Realité; leurs Predications violentes lui deplurent, & l'on pretend qu'il paſſa pluſieurs années ſans aſſiſter aux exercices publics de la Religion. On le pouſſa là-deſſus d'une maniere, qui lui cau-

J. STURMIUS.

sa bien du chagrin; & *Pappus*, son plus grand adversaire, lui fit ôter le Rectorat de son Ecole.

Quelques Auteurs ont pretendu qu'il avoit reçu à *Paris* le degré de Docteur en Medecine, avant que de partir pour *Strasbourg*; mais ils n'ont pas entendu *Melchior Adam*, qui dit seulement que lorsqu'il sortit de *Paris*, il étoit pret à demander ce degré.

Catalogue de ses Ouvrages.

1. *Claudii Galeni Opera. Basileæ* 1531. *in-fol.* Cette édition, que *Fabricius* a omis dans sa Bibliotheque Grecque, a paru par les soins de *Jean Sturmius*, qui a mis à la tête une Epitre dedicatoire à *Jean de Hangest* Evêque de *Noyon*. Il demeuroit alors à *Paris*, où il étudioit en Medecine.

2. *De Litterarum Ludis recte Aperiendis liber. Argentorati* 1538. & 1543. *in-4°*. It. *Ibid.* 1557. *in-8°*. It. dans le premier volume du Recueil de *Crenius*, intitulé: *Variorum Autorum Consilia & Studiorum Methodi. Roterodami* 1692. *in-4°*. Cette derniere édition a été faite sur un exem-

plaire corrigé & augmenté par l'Auteur. *Morhof* loüe beaucoup cet Ouvrage, que *Sturmius* composa à l'occasion de l'établissement de la nouvelle Ecole de *Strasbourg*, pour lequel il avoit été appellé dans cette ville. J. STURMIUS.

3. *De amissa dicendi ratione, & quomodo ea recuperanda sit, libri duo. Argentinæ* 1538. *&* 1543. *in*-4°.

4. *Partitionum Dialecticarum libri duo. Paris.* 1539. *in*-8°. It. *Libri quatuor. Argentorati* 1560. *in*-8°. It. *Wittebergæ* 1571. *in*-8°.

5. *Consilium delectorum Cardinalium de emendanda Ecclesia; Joannis Sturmii Epistola de eadem re.* 1538. *in*-4°. Cette Lettre se trouve aussi dans le Recueil marqué au N°. 7.

6. *In partitiones Oratorias Ciceronis libri duo. Argentorati* 1539. *&* 1565. *in*-8°.

7. *Bartholomæi Latomi & Joannis Sturmii Epistolæ duæ de ratione dissidii periculique Germaniæ, nec non Joan. Sturmii Epistolæ duæ de emendatione Ecclesiæ & Religionis controversiis, una ad Cardinales cæterosque Prælatos delectos, altera ad Jacobum*

J. STURMIUS.

Sadoletum Cardinalem. *Argentorati* 1540. *in*-8°.

8. *Ex Ciceronis Epistolis libri tres in usum puerilem. Argentorati* 1539, & 1543. *in*-8°.

9. *M. Tullii Ciceronis Orationes & Rhetoricorum libri, ex emendatione Joannis Sturmii. Argentorati* 1540. *in*-8°.

10. *Joannis Sturmii & Gymnasii Argentoratensis luctus ad Joach. Camerarium, cum Epitaphiis Joannis Sapidi. Argentorati* 1542. *in*-8°.

11. *De Demonstratione liber. Argentorati* 1543. *in*-8°. Ce livre fait le troisiéme des *Partitiones Dialecticæ*, dans les éditions posterieures.

12. *Liber de Periodis. Argentorati* 1550. *in*-8°. It. *Cum Scholiis Valentini Erythræi, Lindaviensis. Argentinæ* 1567. *in*-8°.

13. *Apparatus Verborum linguæ Latinæ Ciceronianus; cum Præfatione Joh. Sturmii. Argentorati* 1551. *in*-8°.

14. *Beati Rhenani Vita.* A la tête de l'Ouvrage de cet Auteur intitulé : *Rerum Germanicarum libri très. Basileæ* 1551. *in-fol.*

15. *Conradi Heresbachii de laudi-*

bus Græcarum Litterarum Oratio : accesserunt Joan. Sturmius de Principum educatione, nec non Rogeri Aschami & Jo. Sturmii Epistolæ de nobilitate Anglicana. Argentorati 1551. *in*-8°.

J. STURMIUS.

16. *Ad Werteros Fratres Nobilitas Litterata. Argentorati* 1549. & 1556. *in*-8°. It. dans le premier volume du Recueil de *Crenius*, intitulé : *Variorum Autorum Consilia & Studiorum Methodi. Roterod.* 1692. *in*-4°. Il y enseigne ce qu'un jeune homme de qualité doit apprendre pour se rendre capable des emplois ausquels il est destiné.

17. *Ciceronis Opera omnia post Naugerianam & Victorianam Correctionem emendata à Jo. Sturmio. Argentorati* 1557. & *suiv. in*-8°. neuf vol.

18. *Explicatio Symboli Nicæni à Philippo Melanchthone in Academia Wittebergensi publice tradita, & edita à Joan. Sturmio. Wittebergæ* 1561. *in*-8°.

19. *Michaëlis Toxitæ, Rhæti, Medici Argentinensis, Commentarii in libros quatuor Rhetoricorum ad C. Herennium, ex Scholis Joh. Sturmii imprimis collecti. Basileæ* 1558. & 1564. *in*-8°.

J. STURMIUS.

20. *Sex Poëtica volumina sexta Curiæ Scholarum Argentinensium, cum Lemmatibus J. Sturmii. Argentor.* 1565. *in*-8°.

21. *Classicæ Epistolæ, sive scholæ Argentinenses restitutæ. Argent.* 1565. *in*-8°.

22. *Scholæ Lavinganæ. Ibid.* 1565. *in*-8°.

23. *Consolatio ad Senatum Argentinensem de obitu Jacobi Sturmii.* Dans le troisiéme volume d'un Recueil de discours funebres publié à *Francfort* en 1567.

24. *Aristotelis Rhetoricorum libri tres, Græcè & Latinè, Interprete Johanne Sturmio, cum Scholiis ejusdem, & Præfatione Cocini Bohemi. Argentinæ* 1570. *in*-8°.

25. *Hermogenis Tarsensis Partitionum Rhetoricarum liber unus, qui vulgo de Statibus inscribitur, Joanne Sturmio Interprete, cum Scholiis ejusdem, & Præfatione Joannis Cocini, Pesecensis Bohemi. Argentinæ* 1570. *in*-8°. *Cocinus* étoit un disciple de *Sturmius*.

26. *Hermogenis Tarsensis de ratione inveniendi Oratoria libri* IV. *Græcè & Latinè; Interprete & Scholiaste*

Joanne Sturmio. Argentorati 1570. *in*-8°. J. STURMIUS.

27. *Ejusdem de dicendi generibus, seu formis Orationum libri duo, Joanne Sturmio interprete, cum ejus Scholiis. Argentinæ* 1571. *in*-8°.

28. *Ejusdem de ratione tractandæ gravitatis occultæ, eodem Interprete cum Scholiis. Ibid.* 1571. *in*-8°.

29. *Alberti Oelingeri Grammatica linguæ Germanicæ. Accessit Joannis Sturmii sententia de cognitione & exercitatione linguarum nostri sæculi. Argentorati* 1574. *in*-8°.

30. *Commentarii in M. Tullii Ciceronis Tusculanam primam. Argentorati* 1575. *in*-8°.

31. *De statibus Causarum Civilium universa Doctrina Hermogenis, explicata à Jo. Sturmio; cum Præfatione Christophori Thretii. Argentinæ* 1575. *in*-8°.

32. *Commentarii in Artem Poëticam Horatii, editi opera Joh. Lobarti, Borussi. Argent.* 1576. *in*-8°.

33. *De Imitatione Oratoria libri tres cum Scholiis ejusdem. Argentinæ* 1574. *&* 1576. *in*-8°. Tout ce que *Sturmius* a fait sur l'Eloquence est bon ; & l'on

J. STURMIUS.

y remarque du goût, de l'exactitude & du jugement.

34. *De Universa ratione Elocutionis Rhetoricæ libri quatuor. Argentinæ* 1576. *in*-8°. Quoique ce titre promette quatre livres, on n'en trouve dans l'Ouvrage que trois, qui comprennent cependant tout ce que l'Auteur promet dans la distribution de sa matiere.

35. *Ad Philippum Comitem Lippianum de Exercitationibus Rhetoricis liber Academicus. Argentorati* 1575. *in*-8°.

36. *Stephani Doleti Phrases & Formulæ linguæ Latinæ elegantiores, cum Præfatione Joan. Sturmii, & Huberti Sussannæi Connubio Adverbiorum Ciceronianorum. Argentinæ* 1576. *in*-8°.

37. *Theophili Golii Onomasticon Latino-Germanicum, in usum Scholæ Argentinensis, cum Præfatione Joannis Sturmii. Argentorati* 1579. *in*-8°.

38. *Anti-Pappi tres, contra Joannis Pappi Charitatem & Condemnationem Christianam. Argentorati* 1579. *in*-4°. L'attachement de *Sturmius* au Calvinisme lui attira souvent des affaires de la part des Lutheriens rigides, qui

qui dominoient à *Strasbourg*. Un d'entre eux, Docteur en Théologie & Ministre, nommé *Jean Pappus*, ayant publié un livre intitulé *de Charitate Christiana Quæstiones duæ. Argentorati* 1518. *in*-4°. dans lequel il damnoit tous les Calvinistes, *Sturmius* crut devoir prendre la defense de ceux-ci, & composa pour ce sujet ses trois *Anti-Pappi*, qui ne demeurerent pas long-temps sans réponse. *Pappus* repondit d'abord aux deux premiers par ses *Defensiones duæ, quibus Joannis Sturmii Anti-Pappis duobus respondetur, Majori & Epitomico. Tubingæ* 1580. *in*-4°. & ensuite au troisiéme par un nouvel Ecrit, qu'il intitula : *Defensio tertia contra Sturmium de Charitate ac condemnatione Christiana, & de libro Concordiæ, & de Confessione Ecclesiæ Argentinensis ac Augustanensis. Tubingæ* 1580. *in*-4°. Pendant ce temps-là *Sturmius* donna la suite de son *Anti-Pappus*.

J. STURMIUS.

39. *Quarti Anti-Pappi partes tres priores.* 1ª. *Commonitio.* 2ª. *Anti-Proœmium.* 3ª. *Anti-Osiander pro exteris Ecclesiis & pro Synodo. Neapoli Pa-*

J. STURMIUS. *lat.* 1581. *in*-4°. L'*Anti-Osiander*, qui fait la troisiéme partie de cet Ouvrage, est destinée à repondre à un livre de *Luc Osiander*, à qui il avoit donné le titre d'*Anti-Sturmius. Tubingæ* 1579. *in*-4°. Cependant *Pappus*, qui disposoit ses defenses sur les attaques de son adversaire, donna bientôt au Public un nouvel Ouvrage, qu'il intitula: *Defensionis quartæ partes tres priores pro Ecclesiis Augustanæ Confessionis & Libro Concordiæ. Tubingæ* 1581. *in*-4°. La quatriéme partie du livre de *Sturmius* ne se fit pas attendre; il la donna sous le titre suivant.

40. *Pappus Elenchomenos primus, Anti-Pappi quarti pars quarta pro exteris Ecclesiis & pro Synodo. Neapoli Palat.* 1581. *in*-4°. Dans ces entrefaites *Luc Osiander* repliqua à *Sturmius* par un second *Anti-Sturmius. Tubingæ* 1581. *in*-4°. Celui-ci ne crut point à propos de lui renvoyer un nouvel *Anti*, mais se servit de l'ironie en lui adressant une espece de retractation, qu'il intitula:

41. *Palinodia ad Lucam Osiandrum. Neapoli Palat.* 1581. *in*-4°. *Osiander*

le prit avec lui sur le même ton, & J. STURMIUS. repondit à sa pretendue Palinodie, par une *Epistola Eucharistica ad Joannem Sturmium pro edita Palinodia. Tubingæ* 1581. *in*-4°. Après quoi on se tut de part & d'autre. La dispute qu'il avoit avec *Pappus* ne se termina pas si vîte; outre que *Sturmius* y succomba, & fut chassé de son poste par les intrigues de son adversaire, il eut aussi le chagrin de voir d'autres personnes s'engager contre lui dans leur querelle. *Jacques d'André*, Professeur Lutherien de *Tubinge*, se proposa de refuter son quatriéme *Anti-Pappus*, par un livre qu'il intitula: *Jacobi Andreæ brevis Responsio contra librum Joannis Sturmii, quem Anti-Pappum quartum inscribit. Dresdæ* 1581. *in*-4°. Un Catholique de Baviere lui fit aussi une espece de remontrance sous ce titre: *Joannis Jacobi Rabi ad Joannis Sturmii Anti-Pappos amica Syzetesis. Ingolstadii* 1580. *in*-4°. Je ne sçai si *Sturmius* repondit quelque chose à celui-ci; mais il repliqua à *André* dans l'Ecrit suivant.

42. *Epistola Apologetica contra Ja-*

cobum Andreæ. Neostadii 1581. *in*-4°.

J. STURMIUS. C'est-là le dernier Ouvrage eristique de sa façon, que je connoisse.

43. *Linguæ Latinæ resolvendæ ratio. Argentinæ* 1581. *in*-8°.

44. *Thesaurus Ciceronianus linguæ Latinæ collectus per Anton. Schorum; cum Præfatione Joan. Sturmii. Argentorati* 1586. *in*-8°.

45. *Institutionis Literatæ, sive de discendi atque docendi ratione Tomus primus. Torunii Borussorum* 1586. *in*-4°. *Henri Strobaudius*, Bourguemestre & Recteur du College de *Thorn*, y a fait imprimer en 3. volumes un Recueil de pieces sur la maniere d'étudier & d'enseigner, dont le premier contient les Ouvrages de *Sturmius*, qui roulent sur ce sujet, & qui sont les suivans. *De Litterarum ludis recte aperiendis liber. Classicarum Epistolarum, sive Scholæ Argentinensis restitutæ libri tres. Academicæ Epistolæ Urbanæ, liber. Schola Lavinga. De educatione Principum libellus. Nobilitas Litterata. De Exercitationibus Rhetoricis liber Academicus. De amissa dicendi ratione & quomodo ea recuperanda sit. Linguæ Latinæ resolvendæ ratio.*

46. *De Bello adversus Turcas perpetuo administrando. Jenæ* 1598. *in*-8°. J. STURMIUS.

V. *Melchioris Adami vitæ Germanorum Philosophorum. Valerii Andreæ Bibliotheca Belgica. Bayle, Dictionnaire. Les Eloges de M. de Thou & les additions de Teissier.*

LOUIS LE ROY.

LOUIS le Roy (en Latin *Regius*) naquit à *Coutance* en Normandie vers le commencement du 16e. siecle. L. LE ROY.

Il s'attacha non seulement aux langues Latine & Grecque, dans lesquelles il se rendit fort habile, mais encore particulierement à la Françoise, qu'il s'efforça même de polir & de perfectionner.

Après avoir passé plusieurs années en Italie, & à la Cour, il se fixa à *Paris*, & travailla à enrichir le Public de plusieurs Ouvrages de sa façon.

Son merite & son habileté le firent choisir en 1570. pour être Professeur Royal en langue Grecque, à la pla-

L. LE ROY.

ce de *Denis Lambin* mort cette année.

L'application qu'il donnoit à l'étude, lui fit toûjours negliger ses affaires domestiques; & cette negligence lui causa des chagrins sur la fin de sa vie; car cet homme, qui étoit fier & hautain, & qui n'avoit jamais pû souffrir de superieur, fut obligé dans sa vieillesse d'attendre sa subsistance des autres, & de vivre à leurs depens.

Il avoit en effet une vanité insupportable, qui lui faisoit croire que personne n'écrivoit aussi bien que lui tant en François qu'en Latin, & qui lui faisoit traiter avec mepris & critiquer sans misericorde les Ouvrages des plus beaux esprits de son temps. Cette vanité le rendit odieux, & lui fit des affaires avec quelques sçavans, entre autres avec *Joachim du Bellay*, avec qui cependant il se reconcilia dans sa suite.

Il mourut le 2. Juillet 1577. dans un âge assez avancé, & fut enterré dans l'Eglise de *Sainte Opportune*. Son successeur dans la Charge de Professeur Royal fut *Jacques Helias*, qui entra en exercice la même année. Ainsi M. de *Sainte Marthe*, & M. de *Thou* se sont trompés, en mettant sa mort en 1579.

L. LE ROY.

Catalogue de ses Ouvrages.

1. *Guillelmi Budæi vita. Cum Doctorum Epigrammatibus in ejus Laudem. Paris.* 1540. *in-4°.* It. Dans le Recueil de quelques-uns de ses Ouvrages. *Paris.* 1575. *in-4°.* It. *Accedit Epistola de Francisco Connano. Paris.* 1577. *in-4°.* It. Dans le Recueil des Vies publiées par *Jean Bates. Londini* 1682. *in-4°.* Cette vie est écrite d'un stile si pur & si élegant, que l'Auteur fut, dès qu'il l'eut publiée, regardé comme un des plus celebres Ecrivains de son siecle.

2. *Le Timée de Platon, traitant de la Nature du Monde & de l'Homme; ensemble les trois Olynthiaques de Demosthene, le tout translaté du Grec, avec l'exposition des lieux difficiles, par Loüis le Roi. Paris. Vascosan.* 1551. *in-4°.*

3. *Oratio in funere Caroli Valesii, Aureliorum Ducis. Basileæ. Oporin.* 1552. *in-8°.* Avec l'Ouvrage de *Gilbert Cousin*, intitulé: *Brevis ac dilu-*

L. LE ROY.

cida Burgundiæ superioris descriptio. Charles de Valois, fils de *François I.* mourut jeune en 1545.

4. *Le Phedon de Platon, traitant de l'immortalité de l'Ame. Le dixiéme livre de la Republique, en ce qu'il parle de l'immortalité, & des loyers & supplices éternels. Deux passages du même Auteur de l'Ame divine & humaine, de leurs actions & affections, l'un du Phedre & l'autre du Gorgias. La Remonstrance que fit Cyrus, Roi de Perse, à ses enfans & amis un peu auparavant que mourir. Paris. Sebastien Nyvelle* 1553. *in*-4°.

5. *Histoire de Diodore Sicilien, traduite du Grec en François, par Robert Macault & Jacques Amyot; avec les annotations en marge de Loüis le Roi. Paris. Vascosan.* 1554. *in-fol.* It. *Ibid. Beys* 1585. *in-fol.*

6. *Le premier, second, & dixiéme livres de Justice, ou de la Republique de Platon. Plus Sermon de Theodorit, Evêque de Cyropoli, ancien Philosophe & Théologien, de la providence & justice divine, trad. en François. Paris. Sebastien Nyvelle* 1555. *in*-4°.

7. *Oratio ad invictissimos, potentis-*

ſimoſque Principes, Henricum II. Franciæ, & Philippum Hiſpaniæ Reges, de pace & concordia nuper inter eos inita, & bello Religionis Christianæ hostibus inferendo. Pariſ. Fed. Morel. 1559. *in*-4°.

L. LE ROY.

8. *Ad præſtantiſſimos clariſſimoſque hujus ætatis viros Epiſtolarum liber. Ejuſdem Selectiores aliquot Epiſtolæ. Pariſ. Fed. Morel* 1559. *in*-4°.

9. *Le Sympoſe de Platon, ou de l'Amour & de Beauté, traduit du Grec par Loüis le Roi, avec trois livres de Commentaires du même ſur ledit Sympoſe, extraits de toute Philoſophie, & recueillis des meilleurs Auteurs tant Grecs que Latins, dans leſquels les paſſages des Poëtes ſont mis en vers François par Joachim du Bellay. Paris* 1559. *in*-4°. It. *Pariſ. L'Angelier* 1581. *in*-4°.

10. *L'Exortation d'Iſocrate à Demonique. Oraiſon du Regne & de la maniere de bien regner. Le Symmachique ou du devoir du Prince. Le premier livre de l'inſtitution de Cyrus, ou du Prince parfait par Xenophon. Les loüanges d'Ageſilas, Roy des Lacedemoniens par le même Xenophon, trad. en François. Paris. Vincent Sertenas* 1560.

L. LE ROY. in-8°. Les deux Oraisons d'*Isocrate*, qui sont à la tête, ont été réimprimées sous ce titre : *Enseignemens d'Isocrate pour induire les jeunes gens à aimer la vertu, & pour regner en paix & en guerre. Paris* 1578. *in*-8°.

11. *Ad Illust. Reginam D. Catharinam Medicem Francisci II. Franciæ Regis matrem Consolatio, in morte Henrici Regis ejus Mariti : ubi per occasionem exitus ejus notabilis exponitur, quæque antecesserunt aut consecuta sunt mirabilia narrantur. Ejusdem Regii Corollarium, quod omnia infra Lunam præter animos cœlitus demissos, mortalia & caduca, perpetuæque mutationi obnoxia sint. Paris. Fed. Morel* 1560. *in*-4°.

12. *Considerations sur l'Histoire Françoise & universelle de ce temps, dont les Merveilles sont succinctement rapportées. Paris. Fed. Morel* 1562. 1568. & 1571. *in*-8°.

13. *Discours très-élegant sur le grand & jadis tant renommé Royaume des Perses, & la nourriture de leurs Rois : aussi sur la moderation de liberté & de servitude ; qu'on doit garder ès Etats publics, à l'exemple desdits Perses &*

des Atheniens, dont les uns pour avoir trop asservi leurs sujets en Monarchie, les autres pour avoir trop pris de liberté en Democratie, furent corrompus & ruïnez. Extrait du troisiéme livre des loix de Platon, & traduit du Grec. Paris. Fed. Morel 1562. in-8°.

L. LE ROY.

14. *Traité d'Aristote, touchant les changemens; ruïnes, & conservations des Etats publics, avec les causes & remedes des émotions Civiles; ensemble les Annotations ou Commentaires sur ledit livre faits par Loüis Regius.* Paris. Fed. Morel 1566. in-8°.

15. *De l'Origine & excellence de l'Art politique, & des Auteurs qui en ont écrit, specialement de Platon & Aristote.* Paris 1567. in-8°.

16. *Des troubles & differends advenant entre les hommes par la diversité des Religions; ensemble du commencement, progrès, & excellence de la Religion Chrétienne.* Paris. Fed. Morel 1567. in-8°.

17. *Les Politiques d'Aristote, esquelles est montrée la science de gouverner le genre humain en toutes especes d'Etats publics, traduites du Grec. Avec Expositions prises des meilleurs Auteurs,*

L. LE ROY.

specialement d'Aristote même & de Platon, conferées ensemble, où les occasions des matieres par eux traitées s'offroient; dont les observations & raisons sont éclaircies & confirmées par innumerables exemples anciens & modernes, recueillis des plus illustres Empires, Royaumes, Seigneuries & Republiques qui furent oncques, & dont on a pû avoir la connoissance par écrit, ou par le fidele rapport d'autrui. Plus du commencement, progrès & excellence de la Politique. Paris 1568. *in-4°.* It. *Ibid.* 1576. *in-fol.* It. *Augmentées des* IX. *&* X. *livres trad. du Grec de Kyriac Stroffe par Federic Morel. Paris. Drouart.* 1600. *in-fol.* Les Commentaires de *Loüis le Roy* sur les Politiques d'*Aristote* & de *Platon* sont fort estimez & loüez par *Naudé*, qui dit dans sa *Bibliographie Politique*, que ce sont des Ouvrages, qui ne peuvent être qu'extremement utiles & agréables à toutes sortes de personnes: cependant ils ne sont plus lûs à present.

18. *Projet ou Dessein du Royaume de France pour en representer en dix livres l'état entier, sous le bon plaisir du Roi.*

Paris 1569. *in*-8°. It. *Ibid.* 1570. *in*-8°. avec l'Ouvrage suivant. L. LE ROY.

19. *Exhortation aux François pour vivre en concorde, & joüir du bien de la paix. Paris* 1570. *in*-8°.

20. *Les Monarchiques de Loüis le Roy, ou de la Monarchie, & des choses requises à son établissement & conservation; avec la conference des Royaumes & Empires plus celebres du Monde anciens & modernes, en leurs commencemens, progrès, accroissemens, étenduës, revenus, forces par mer & par terre, diversitez de guerroyer, trains & Cours de Princes, Conseils Souverains, Polices, Judicatures, Loix, Magistrats, durées, decadences & ruïnes. Paris. Fed. Morel* 1570. *in*-8°.

21. *L'Oraison du Seigneur Jean Zamoscie, Gouverneur de Bels & de Zamech, l'un des Ambassadeurs envoyez en France par les Estats du Royaume de Pologne, & du Grand-Duché de Lithuanie, au Ser. Roi élû de Pologne Henri fils & frere des Rois de France, Duc d'Anjou, sur la declaration de son élection, & pourquoi il a été preferé aux autres Competiteurs; où l'état present d'icelui Royaume est proposé au*

L. LE ROY. *vrai; traduite de Latin en François par Loüis le Roy, à la requête desdits sieurs Ambassadeurs. Paris. Fed. Morel* 1574. *in*-4°. L'Ouvrage Latin avoit été imprimé à *Paris* l'année précedente 1573. *in*-4°.

22. *Du bien advenant aux Princes freres de leur amitié mutuelle & bonne intelligence entre eux, par le grand Cyrus à Cambyses & Taoxares ses fils; traduit du Grec de Xenophon. Paris. Fed. Morel* 1575. *in*-8°.

23. *Sept Oraisons de Demosthene; trois Olynthiaques, & quatre Philippiques, pleines de matieres d'Etat & de Gouvernement, traduites du Grec. Paris. Fed. Morel* 1575. *in*-4°.

24. *Prolegomena Politica, inter quæ prima est Oratio ab eo habita Parisiis, initio Professionis Regiæ, in enarratione Politicorum Aristotelis. Paris. Fed. Morel.* 1575. *in*-4°.

25. *Orationes duæ habitæ Parisiis anno* 1575. *Prima est de motu Franciæ & casibus aliarum Gentium, Nationum, Civitatum, Urbium, Regum, & Regiarum familiarum, qui in hanc ætatem incurrerunt. Altera de jungenda sapiendi & sentiendi scientia cum orna-*

ne dicendi facultate. Paris. Fed. Morel. 1576. *in*-4°.

L. LE ROY.

26. *De l'excellence du Gouvernement Royal. Avec exhortation aux François de perseverer en icelui, sans chercher mutations pernicieuses, ayant le Roi present digne de cet honneur, non seulement par le droit de légitime succession, mais aussi par le merite de sa propre vertu, & le Royaume reiglé d'ancienneté par meilleur ordre que nul autre que l'on sçache; étant plus utile qu'il soit héréditaire, qu'électif, & administré par l'autorité du Roi & de son conseil ordinaire, que par l'avis du peuple, non entendu ni experimenté aux affaires d'Etat. Paris. Fed. Morel.* 1576. *in*-4°.

27. *Deux Oraisons Françoises, prononcées par Loüis le Roy à Paris, avant la lecture de Demosthene, au mois de Février* 1576. *L'une, des langues doctes & vulgaires, & de l'usage de l'Eloquence. L'autre, de l'état de l'ancienne Grece depuis son commencement, jusques à ce qu'elle fut asservie par les Macedoniens, necessaire à sçavoir pour l'intelligence des meilleurs Auteurs Grecs, & utile pour la consideration des trou-*

L. LE ROY.

bles & changemens qui advinrent lors; conformes à ceux du temps present. Paris. Fed. Morel 1576. in-4°.

28. *Douze livres de la vicissitude ou varieté des choses en l'univers, & concurrence des Armes & des Lettres par les premieres & plus illustres nations du monde, depuis le temps où a commencé la Civilité & memoire humaine jusques à present. Plus s'il est vrai ne se dire rien qui n'ait été dit auparavant; & qu'il convient par propres inventions augmenter la doctrine des anciens, sans s'arrêter seulement aux Versions, Expositions, Corrections, & Abregez de leurs Ecrits.* Paris. 1576. *in-fol.* It. *Ibid.* 1583. *in-*8°.

V. *Scævolæ Sammarthani Elogiorum liber* 3. *Les Eloges de M. de Thou, & les additions de Teissier. Les Bibliotheques Françoises de du Verdier & de la Croix-du-Maine. Le College Royal de France, par Guillaume du Val.*

JEAN VINCENT GRAVINA.

JEAN *Vincent Gravina* naquit le 18. Février 1664. à *Roggiano*, dans la Calabre Citerieure, à quelques milles de *Cosenza*, de *Janvier Gravina*, & d'*Anne Lombarda*, tous deux de bonnes familles du pays. J.V.GRAVINA.

On l'envoya dès son enfance à *la Scalea*, fief des Princes *Spinelli*, qui n'est pas éloigné de *Roggiano*, & il y demeura jusqu'à l'âge de seize ans. C'est ce qui a fait croire à quelques personnes qu'il étoit natif de ce lieu.

Gregoire Caloprese, fameux Philosophe de ce temps, qui étoit son cousin germain, y eut soin de son éducation, & de son instruction ; & le jeune *Gravina* fit par ses soins de grands progrès dans les Belles-Lettres & dans la Philosophie.

Il alla à *Naples* à l'âge de 16. ans, & il s'y appliqua à l'éloquence Latine, à la langue Grecque, & à la Jurisprudence. L'application qu'il y donna, ne lui fit point negliger l'é-

J. V. GRAVINA.

tude de sa propre langue dans laquelle il n'oublia rien pour se perfectionner.

Il aimoit particulierement l'étude & le travail, & il y donnoit encore dans les dernieres années de sa vie jusqu'à dix ou douze heures par jour. Quand ses amis l'avertissoient de s'y moderer, il n'avoit d'autre reponse, sinon qu'il n'y avoit rien qui lui fit plus de plaisir.

Il passa à *Rome* à l'âge de 25. ans, c'est-à-dire, en 1689. & quelques années après il y fut fait Professeur en Droit-Canonique dans le College de la Sapience : emploi qu'il a conservé jusqu'à la fin de sa vie.

Il n'eut pas le talent de se faire aimer ; la maniere libre dont il parloit de tout le monde, & le mépris qu'il témoignoit pour la plûpart des gens de Lettres, lui attirerent la haine de plusieurs personnes, & entre autres du fameux *Settano*, qui en a fait la matiere de ses Satires.

Lorsque l'Academie des Arcadiens s'établit à *Rome* en 1690. il en fut un des fondateurs sous le nom d'*Opico Erimanteo*. Mais 21. ans après il fit schisme avec quelques Arcadiens de ses amis, & voulut établir une nouvelle Academie sous le nom d'*Anti-Arcadia*, dans le dessein d'en être le seul chef. Cette Academie n'eut point lieu, & *Gravina* avec ses confreres furent rayez de la liste des Arcadiens. Cependant après sa mort, *Vincent Leonio* ayant assuré l'Arcadie, qu'il avoit toûjours eu de l'estime pour elle, & qu'il avoit témoigné les derniers mois de sa vie beaucoup de desir d'y rentrer, on remit son nom sur la liste. J.V. GRAVINA.

Plusieurs Universités d'Allemagne voulurent l'attirer, & firent des démarches pour cela; mais rien ne put le faire sortir de *Rome*. Celle de *Turin* lui avoit offert la premiere Chaire de Droit, lorsqu'il fut attaqué de la maladie dont il mourut.

C'étoient des douleurs d'entrailles, dont il étoit tourmenté de temps en temps depuis seize années. Il y succomba enfin, & mourut le 6. Janvier 1718. âgé de 54. ans. Il fut enterré dans l'Eglise paroissiale de *S. Blaise*, appellée *della Pagnotta*.

Il avoit fait son Testament le 5.

J.V. GRAVINA. Avril 1715. & avoit ordonné que son corps fut ouvert & embaumé.

Catalogue de ses Ouvrages.

1. *Prisci Censorini Photistici Hydra Mystica : sive de corrupta morali doctrina, Dialogus.* Est via quæ videtur homini justa, novissima autem deducunt ad mortem. Proverb. XIV. 12. *Coloniæ* 1691. *in*-4°. pp. 17. C'est le premier Ouvrage de *Gravina*, qui n'y voulut pas mettre son nom, & qui fut imprimé à *Naples*, quoique le titre porte *Cologne*. Il est fort rare, parce que l'Auteur n'en fit tirer que cinquante exemplaires, qu'il distribua à ses amis.

2. *L'Endimione di Erilo Cleoneo, Pastore Arcade, con un discorso di Bione Crateo. In Roma* 1692. *in*-12. *L'Endimione* est d'*Alexandre Guidi*, qui portoit dans l'Academie des Arcadiens le nom d'*Erilo Cleoneo*; le discours, qui y est ajouté, & qui tend à faire connoître les beautés de cette pastorale, est de *Gravina*, qui s'y est caché sous le nom de *Bione Crateo*. Je me suis trompé dans l'article de *Guidi*, tome 27. de ces Mémoires p. 186. lorsque j'ai dit que c'étoit le

nom qu'il avoit dans l'Academie des J. V. GRAVINA.
Arcadiens. Il y étoit appellé *Opico Erimanteo*, comme je l'ai marqué déja ci-dessus.

3. *Delle antiche Favole. In Roma* 1696. *in*-12.

4. *Jani Vincentii Gravinæ Opuscula. Romæ* 1696. *in*-12. Ce petit Recueil contient six Opuscules. Le premier est un Essai de l'ancien Droit. Le 2e. un Dialogue de l'excellence de la langue Latine. Le 3e. un discours du changement arrivé dans les Sciences, particulierement en Italie. Le 4e. un traité du mepris de la mort. Le 5e. un autre de la Moderation qu'on doit garder dans le deüil. Le 6e. renferme les loix des Arcadiens.

5. *De Ortu & progressu Juris-Civilis liber, qui est Originum primus. Neapoli* 1701. *in*-8°. It. *Lipsiæ* 1704. *in*-8°. Dans cette édition, on a retranché ces mots *qui est Originum primus*, pour ôter la pensée que ce fut un Ouvrage imparfait. *Gravina* envoya depuis les deux autres livres de cet Ouvrage à *Jean Burchard Mencken*, Gendre de *Gleditsch*, Libraire de *Lipsic*, qui avoit donné l'édition préce-

J. V. GRAVINA.

dente, & qui publia le tout sous ce titre : *Origines Juris Civilis, quibus ortus & progressus Juris-Civilis, Jus naturale, Gentium, & XII. Tabularum, Legesque ac Senatus-Consulta explicantur. Lipsiæ* 1708. *in*-4°. It. sous ce titre : *Originum Juris-Civilis libri tres. Accessit de Romano Imperio liber singularis. Neapoli* 1713. *in*-4°. deux tomes. C'est la meilleure édition. M. *le Clerc* pretend dans sa *Bibliotheque ancienne & moderne*, que le livre *de Imperio Romano* est l'Ouvrage, où *Gravina* a fait paroître le plus de genie & de connoissance de l'Antiquité Romaine. It. *Lipsiæ* 1717. *in*-4°. Avec les Opuscules de *Gravina*. Je parlerai plus bas de cette édition. On a accusé *Gravina* d'avoir copié dans cet Ouvrage, qui est excellent, *Antoine Augustin*, *Jacques Godefroy*, & *Paul Manuce*, sans les avoir cités.

6. *Acta consistorialia creationis Emin. ac Rev. Cardinalium instituta à S. D. N. Clemente XI. P. M. diebus* 17. *Maii &* 7. *Junii anno salutis* 1706. *Accessit eorumdem Cardinalium brevis delineatio. Coloniæ* 1707. *in*-4°.

7. *Della Ragione Poëtica libri due. In Roma* 1708. *in*-4°. It. *In Napoli* 1716. *in*-8°. Ce livre est rempli d'érudition; mais l'Auteur y est un peu obscur, & donne trop dans des idées Platoniques. Il y a fait entrer une partie de son Ouvrage *delle antiche favole.* J. V. GRAVINA.

8. *Tragedie cinque. In Napoli* 1712. *in*-8°. pp. 348. Les cinq Tragedies contenues dans ce volume sont : *Il Palamede. L'Andromeda. L'Appio Claudio. Il Papiniano. Il Servio Tullio. Gravina* dit avoir composé toutes ces pieces en trois mois, sans interrompre le cours de ses leçons; & cependant il declare dans sa Préface, qu'il regardera comme des ignorans ou des envieux, tous ceux qui ne s'accorderont point avec lui à les mettre au-dessus de tout ce que *le Tasse, Bonarelli, Trissino*, & les autres Italiens & Etrangers, ont composé en ce genre. On voit là une preuve de la bonne opinion qu'il avoit de lui-même.

9. *Orationes. Neapoli* 1712. *in*-12. It. *Eædem & Opuscula. Ultrajecti* 1713. *in*-8°. pp. 392. It. *Neapoli*

J. V. GRAVINA. 1723. *in*-12. Les Opuscules sont ceux qui avoient déja paru en 1696. Les uns & les autres ont été réimprimés à la suite des *Originum Juris-Civilis libri tres. Lipsiæ* 1717. *in*-4°. pp. 804.

10. *Della Tragedia libro uno. In Napoli* 1715. *in*-4°. Cet Ouvrage & les deux livres de *la Ragione Poëtica* ont été réimprimés ensemble à *Venise* en 1731. *in*-4°. Avec le discours de *Gravina* sur l'*Endimion* d'*Alexandre Guidi*, & quelques autres pieces.

11. Son Testament écrit en Latin, se trouve dans le *Journal de Venise* tom. 31. p. 322.

V. *Son Eloge par Joseph Citto, Napolitain à la p.* 205. *du premier volume des Notizie Istoriche degli Arcadi Morti. In Roma* 1720. *in*-8°. *& les additions que le Journal de Venise y a faites dans le tome* 34. *p.* 270. *Le même Journal tome* 31. *p.* 318. *Nova Litteraria Lipsiensia Mensis Februar.* 1718.

THO-

THOMAS ITTIGIUS.

T. ITTIGIUS.

THOMAS *Ittigius* naquit à *Lipsic* le 31. Octobre 1643. de *Jean Ittigius*, Professeur en Physique dans l'Université de cette ville, & de *Sabine Elizabeth Weinrich*.

Il fit ses premieres études dans sa patrie, où il fut reçu Bachelier en Philosophie l'an 1660. Il passa ensuite à *Rostock*, d'où aprés deux années d'étude il retourna en 1662. à *Lipsic*. Il s'y fit recevoir Maître-ès-Arts l'année suivante 1663. & commença à faire des leçons en particulier.

En 1664. il se rendit à *Strasbourg*, & y demeura deux ans, pendant lesquels il s'appliqua à la Théologie.

De retour à *Lipsic*, il y donna des preuves de son sçavoir par quelques Theses qu'il y soutint. Appellé ensuite à *Dresde* par quelques Seigneurs, il se chargea de l'instruction de leurs enfans.

Rendu de nouveau à sa patrie au bout de deux ans, il fut reçu en 1670. dans le College Philosophique.

T. ITTIGIUS.

Il n'avoit pas dessein de s'engager dans le Ministere, mais ses parens l'ayant souhaité ainsi, il se rendit à leurs desirs & reçut l'imposition des mains le 2. Février 1671. Il fut aussitôt après donné pour Pasteur à l'hôpital de *S. Jean*, qui est dans un Fauxbourg de *Lipsic*; poste auquel il avoit été nommé le 30. Decembre de l'année précedente.

En 1674. il fut fait Prédicateur du matin de l'Eglise de *S. Thomas* à *Lipsic*, & l'année suivante 1675. Prédicateur du soir. Le 30. Janvier 1685. il devint Diacre de l'Eglise de *S. Nicolas*, place de laquelle il passa en 1686. à celle d'Archidiacre, & en 1699. à celle de Pasteur de la même Eglise. Ce fut cette même année 1699. qu'il fut élevé aux dignitez de Surintendant, & d'Assesseur du Consistoire.

Il avoit pris le 13. Août 1685. le degré de Licentié en Théologie, & huit ans après, c'est-à-dire, en 1697. il fut choisi pour remplir une Chaire de Professeur extraordinaire en cette faculté à *Lipsic*, dont il prit possession le 27. Octobre de cette année; mais il la quitta le 3. Mars de l'année suivante 1698. pour passer à une autre de Professeur ordinaire, qu'il a conservée jusqu'à sa mort. T. ITTIGIUS.

Il fut reçu le 9. Novembre 1699. Docteur en Théologie, & on lui donna aussitôt après un Canonicat de *Meissen*.

Il joüit d'une santé parfaite jusqu'à la 62e. année de son âge; mais alors il commença a être attaqué de la pierre, & après avoir souffert pendant plus de quatre ans de grandes douleurs il mourut le 7. Avril 1710. dans sa 67e. année.

Il avoit épousé le 6. Février 1685. une veuve nommée *Sophie Elizabeth Bœshen*, qui étoit morte le 19. Décembre de l'année suivante 1686. sans avoir eu d'enfant.

C'étoit un homme fort laborieux, comme il paroît par le grand nombre de ses Ouvrages. Il avoit amassé une Bibliotheque fort bien choisie de plus de sept mille volumes, Théologiques pour la plûpart, dont il avoit dressé des Catalogues fort exacts.

Catalogue de ses Ouvrages.

1. *Disputationes tres de Montium incendiis. Lipsiæ in*-4°. Ce sont des

T. ITTIGIUS. Theses soutenues en differens temps. La premiere le fut le 24. Mars 1663. La 2e. le 29. Août de la même année. La 3e. le 6. de Juin 1666.

2. *Honoris in Philosophia summi* XXV. *Magistrorum memoriæ sacrum erexit Th. Ittigius* VII. *Cal. Februarii. Lipsiæ* 1666. *in*-4°.

3. *Emblemata* XVIII. *supremis in Philosophia honoribus, totidem doctissimorum virorum Juvenum Consecrata, exhibuit* IX. *Cal. Febr. Th. Ittigius. Lipsiæ* 1667. *in*-4°.

4. *Theses Theologicæ de tractu hominum ad Christum exaltatum, ex Joh.* XII. 32. *Lipsiæ* 1667. *in*-4°.

5. *Argo nova honoribus Magistrorum* XIX. *ad* VI. *Cal. Februarii exstructa. Lipsiæ* 1670. *in*-4°.

6. *Dissertatio Physica de Lacrymis. Lipsiæ* 1670. *in*-4°.

7. *Epinicia, quibus Agones litterarios & partas inde Laureas Magisteriales Hieronicarum numero* XXI. *prosecutus est die* 26. *Januarii Thom. Ittigius. Lipsiæ* 1671. *in*-4°.

8. *Lucubrationes Academicæ de Montium incendiis. Lipsiæ* 1671. *in*-8°. Il a donné ici une nouvelle forme aux

trois dissertations qu'il avoit publiées auparavant sur ce sujet. T. ITTIGIUS.

9. *Discours sur la mort de Sabine Elizabeth Weinrich, sa mere.* (en Allemand) *Lipsic* 1680. *in-fol.*

10. *Animadversiones in Censuram Facultatis Theologicæ Parisiensis latam in Sorbona die* 18. *Martii* 1683. *de propositione :* Ad solam sedem Apostolicam divino immutabili privilegio spectat de controversiis fidei judicare. *Lipsiæ* 1685. *in*-4°.

11. *De Hæresiarchis ævi Apostolici & Apostolico proximi. Lipsiæ* 1690. *in*-4°. It. *Editio secunda. Lipsiæ* 1703. *in*-4°.

12. *Appendix Dissertationis de Hæresiarchis ævi Apostolici & Apostolico proximi, cui accedit heptas dissertationum selecta quædam historiæ Ecclesiasticæ veteris & novæ capita illustrantium. Lipsiæ* 1696. *in*-4°. Cet Appendix a été joint à la seconde édition de l'Ouvrage.

13. *Prolegomena ad Flavii Josephi Opera Græco-Latina.* Dans une édition de cet Auteur faite à *Lipsic*, sous le nom de *Cologne* l'an 1691. *in-fol.*

T. ITTIGIUS.

14. *Ad Abucaræ opusculum de baptismo fidelium ante Christi adventum defunctorum per aquam, quæ ex ejus latere profluxit, Dissertatio. Lipsiæ* 1698. *in*-4°. It. dans l'*Enneas Exercitationum.*

15. *Exercitatio Theologica de Evangelio mortuis annuntiato ad* I. *Petri* IV. 6. *in Panegyri doctorali die* 9. *Novembris exhibita. Lipsiæ* 1699. *in*-4°.

16. *Bibliotheca Patrum Apostolicorum Græco-Latina. Præmissa est dissertatio de Patribus Apostolicis, seu scriptoribus Ecclesiasticis, qui Apostolorum comites & discipuli fuisse perhibentur. Lipsiæ* 1699. *in*-8°. deux tomes.

17. *Operum Clementis Alexandrini supplementum, exhibens ejusdem* 1°. *Librum: quis dives salutem consequi possit?* 2°. *Adumbrationes in Epistolas aliquot Catholicas.* 3°. *Fragmenta. Collegit, & cum Præfatione sua fasciculoque observationum miscellanearum edidit Thomas Ittigius. Lipsiæ* 1700. *in*-8°.

18. *Oratio parentalis Memoriæ Joh. Benedicti Carpzovii Sacra, & die* 30. *Martii* 1700. *dicta. Lipsiæ* 1700. *in-fol.*

T. ITTIGIUS.

19. *Refutatio disputationis de statu induratorum in prælectionibus publicis ad B. D. Valentini Alberti Interesse Religionum, ejusque Thesim secundam studiosæ Juventuti communicata, & à quodam Auditore prælo commissa. Witteberga* 1701. *in*-4°.

20. *Prælectiones publicæ termino Gratiæ peremptorio in nupera disputatione de statu Induratorum denuo asserto oppositæ, & editæ à fideli Auditore.* 1701. *in*-4°.

21. *Epistola ad Auditores suos, quæ Prælectiones de statu Induratorum adversus D. A. P. Parænesim nuper editam vindicantur. Lipsiæ* 1701. *in*-4°. Il a fait plusieurs Ouvrages en Allemand sur cette matiere; mais ils n'ont rien d'interessant pour nous.

22. *Exercitationum Theologicarum varii argumenti in Academia Lipsiensi publice propositarum Enneas. Accedunt duæ Orationes inaugurales, & totidem Programmata his præmissa. Lipsiæ* 1702. *in*-8°. Les deux discours qui se trouvent ici sont les suivans. *Oratio inauguralis Professioni Theologicæ extraordinariæ præmissa, pro Joh. Dallæi Tractatu de usu Patrum, adversus*

T. ITTIGIUS. Matth. Scrivaneri Apologiam pro Sanctis Ecclesiæ Patribus, habita die 27. Octobris 1697. Oratio inauguralis Professioni Theologicæ Ordinariæ præmissa, de remediis à Richardo Simonio ad tranquillandas eorum conscientias adhibitis, qui in Gallia ad Romana sacra amplectenda compulsi de privatione sacri calicis anguntur, dicta die 3. Martii 1698.

23. *Exercitatio Theologico-Philologica ad verba Davidis Psal.* XCVI. *v.* 10. *à nonnullis Interpretibus & Ecclesiæ Patribus interpolata : Dominus regnavit à ligno. Lipsiæ* 1702. *in*-4°.

24. *Paulinus in partem Psalmi* 8. *Commentarius ad Hebræos* II. 9. *expensus. Lipsiæ* 1702. *in*-4°.

25. *Dissertatio ad Lucæ* VII. 47. 48. *de iterata absolutione peccatricis, cui peccata jam remissa fuerant. Lipsiæ* 1703. *in*-4°.

26. *Exercitatio Theologica de novis Fanaticorum quorumdam nostræ ætatis Purgatoriis. Lipsiæ* 1703. *in*-4°.

27. *Exercitatio Historico-Theologica de Guillelmo Postello. Lipsiæ* 1704. *in*-4°.

28. *De Synodi Carentonensis à Re-*

formatis in Gallia Ecclesiis anno 1631. *celebratæ indulgentia erga Lutheranos, circa permissam S. Cœnæ inter Reformatos participandæ, conjugiorum cum Reformatis contrahendorum, & Infantum ex baptismate apud Reformatos suscipiendorum libertatem Dissertatio Theologico-Historica. Accedunt ejusdem quatuor Programmata festalia tempore Decanatus anni* 1702. *ad* 1703. *publico nomine conscripta. Lipsiæ* 1705. *in*-4°.

T. ITTIGIUS.

29. *Historia Synodorum Nationalium à Reformatis in Gallia habitarum, ex Actis Synodicis, & aliis scriptoribus in epitomen redacta; observationibus nonullis Theologicis Theoreticis pariter ac practicis illustrata & in usum publicarum Lectionum edita. Lipsiæ* 1705. & suiv. *in*-4°. Des vingt-neuf Synodes Nationaux, que les P. Reformez ont tenus en France, on n'en voit ici que quatre, qui sont ceux de *Paris* de l'an 1559. de *Poitiers* en 1560. d'*Orleans* en 1562. & de *Lyon* en 1563. L'Auteur prevenu par la mort n'a pas été plus loin.

30. *De Bibliothecis & Catenis Patrum, Variisque veterum scriptorum*

T. ITTIGIUS. *Ecclesiasticorum Collectionibus Tractatus. Lipsiæ* 1707. *in*-8°. Cet Ouvrage est curieux & singulier.

31. *Oratio parentalis, Memoriæ Samuelis Benedicti Carpzovii Sacra, dicta Lipsiæ die* 17. *Januarii. Dresdæ* 1708. *in-fol.*

32. *Exercitatio Theologica de Reservato Dei circa terminum gratiæ. Lipsiæ* 1709. *in*-4°.

33. *Dissertationis Ittigianæ de Hæresiarchis ævi Apostolici & Apostolico proximi, adversus Catalecta F. Lotharii Mariæ à Cruce, Ord. Minorum; Defensio; autore Thoma de Lipsia, Ordinis FF. Prædicatorum. Lipsiæ* 1709. *in*-4°. *Ittigius* s'est caché sous ce nom.

34. *Historiæ Ecclesiasticæ primi à Christo nato sæculi selecta capita de scriptoribus & de scriptis Ecclesiasticis, Conciliis, Doctrina, Ritibus, Hæresibus, Persecutionibus & Martyribus, aliisque personis & gestis memorabilibus delineata. Præmissa est de scriptoribus Historiæ Ecclesiasticæ recentioribus dissertatio. Lipsiæ* 1709. *in*-4°.

35. *Historiæ Ecclesiasticæ secundi à Christo nato sæculi selecta Capita. Præ-*

miſſa eſt de ſcriptoribus Hiſtoriæ Eccleſiaſticæ antiquioribus Diſſertatio. Lipſiæ 1711. *in*-4°. T. ITTIGIUS.

36. *Schediaſma de Autoribus, qui de ſcriptoribus Eccleſiaſticis egerunt; cura L. Chriſtiani Ludovici, P. P. cujus auctuarium & annotationes accedunt. Lipſiæ* 1711. *in*-8°.

37. *Hiſtoria Concilii Nicæni, obſervationibus maxime recentiorum ſcriptorum illuſtrata. L. Chriſtianus Ludovici recenſuit: cujus cura Præfatio, adnotationes & reliqua acceſſerunt. Lipſiæ* 1712. *in*-4°.

38. *Opuſcula Varia; edita cura L. Chriſtiani Ludovici. Lipſiæ* 1714. *in*-8°. Les pieces qu'on voit ici avoient déja paru ſéparément.

Il a publié outre cela pluſieurs Sermons, & autres Ouvrages ſemblables en Allemand, dont il eſt inutile de parler ici.

V. *De Vita, obitu, ſcriptiſque Thomæ Ittigii Epiſtolica Diſſertatio ſcripta à M. Johanne Friderico Kernio, Schleuſinga-Franco. Lipſiæ* 1710. *in*-4°. Cette vie eſt fort étendue, & on y trouve une liſte aſſez exacte des Ouvrages de notre Auteur. *Acta Eru-*

ditorum Lipsiensia 1710. *p.* 221. On y voit un abregé de sa vie.

PIERRE CRESPET.

P. CRESPET.

PIERRE Crespet naquit à *Sens* en 1543.

Après avoir fait le cours ordinaire des études, il entra à *Paris* dans l'ordre des Celestins, & il y prononça ses vœux le 25. Janvier 1562. âgé de 19. ans.

Son merite l'éleva bientôt aux dignitez de son Ordre. On voit par ses Ouvrages tant imprimés que Manuscrits, qu'il étoit en 1572. Sous-Prieur à *Rouen*, qu'il devint ensuite Prieur, & qu'il l'étoit en 1576. à *Sens*, en 1578. à *Metz*, & en 1586. à *Soissons*.

Il le fut après à *Paris* pendant des temps assez difficiles, c'est-à-dire, en 1589. & 1590. durant les guerres civiles; & témoigna alors beaucoup d'attachement pour la ligue.

Le Cardinal *Henri Cajetan*, Legat du Pape, l'emmena avec lui à *Rome* en 1590. & *Crespet* profita de cette occasion, pour visiter les Monasteres de son Ordre, qui étoient en Italie. P. CRESPET.

De retour en France au mois de Juillet 1592. il fut fait Prieur de *Colombier* dans le *Vivarez*.

Ce fut là qu'il mourut l'an 1594. âgé seulement de 51. ans. On s'est trompé dans le Dictionnaire de *Morery* en reculant sa mort à l'année suivante.

Il s'est toûjours fait un plaisir de l'étude pour laquelle il ménageoit tous les momens qu'il pouvoit, comme il est facile de le voir par les Ouvrages qu'il a composés, & dont la plûpart son demeurés en Manuscrit. Il est vrai qu'ils sont tombez dans l'oubli, parce qu'ils roulent presque tous sur des sujets de dévotion, & qu'on en a composé depuis sur les mêmes matieres d'autres bien meilleurs & bien plus solides.

Catalogue de ses Ouvrages.

1. *Commentaires memorables de Dom Bernardin de Mendoce, Chevalier, Ambassadeur en France pour le Roi Catholique, des guerres de Flandres & Pays-Bas, depuis l'an 1567. jusques à l'an 1577. traduit de l'Espagnol. Paris*

P. CRES-PET. 1591. *in-8°.* L'intention de *Pierre Crespet*, en traduisant cette histoire, étoit d'engager par son moyen les Parisiens à persévérer dans le parti de la Ligue, comme il le témoigne dans son Epitre dedicatoire adressée à la noblesse Catholique.

2. *Le Triomphe des Saints, ou leurs gestes, vertus, victoires, merites &c. sont exprimez en notables Sermons, accommodez aux principales Fêtes de l'année. Anvers* 1594. & 1596. *in-8°.* It. *Paris* 1595. & 1601. *in-8°.* deux vol.

3. *Discours Catholiques de l'Origine, essence, excellence, fin, & immortalité de l'Ame. Paris* 1588. & 1604. *in-8°.* deux vol. dont le premier est dedié au Roi *Henri III.* & le second à *Philippe Hurault*, Chancelier de France.

4. *Deux livres de la haine de Satan & malins esprits contre l'homme, où sont expliquez les arts, ruses, & moyens qu'ils pratiquent pour nuire à l'homme par charmes, obsessions, magie, sorcellerie, illusions, phantômes, impostures. &c. Paris* 1590. *in-8°.* Le P. *Delrio* cite souvent cet Ouvrage dans

ſes Diſquiſitions magiques. L'Auteur y fait voir bien de la credulité. P. CRESPET.

5. *Le Jardin de Plaisir & recréation ſpirituelle, diviſé en cinq parties, qui contiennent divers diſcours, tant de la nature, origine, condition, effets, & enormité des pechez auſquels on doit fermer l'entrée où les extirper du Jardin de l'ame; comme de la nature, effets admirables, dignité, & excellence des vertus qu'on y doit planter, & donner heureuſe accroiſſance. Paris* 1587. *in*-8°. deux vol. It. *Lyon* 1598. *in*-16. deux vol. It. *Paris* 1602. *in*-8°. deux vol. Cette derniere édition a été augmentée par l'Auteur. *Creſpet* y affecte beaucoup d'érudition, & y cite beaucoup de traits de l'hiſtoire tant Sacrée & Eccleſiaſtique, que Profane.

6. *Traité encomiaſtique de l'excellence de la vertu de Chaſteté, Virginité & Continence; Extrait des Archives anciennes des bons Auteurs, & hiſtoires tant ſainctes que profanes.* A la ſuite de l'Ouvrage précedent. Il témoigne dans la Préface avoir traduit les ſix livres de la Continence de *d'Eſpence*, & avoir mis à la tête

P. CRESPET. de sa traduction une Epitre liminaire sur cette vertu. Je ne trouve point quand cela à été imprimé.

7. *Traité de la patience au S. Martyre, traduit de Tertullien. Sens* 1577. *in*-12.

8. *Summa Catholicæ fidei, Apostolicæ doctrinæ & Ecclesiasticæ disciplinæ, nec non totius Juris Canonici. Lugduni* 1598. *in-fol.*

9. *La Pome de Grenade Mystique. Paris* 1585. & 1595. *in*-8°. It. *Rouen* 1605. *in*-12. C'est une instruction pour une Vierge Chrétienne.

10. *Le triomphe de Jesus, & Voyage de l'ame dévote au Calvaire. Paris* 1586. & 1588. *in*-8°. La 2e. Edition est augmentée entre autres choses d'un entretien que l'Auteur eut en 1573. à *Avignon* avec des Juifs sur la venue du Messie. It. *Lyon* 1594. *in*-8°. deux vol. It. *Paris* 1599. *in*-8°. 2. vol.

11. *Le Triomphe de Marie, Mere de Jesus. Paris* 1588. *in*-8°. It. *Ibid.* 1594. & 1606. *in*-8°. deux vol. Ce sont des especes de Meditations, de même que l'Ouvrage précedent.

12. *L'instruction de la Foy Chrétienne contre l'Alcoran. Paris* 1589. *in*-8°.

C'est

C'est la traduction d'un Ouvrage du Pape *Pie II.* que *Crespet* a accompagnée de notes. P. CRESPET.

13. *Trois livres du Saint amour de Dieu, & du pernicieux amour de la chair & du Monde. Paris* 1590. *in*-8°.

14. *Douze Dialogues de la vertu. Paris* 1604. *in*-12. C'est la traduction d'un Ouvrage Italien du P. *Evangeliste Marcellin*, Minime.

15. *Discours sur la vie & le Martyre de Sainte Catherine.* Je ne sçai point la date de cet Ouvrage, qui est en vers.

§. V. *Gallica Cœlestinorum Congregationis virorum illustrium Elogia Historica. Paris.* 1719. *in*-4°.

NICOLAS LE COMTE.

NICOLAS *le Comte* naquit à *Paris* vers l'an 1620. N. LE COMTE.

Après le cours ordinaire des études, il entra dans l'Ordre des Celestins, où il fit profession le 28. Septembre. 1639.

Il sçut mettre à profit le temps que les observances Monastiques lui

N. LE COMTE.

laissoient libres. Il apprit la langue Italienne, & tâcha de se rendre utile au public, en traduisant de cette langue en François des Ouvrages dignes de sa curiosité. C'est le seul endroit par lequel il est connu.

Il mourut le 10. Février 1689. âgé d'environ 69. ans.

Catalogue de ses Ouvrages.

1. *Les fameux Voyages de Pietro della Valle, Gentilhomme Romain, traduits de l'Italien. Paris 1662. & suiv. in-4°.* quatre tomes.

2. *Histoire nouvelle & curieuse des Royaumes de Tunquin & de Lao, traduite de l'Italien du P. de Marini, Romain. Paris 1666. in-4°.*

3. *Loüis Coulon*, Prêtre & Docteur en Théologie ayant donné en 1643. une histoire des Juifs en 2. volumes *in-12.* traduite de *Joseph* & d'*Hegesippe*; & ayant depuis travaillé au troisiéme, sans le pouvoir achever, il pria peu avant sa mort *Nicolas le Comte*, qui étoit son ami, de l'achever. Il le fit, & ce troisiéme volume parut à *Paris* l'an 1665. *in-12.*

V. *Gallicæ Cœlestinorum Congregationis virorum illustrium Elogia Historica, Paris. 1619. in-4°.*

JEAN CARAMUEL LOBKOWITZ.

J. CARAMUEL.

JEAN *Caramuel Lobkowitz* naquit à *Madrit* le 23. May 1606. de *Laurent Caramuel*, Gentilhomme de *Luxembourg* dans les Pays-Bas, & de *Catherine Friss*, Allemande, de l'illustre famille des *Lobkowitz*, dont *Caramuel* joignit le nom à celui de son pere, suivant l'usage des Espagnols.

Il témoigna dès sa premiere jeunesse une grande inclination pour les Mathematiques, qu'il apprit de *Jean Esronite*, Archevêque du Mont-Liban, qui se trouvoit alors en Espagne, & il étoit à craindre que la passion qu'il avoit pour elles, le mît hors d'état d'apprendre autre chose, si son pere n'y eût mis ordre de bonne heure.

Il ne sçavoit pas encore la langue Latine, lorsqu'il soutint des Theses sur le mouvement des Planetes, tirées de la Sphere de *Sacrobosco*.

Ayant été mis à l'étude des Lan-

J. CARAMUEL.

gues & des Humanitez, il courut cette carriere avec tant de rapidité qu'en un an il apprit la Grammaire & la Poëtique, & y fit même des progrès assez considerables pour être en état de composer une centaine de vers en une heure. Il passa ensuite à la Rhetorique, à laquelle il donna deux années.

La Philosophie l'occupa après, & il la fit à *Alcala* sous *Benoît Sanchez*, Peripateticien très-subtil dans le goût de ce temps-là.

Son cours fini, il prit l'habit de l'Ordre de *Cîteaux* dans le Monastere de *la Espina*, au Diocèse de *Palencia*, où il fit profession après son année d'épreuve.

On l'appliqua encore quelque temps à la Philosophie; après quoi on l'envoya à *Salamanque*, où il étudia en Théologie sous *Ange Manriquez*.

Il se trouva bientôt en état d'enseigner lui-même les autres, & il fit pendant quelque temps la fonction de Professeur en Théologie à *Alcala*. Il ne se borna pas cependant à cela pendant le séjour qu'il fit alors dans cette ville, il voulut aussi s'y instruire dans les langues Orientales. J. CARAMUEL.

Appellé ensuite dans les Pays-Bas, il alla demeurer au Monastere de *Dunes* en Flandres, où il passa quelques années, occupé de la composition de divers Ouvrages, & de la Predication. Il s'y fit une si grande réputation par ses Sermons, qu'on voulut l'entendre dans les principales villes du pays, & que l'Infant d'Espagne, *Ferdinand*, Gouverneur des Pays-Bas, le fit prêcher plusieurs fois devant lui.

Etant à *Louvain* en 1638. il y pris le bonnet de Docteur en Théologie le 22. Septembre de cette année.

Son merite l'éleva bientôt aux dignitez de son ordre; il fut fait Abbé de *Melrose* en Ecosse, & non point dans les Pays-Bas, comme *Baillet* le dit mal à propos, & Vicaire General de l'Abbé de *Cîteaux* dans l'Angleterre, l'Ecosse & l'Irlande; mais il ne paroît pas qu'il ait jamais été dans ces pays-là.

En effet ayant été nommé peu après à l'Abbaye de *S. Disibode* ou de *Dissembourg*, dans le bas Palati-

J. CARAMUEL.

nat, au Diocèse de *Mayence*, il s'y rendit aussitôt. Ses premiers soins furent de reparer les desordres que l'hérésie y avoit faits, & de ramener dans le sein de l'Eglise les habitans du pays qui s'en étoient éloignés; ce qu'il fit avec un zéle infatigable, & avec un succès prodigieux. *Anselme Casimir*, Electeur de *Mayence*, pour l'autoriser davantage, le choisit pour son suffragant, sous le titre d'Evêque de *Missy*.

Mais les changemens qui arriverent dans le Palatinat, ayant obligé *Caramuel* à en sortir, le Roi d'Espagne l'envoya en qualité de son Agent à la Cour de l'Empereur *Ferdinand III.* Il y acquit tellement l'affection & l'estime de ce Prince, que non seulement il lui donna les Abbayes de *Montserrat* à *Prague*, & de *Vienne*, qui étoient de l'Ordre de *S. Benoît*, mais qu'il lui accorda encore une pension considerable. Outre cela le Cardinal *Ernest de Harrach*, Archevêque de *Prague* le fit son Vicaire Général.

Cependant la ville de *Prague*, où il demeuroit, ayant été assiegée en

1648. par les Suedois, il crut que sa qualité de Moine ne l'empêchoit pas de prendre les armes pour la defense commune, & se mit à la tête d'une Compagnie d'Ecclesiastiques, avec lesquels il repoussa vaillamment les attaques des ennemis. Il avoit fait auparavant la même chose à *Louvain*, lorsque cette ville avoit été attaquée par les François & les Hollandois, & à *Frankendal* dans le Palatinat, où il avoit fait le metier d'Ingenieur, & avoit mis à profit les connoissances qu'il avoit dans l'art des Fortifications.

J. CARAMUEL.

La paix ayant ensuite rendu la tranquillité à la *Boheme*, il travailla à la conversion des Hérétiques, & en convertit un grand nombre. Son zéle & ses succès lui procurerent l'Evêché de *Kœnigsgrats* en Boheme, dont il n'eut cependant que le titre.

Car *Alexandre VII*. ayant été élû Pape en 1655. l'appella à *Rome*, dans le dessein de lui faire sentir des marques de l'estime qu'il avoit conçue pour lui, pendant qu'il étoit Nonce à la diete de *Cologne*. Mais toutes les

J. CARAMUEL. esperances que *Caramuel* avoit lieu de se former, se bornerent aux Evêchés de *Campagna* & de *Satriano* dans le Royaume de *Naples*, unis depuis l'an 1526. qui tous deux ensemble n'étoient que d'un revenu assez modique. Il fut Sacré à *Rome* dans l'Eglise de *S. Ambroise* par le Cardinal *François Brancaccio*, Evêque de *Viterbe*.

Il conserva ces Evêchés jusqu'à l'an 1673. qu'il s'en démit volontairement & fut nommé par le Roi d'Espagne le 25. Septembre de la même année à celui de *Vigevano*.

Il mourut le 8. Septembre 1682. âgé de 76. ans, & fut enterré dans la Cathedrale de *Vigevano*, avec cette courte Epitaphe sur sa tombe.

Magnus Caramuel
Episcopus Vigevani.

Mais on lui a dressé cet éloge sur un pilier qui est vis-à-vis.

En ubi lingua silet & calamus magni Joannis Caramuel, qui vel undecimo ætatis anno libros scribens, mox Monachus, Pontificibus charus ac Regibus, triginta hominum millia revocavit ab hæresi, obsessam ingenio & ense libera-

vit:

vit Pragam, linguas omnes edoctus, & disciplinas, vitæ annis æquavit volumina in 77. ita veges ut numquam otiatus, demum suis in operibus immortalis nuntio Comete tum nato cum obiit, dum in hac Cathedrali Episcopi æternum clari pro natæ Virginis festo vesperæ solvebantur, cœlo natus terras reliquit anno 1682.

J. CARAMUEL.

C'étoit un homme d'une érudition profonde, mais peu solide, d'une imagination extrêmement vive, grand parleur, & grand raisonneur, mais à qui le jugement manquoit.

Catalogue de ses Ouvrages.

1. *Steganographiæ Trithemii & Claviculæ Salomonis Germani declaratio & vindicatio. Coloniæ* 1634. *in*-4°. *Caramuel* dans le vaste dessein qu'il a tracé des Ouvrages qu'il vouloit entreprendre, dit que *Trithème* avoit eu une adresse meilleure à trouver des moyens d'écrire en chiffres, mais qu'il étoit né dans un siecle dont l'ignorance n'étoit pas moins surprenante, que ceux qui l'ont condamnée ne l'ont point entendu; que c'étoit le genie de son temps aussi-

On trouve chez Briasson *Trithemii Steganographia vindicata. in*-4°. *Noribergæ* 1721.

J. CARAMUEL.

bien que du nôtre, de lire peu, de comprendre encore moins, & de condamner presque tout; mais qu'il l'avoit bien defendu, en montrant que sa Steganographie n'est rien moins que la Necromance, & qu'elle est un Art Liberal.

2. *Psalterio de D. Antonio Rey de Portugal, en que confiesa à Dios sus culpas, traduzido por Juan de Caramuel. Brussellas* 1635. *in*-16.

3. *Thanotosophia, seu Musæum mortis. Bruxellis* 1637. *in*-4°. C'est un traité de la preparation à la mort.

4. *Theologia Regularis Sanctorum Benedicti, Augustini, Francisci Regulas commentariis dilucidans. Brugis* 1638. *in-fol.* It. *Francofurti* 1644. *in*-4°. It. *Venetiis* 1651. *in*-4°. It. *Duplo auctior. Lugduni* 1665. *in-fol.*

5. *Philippus Prudens, Lusitaniæ, Algarbiæ, Indiæ, Brasiliæ &c. Legitimus rex demonstratus. Antuerpiæ* 1638. *in-fol.* Il composa ce livre dans le temps que le Portugal commençoit à secoüer le joug de la Domination Espagnole. Il pretendit avoir tiré la plûpart des choses qu'il avançoit en faveur des Rois d'Espagne, des Mé-

moires de *Dom Emmanuel* de Portugal, fils du Roi *Antoine*, qui les lui avoit laissez en mourant; mais il est à presumer que c'est une adresse de *Caramuel*, qui tâchoit de donner par là plus de poids & d'autorité à son livre. J. CARAMUEL.

6. *Motivum Juris, quod in Curia Romana disceptatur, de Cardinalis Richelii Cisterciensis Abbatis Generalis erga universum ordinem autoritate & potestate. Itemque de quatuor primorum Patrum Abbatum, de Firmitate, Pontiniaci, Claræ-vallis, & Morimundi in suas filiationes Jurisdictione. Antuerpiæ* 1638. *in*-4°.

7. *Declaracion Mystica de las Armas de Espanna. Brussellas* 1639. *in-fol.*

8. *Cœlestes Metamorphoses, sive circulares Planetarum Theoricæ in alias formas transfiguratæ. Bruxellis* 1639. *in*-8°.

9. *Bernardus Petrum Abailardum & Gilbertum Porretanum triumphans. Lovanii* 1639. & 1644. *in*-4°.

10. *Scholion elimatum ad Regulam S. Benedicti, libellum S. Bernardi de Præcepto & dispensatione dilucidans.*

J. CARAMUEL. *in quo demonstratur sanctum hunc doctorem opiniones benignas semper fovisse. Lovanii* 1641. *in*-4°. It. *Francofurti* 1644. *in*-4°. It. *Venetiis* 1651. *in*-4°. It. *Santangelij* 1665. *in*-4°. On voit par le titre de cet Ouvrage qu'il vouloit faire de *S. Bernard* un Docteur aussi relâché, qu'il l'étoit lui-même.

11. *Mathesis audax, rationalem; naturalem, supernaturalem, divinamque sapientiam Arithmeticis, Catoptricis, Staticis, Dioptricis, Astronomicis, Musicis, Chronicis & Architectonicis fundamentis substruens exponensque. Lovanii* 1642. & 1644. *in*-4°. C'étoit une imagination bien singuliere, que de pretendre résoudre toutes les questions Théologiques, & principalement celles qui regardent la grace & le libre arbitre, seulement à la faveur de la Regle & du Compas, comme *Caramuel* le fait ici.

12. *Cabalæ Grammaticæ specimen. Bruxellis* 1642. *in*-12.

13. *Sublimium ingeniorum Crux jam tandem deposita, sive de lapsu gravium. Lovanii* 1642. & 1644. *in*-4°.

J. CARAMUEL.

14. *Repuesta al Manifiesto del Reino de Portugal. Amberes* 1642. *in*-4°. It. *Sanctangelo* 1664. *in*-4°. *Caramuel* entretenoit à ses depens une Imprimerie à *Sant-Angelo*, pour l'impression de ses propres Ouvrages. Il composa celui-ci en Espagnol, parce que le Manifeste publié en Portugal pour faire valoir les Droits de la Maison Royale de ce Royaume, auquel il se proposoit de repondre; étoit écrit en langue vulgaire; mais un de ses disciples, nommé *Leandre van der Bandt*, le traduisit en Latin sous ce titre: *Joannes Brigantinus, Lusitaniæ, Algarbiæ, Indiæ, & Brasiliæ illegitimus Rex demonstratus. Lovanii* 1643. *in*-4°. Cet Ouvrage de *Caramuel* fut aussitôt attaqué par un Portuguais, nommé *Emmanuel Fernandez de Villareal*, Conseil de sa nation à *Rouen* en Normandie, qui publia sa reponse à *Paris* sous ce titre: *Anti-Caramuel, o Defença del Manifesto del Reino de Portugal à la Respuesta que escrive D. Juan Caramuel.* 1643. *in*-4°.

15. *Perpendiculorum inconstantia ab Alexandro Calignono excogitata, à*

J. CARAMUEL. *Petro Gassendo Commentario exornata, & à Joanne Caramuele examinata & falsa reperta.* Lovanii 1643. in-12.

16. *Excellentissima Domus de Mello.* Lovanii 1643. in-fol. Avec fig.

17. *Severa Argumentandi Methodus.* Duaci 1643. in-4°. It. *Lovanii* 1644. in-fol. It. *Francofurti* 1651. in-fol.

18. *De novem sideribus circa Jovem visis.* Lovanii 1643. in-12.

19. *Solis & Artis adulteria, sive de Horologiis.* Lovanii 1643. in-fol.

20. *Libra de præcedentia pro Cistercienſibus contra Aoracenses.* Lovanii 1643. in-4°.

21. *Theologia Moralis ad prima eaque clarissima principia reducta.* Lovanii 1643. in-fol. L'Auteur est fort relaché dans sa morale. Sa préface l'annonce assez, & l'on doit être surpris d'y trouver ces mots : *Totum Decalogum à Deo dependere, & divinitus mutabilem & dispensabilem esse demonstro.*

22. *Epistola ad Gassendum de Germanorum Protestantium conversione.* 1644. in-4°.

23. *Epistola ad eundem de infallibi-*

litate Papæ 1644. *in*-4°. J. CARAMUEL.

24. *Ut, Re, Mi, Fa, Sol, La, Ri: Nova Musica. Viennæ* 1645. *in*-4°. Il composa depuis un autre livre sur le même sujet, comme je le dirai plus bas.

25. *Maria, liber: De laudibus Virginis Matris. Pragæ* 1647. *in*-4°. It. *Sanctangelii* 1664. *in-fol.*

26. *Boëtius, sive ejus vita moralibus Monitis exornata. Pragæ* 1647. *in*-4°.

27. *Benedictus Christiformis; sive S. Benedicti vita iconibus in ære incisis, carminibus & conceptibus moralibus exornata. Pragæ* 1648. *in-fol.*

28. *Philosophia. Lovanii* 1648. *in-fol.*

29. *S. Romani Imperii pacis licitæ demonstratæ Prodromus & Syndromus. Francofurti* 1648. *in*-4°.

30. *S. Romani Imperii Pax medullitùs discussa & ad binas hypotheses reducta; sub primam condemnata & dissuasa; sub secundam pia, liceta, & valida demonstrata, & persuasa. Francofurti* 1648. *in*-4°. It. *Viennæ* 1649. *in-fol. Caramuel* pretend ici refuter un écrit, qui parut dans le temps

J. CARAMUEL. qu'on negocioit la paix à *Munster*, sous le nom d'*Ernestus ab Eusebiis*, & sous ce titre : *Judicium Theologicum super Quæstione, an pax, qualem desiderant Protestantes, sit secundùm se illicita. Elisiopoli* 1648. *in*-4°. C'est apparemment contre quelque Proposition que *Caramuel* avoit avancée dans sa reponse, qu'a été composé l'Ouvrage, qui a pour titre : *Humani Erdemani Anti-Caramuel, seu Examen & Refutatio Dissertationis, quam de potestate Imperatoris circa bona Ecclesiastica proposuit Jo. Caramuel. Trimonadi* 1648. *in*-4°.

31. *Encyclopædia Concionatoria ; seu Conceptus morales, quibus aut Evangelia, aut sanctorum virtutes celebrantur & dilucidantur. Pragæ* 1649. *in*-4°. It. *Sanctangelii* 1664. *in-fol.*

32. *Grammatica audax, pro juvandis Grammaticis, qui ad Scholam transeunt Philosophicam, docens exempla hujus artis ex Grammaticis mutuare. Francofurti* 1651. *in-fol.*

33. *Herculis Logici labores tres. Francofurti* 1651. *in-fol.*

34. *Metalogica. Francofurti* 1651. *in-fol.* C'est un traité des Universaux.

35. *Theologia Fundamentalis. Francofurti* 1651. *in*-4°. It. *Romæ* 1667. *in-fol.* It. *Lugd.* 1667. *in-fol.* Il y a dans ces deux dernieres éditions plusieurs solutions, que l'Auteur avoit negligé de donner dans la premiere, pour exercer la penetration de ceux qui liroient l'Ouvrage. J. CARAMUEL.

36. *Apparatus Philosophicus in* IV. *partes distinctus. Francofurti* 1652. *in-fol.* It. *Coloniæ* 1665. *in-fol. Caramuel* parle dans cet Ouvrage en peu de mots de toutes les Sciences & de tous les Arts.

37. *Catalogus omnium suorum operum. Francofurti* 1651. *in-fol.* A la suite de l'Ouvrage précedent. *Charles de Visch* l'a inseré dans sa *Bibliotheca scriptorum ordinis Cisterciensis.* p. 178. L'Auteur marque à la tête qu'il a disposé ses Ouvrages de maniere que les derniers renvoyent toûjours aux précedens, & que les premiers ne peuvent gueres s'entendre sans ceux qui les suivent; qu'ainsi on n'a rien, si on ne les à tous. C'étoit un tour d'adresse pour faire acheter ses livres, qu'il faisoit imprimer pour la plûpart à ses depens.

J. CARAMUEL.

Il dit ailleurs qu'il n'employoit, ou plûtôt qu'il ne perdoit pas son temps à lire les anciens Auteurs, parce que tout ce qu'ils ont dit, se trouve beaucoup mieux dans les nouveaux; & qu'il tiroit même ce qu'il écrivoit de sa seule meditation. Il ne faut pas s'étonner après cela, si ses Ouvrages sont tombés sitôt dans l'oubli, & si l'on ne s'avise plus maintenant de les lire. Il parle ici non seulement des Ouvrages, qu'il avoit faits, mais d'un grand nombre d'autres qu'il s'étoit proposé de composer, mais qui n'ont pas été jugez dignes de l'impression, ou qui sont demeurez en idée.

38. *Hierarchia Ecclesiastica; de summi Pontificis, Patriarcharum, Archiepiscoporum, Episcoporum, Abbatum, Sacerdotum, Diaconorum, Hypodiaconorum, Clericorumque inferiorum ordinum electione, promotione, necessitate & honestate. Pragæ* 1653. *in-fol.*

39. *Theologia rationalis, seu Præcursor Logicus. Francofurti* 1654. *in-fol.*

40. *Dominicus, sive Historia Vene-*

rabilis Patris Dominici à Jesu-Maria J. CARA-
Carmelitani Excalceati, monitis asce- MUEL.
ticis & politicis exornata. Vienna 1654. *in-fol.*

41. *Cabalæ Theologicæ excidium; sive contra Cabalistas, qui ne unum quidem de Deo verbum in Sacris Bibliis contineri somniarunt.* Avec la traduction Hebraïque des trois premiers livres de la somme de *S. Thomas* contre les Gentils, faite par *Joseph Ciantes*, & imprimée sous ce titre: *summa contra Gentes D. Thomæ Aquinatis, quam Hebraïce eloquitur Josephus Ciantes, Romanus, Episcopus Marsicensis. Romæ* 1657. *in-fol.*

42. *Apologema pro doctrina de Probabilitate contra novam Prosperi Fagnani opinionem. Lugduni* 1663. *in*-4°.

43. *Metametrica. Romæ* 1663. *in-fol.* C'est une partie d'un traité de l'Art Poëtique, où il traite de la quantité des Syllabes.

44. *Theologia intentionalis. Lugduni* 1664. *in-fol.*

45. *Theologia præterintentionalis. Lugduni* 1664. *in fol.*

46. *Theologiæ Regularis Tomus alter, varias Epistolas exhibens, in qui-*

J. CARAMUEL. *bus dilucidantur gravissima circa eam difficultates. Lugduni* 1665. *in-fol.*

47. *Rithmica. Sanctangélii* 1665. *in-fol.* It. *Duplo auctior. Campaniæ* 1668. *in-fol.* C'est une autre partie de l'Art Poëtique, dans laquelle *Caramuel* considere les nombres, qui peuvent avoir lieu dans toutes sortes de langues.

48. *Jocoseria Naturæ & Artis. Francofurti* 1667. *in-4°.*

49. *Pandoxium Physico-Ethicum; Tomus primus qui Logicam realiter & moraliter examinat. Campaniæ* 1668. *in-fol.* Il devoit y avoir deux autres volumes, qui n'ont point paru.

50. *Arte nueva de Musica, inventada anno de* 600. *por S. Gregorio, desconcertada anno de* 1022. *por Guidon Aretino, restituida à su primera perfeccion anno* 1620. *por Fr. Pedro de Urenna, reducida à este breve compendio anno* 1644. *por Juan Caramuel. En Roma* 1669. *in-4°.*

51. *Mathesis Biceps, vetus & Nova, in qua veterum & recentiorum placita examinantur, interdum corriguntur, semper dilucidantur, & plæraque omnia Mathemata reducuntur spe-*

culative & practice ad facillimos & expeditissimos Canones. Campaniæ 1670. *in-fol.* deux vol. J. CARAMUEL.

52. *Haplotes de restrictionibus mentalibus. Opus ingeniosissimum, multos sacræ scripturæ locos ex Hebraïcis, Syriacis, & Arabicis fontibus accurate dilucidat; & varias quæstiones Philologicas, Criticas, Philosophicas, Theologicas, aliasque decidit, præcipue de Persarum Petaso Guizilbascio, de funiculis Indicis, de inauribus Ethnicis, de Pythagoræ Metempsycosi, aliisque. Nunc primum in lucem prodit. Lugduni* 1672. *in-4°.*

53. *Tempio di Salomone. Vigevano* 1678. *in-fol.* trois vol. L'Auteur a voulu composer en toutes sortes de genre. C'est ici un livre d'Architecture, rempli de figures, que *Caramuel* a dedié à Dom *Juan d'Autriche.*

54. *Trismegistus Theologicus. Viglevani* 1679. *in-fol.*

55. *Logica Moralis, seu Politica. Viglevani* 1680. *in-fol.*

56. *Leptotatos, Latinè subtilissimus, de nova Dialecto Metaphysica. Viglevani* 1681. *in-fol.* C'est une nouvelle

J. CARAMUEL.

Grammaire de l'invention de *Caramuel*, par le moyen de laquelle il pretend que les conceptions ambigues & obscures des Metaphysiciens & des Théologiens Scholastiques pourront s'énoncer clairement & distinctement. Mais les mots barbares qu'il veut introduire, sont plus propres à embroüiller les choses qu'à les éclaircir.

V. *Nicolai Antonii Bibliotheca Hispana*. C'est l'Auteur qui parle le plus au long & le plus exactement de lui. *Caroli de Visch Bibliotheca scriptorum Ordinis Cisterciensis. p.* 178. Cet Auteur n'ajoute presque rien à la liste des Ouvrages de *Caramuel* donnée par lui même. *Lorenzo Crasso, Elogii d'Huomini Letterati. tom.* 1. *p.* 356. *Ughelli, Italia Sacra, dans la liste des Evêques de Campagna, & dans celle de ceux de Vigevano.* On y trouve un detail assez long de ce qui le regarde. *Baillet, Jugemens des Sçavans, & Enfans célebres par leurs études.*

THEODORE GAZA.

THEODORE *Gaza*, mal appellé par quelques-uns *de Gaze*, comme s'il étoit natif de cette ville, naquit à *Thessalonique* dans la Grece, vers l'an 1398. T. GAZA.

La guerre qui regnoit dans son pays, l'obligea à en sortir, & il passa en Italie vers l'an 1430. pour y trouver la tranquillité dont il ne pouvoit joüir dans sa patrie.

Il s'y distingua bientôt par son esprit & par sa science. La langue Latine qu'il apprit sous *Victorin de Feltre*, lui devint en peu de temps comme naturelle, & il acquit l'habitude de la parler avec facilité & avec élegance.

Le Cardinal *Bessarion* se rendit son protecteur, & lui procura un Benefice dans la Calabre. Ce fut dans ce pays qu'il passa une partie de sa vie, occupé de son travail & de ses études.

Etant allé à *Rome* pour presenter au Pape *Sixte IV*. quelques-uns de

T. GAZA.

ses Ouvrages, dans l'esperance d'en recevoir quelque grande recompense, ce Pontife se contenta de lui faire donner cinquante écus; ce qui causa un tel dépit à *Gaza*, qu'il dit dans sa colere, qu'il n'avoit qu'à se retirer dans la Calabre, puisqu'on avoit à *Rome* le goût si depravé, que le meilleur grain y étoit rejetté par des ânes qui crevoient de graisse. *Jean Pierius Valerianus* ajoute qu'il jetta l'argent dans le Tibre, & qu'il mourut quelque temps après de chagrin.

Il est vrai qu'il mourut quelque temps après, mais ce fut apparemment autant de vieillesse que de chagrin, puisqu'il avoit alors 80. ans. *Matthieu Palmieri* le fait mourir à *Rome*, mais *Paul Jove* veut qu'il soit retourné dans la Calabre, & qu'il y ait fini ses jours; ce qui est confirmé par ce distique.

Altrix Roma, parens cui Græcia, Græcia magna
Fit tumulus, lingua Gaza utriusque vocor.

Il mourut l'an 1478. suivant les Chroniques de *Matthieu Palmieri*, & de quelques autres Auteurs, étant alors

alors âgé de 80. ans. Cette date souffre cependant quelque difficulté : car on a une Epitaphe Grecque de *Theodore Gaza* faite par *Ange Politien*, dans laquelle il marque qu'il l'a faite à l'âge de 21. ans ; or il avoit 21. ans en 1475. puisqu'il mourut en 1494. âgé de 40. Mais outre que cet âge de 40. ans, qu'on lui donne à sa mort, n'est pas sans contestation, il pouvoit dans l'Epitaphe se faire un peu plus jeune qu'il n'étoit, pour la faire valoir davantage, & se donner un plus grand mérite. T. GAZA.

Catalogue de ses Ouvrages.

1. *Grammaticæ Græcæ libri* IV. *Venetiis* 1495. *in-fol.* Dans un Recueil de Grammairiens Grecs. It. *Florentiæ* 1515. & 1526. *in-*8°. It. *Venetiis* 1525. *in-*8°. It. *Paris.* 1529. & 1540. *in-*8°. It. *Basileæ* 1549. *in-*8°. Dans toutes ces éditions il n'y a que le texte Grec de *Gaza*. It. *Liber primus & secundus Latinè*, *Erasmo Interprete. Coloniæ* 1525. *in-*8°. It. *Græcè & Latinè libri* IV. *Cum interpretatione Latina ab Erasmo*, *Conrado Heresbachio*, *Jacobo Tusano*, & *Cornelio Croco. Basileæ* 1522. 1529. *in-*4°.

T. GAZA. & 1540. *in*-8°. It. *Liber* IV. *cum versione & explanationibus Eliæ Andreæ*. *Paris*. 1551. *in*-4°.

2. *Liber de Mensibus Atticis*. *Græcè*. *Venetiis* 1495. *in-fol*. A la suite de la Grammaire, aussibien que dans les éditions suivantes. *Florentiæ* 1515. & 1526. *in*-8°. *Venetiis* 1525. *in*-8°. *Basileæ* 1540. *in*-4°. *Paris*. 1550. *in*-8°. It. *Græcè & Latinè cum versione Joannis Perelli*. *Basileæ* 1536. *in*-8°. It. dans l'*Uranologium* du P. *Petau*. *Paris*. 1630. *in-fol*. & *Amstelod*. 1703. *in fol*. It. *Latinè*, *Perello Interprete*. *Paris*. 1535. *in*-8°. & dans le 9. tome des Antiquités Grecque de *Gronovius*.

3. *Epistola ad Franciscum Philelphum de Origine Turcarum*, *Græcè*, *cum versione Leonis Allatii*. *Coloniæ* 1653. *in*-8°. Dans les *Symmicta* du Traducteur. p. 382. *Sebastien Castalion* l'a aussi traduite en Latin, & le Catalogue de la Bibliotheque d'*Oxford* marque une édition de sa Version faite à *Basle* en 1556.

4. *Ciceronis liber de Senectute*, *Græcè versus*. Dans l'édition des Oeuvres de *Ciceron* faite par *Alde* en 1523. *in*-8°. Dans celle que *Jean Sturmius*

a donnée à *Strasbourg* en 1540. *in*-8°. & dans quelques autres. It. séparement. *Græcè & Latinè. Ingolstadii* 1596. *in*-8°. T. GAZA.

5. *Ciceronis somnium scipionis, Græcè.* Dans les éditions de *Ciceron* marquées ci dessus. It. séparément. *Basileæ* 1528. *in*-4°.

6. *Aristotelis libri* IX. *Historiæ Animalium; de partibus Animalium libri* IV. *& de Generatione Animalium libri* IV. *Latinè versi. Venetiis* 1476. *in-fol.* It. *Basileæ* 1533. *in-fol.* It. dans plusieurs édition des Ouvrages d'*Aristote*. Quoique *Gaza* en traduisant l'Histoire des Animaux d'*Aristote*, eût profité de la traduction que *George de Trebizonde* en avoit faite auparavant, il ne laissa pas de se vanter dans la Préface, qu'il n'avoit été aidé dans son travail par qui que ce soit, & que son dessein n'avoit pas été d'entrer en lice avec les autres Interpretes, rien n'étant plus aisé que de les vaincre. *Vossius*, qui avoit lû ce détail dans la 90e. Epitre des *Miscellanea* de *Politien*, a presumé que ces paroles de *Gaza* piquerent *George* extrêmement. Sur quoi *Baillet*

T. GAZA. encherissant dans ses *Jugemens des Sçavans* a pris occasion de dire que la traduction de *Gaza* mit *George* au desespoir. *Politien* cependant n'a pas dit un mot de ce ressentiment de *George*, mais tout au contraire qu'on ne pouvoit sans indignation voir que *Gaza*, qui avoit dans sa traduction suivi *George* presque pas à pas, ne lui eût rendu que des injures & du mépris pour reconnoissance. (*La Monnoye Notes sur les Jugemens des Sçavans de Baillet.*)

7. *Aristotelis Problemata*, *Latinè versa. Venetiis* 1494. *in-fol.* It. *Basileæ* 1537. *in-fol.* It. dans plusieurs éditions des Oeuvres d'*Aristote*.

8. *Theophrasti Historiæ Plantarum libri* x. *Latinè versi. Venetiis* 1504. *in-fol.* It. *Basileæ* 1533. *in-fol.* It. *Paris.* 1529. *in-*8°. It. dans l'édition Grecque & Latine des Oeuvres de *Theophraste* imprimée à *Leyde* en 1613. *in-fol.* It. Avec le texte Grec, *cum Commentariis Joannis Bodæi à Stapel. Amstelod.* 1644. *in-fol.*

9. *Alexandri Problematum libri* II. *Latinè versi. Venetiis* 1501. 1524. 1552. *in-fol.* It. *Basileæ* 1537. *in-fol.*

It. dans quelques éditions d'*Aristote*, comme dans celle de *Venise* de l'an 1560. *in*-8°. tome 9ᵉ. T. GAZA.

10. *Æliani liber de instruendis Aciebus, Latinè. Coloniæ* 1524. *in*-8°. It. *Paris* 1532. *in*-8°.

11. *S. Joannis Chrysostomi Homiliæ V. de incomprehensibili Dei natura, Latinè versæ.* Dans quelques éditions de *S. Chrysostome.*

V. *Pauli Jovii Elogia N°.* 26. *Joannis Pierii Valeriani de Litteratorum infelicitate lib.* 2. *Jo. Alberti Fabricii Bibliotheca Græca tom.* 9. *p.* 192.

PIERRE NICOLE.

PIERRE *Nicole* naquit à *Chartres* le 19. Octobre 1625. de *Jean Nicole*, Advocat au Parlement de *Paris*, & Chambrier de la Chambre Ecclesiastique de *Chartres*, & de *Louise Constant.* P. NICOLE.

Né avec une grande ouverture d'esprit, une mémoire très-heureuse, une docilité raisonnable, une pénétration vive & profonde, il profita bientôt des instructions de son

P. Nicole.

pere, qui entendant parfaitement les langues Grecque & Latine, voulut être lui même son précepteur; & lui fit lire les meilleurs Auteurs de l'Antiquité profane.

Ses premieres études se firent avec rapidité; car ses amis lui ont entendu dire qu'à l'âge de quatorze ans il avoit achevé le cours ordinaire des Humanitez, & lû tous les livres Latins & Grecs, qui étoient en bon nombre dans la Bibliotheque de son pere, & même plusieurs autres, qu'il empruntoit à ses amis.

Son pere voyant qu'il ne pouvoit plus lui rien apprendre par rapport aux Belles-Lettres, & voulant seconder le penchant qu'il avoit pour l'Etat Ecclesiastique, l'envoya à *Paris* pour y faire sa Philosophie & ensuite sa Théologie.

Il arriva dans cette ville sur la fin de l'année 1642. & après son cours de Philosophie il reçut le bonnet de Maître-ès-Arts le 23. Juillet 1644.

Etant ensuite passé à la Théologie, il étudia en *Sorbonne* sous Messieurs *le Moine* & de *Sainte-Beuve* en 1645. & 1646.. & continua son cours sous M. *le Maître*, Docteur de la Maison de *Navarre*. P. NICOLE.

Pendant le même temps il s'appliqua à l'Hebreu, & il entreprit de lire dans cette langue tout l'Ancien Testament, de même que la version Grecque des Septante. Mais cette application trop suivie & trop forte affoiblit considerablement sa vûë, & il fut obligé de discontinuer cette étude dans laquelle il étoit fort avancé. La Théologie gagna tout le temps qu'il ôta à ces deux langues; & il l'étudia principalement, sous la direction de M. de *Sainte-Beuve*, dans les Ouvrages de *S. Augustin* & *de S. Thomas*. L'application qu'il y donna ne l'empêcha pas d'employer une partie de son temps à l'instruction de la jeunesse, qu'on élevoit dans les petites Ecoles établies à *Port-Royal*, où il enseignoit les Belles-Lettres.

Ayant fini ses trois années ordinaires, il prit le degré de Bachelier, & soutint la These, qu'on appelle *Tentative* le 17. Juin 1649.

Il se preparoit sérieusement à sa Licence, lorsque les disputes qui

P. Nicole.

agitoient la faculté de Théologie *de Paris* depuis quelques années, & qui s'augmenterent considerablement dans ce temps-là à l'occasion des cinq fameuses propositions de *Jansenius*, lui firent changer de dessein, & le determinerent à renoncer au Doctorat, & à se contenter du simple titre de Bachelier.

Cette resolution prise, il en prit une autre qu'il ne tarda pas à exécuter; ce fut de se retirer à *Port-Royal des Champs*. Il demeura en ce lieu jusqu'à la fin de l'année 1655. qu'il revint à *Paris* pour aider de sa plume M. *Arnauld*, avec lequel il étoit étroitement lié. Il y fit depuis son séjour ordinaire, mais presque toûjours *incognito*, & caché sous le nom de M. *de Rosny*. On ignore les raisons qui lui firent faire un voyage en Allemagne; tout ce qu'on sçait, c'est qu'il y étoit en 1658. & qu'il y traduisit en Latin les Lettres Provinciales.

Il demeuroit à *Paris* avec M. *Arnauld*, & ils allerent ensemble en 1664. chez M. *Varet*, qui fut depuis Grand-Vicaire de *Sens*, à *Châtillon* près

près de *Paris*, où ils passerent quelque temps occupez chacun de differens ouvrages. P. NICOLE.

Il demeura depuis en differens endroits, tantôt à *Port-Royal*, tantôt à *Paris*, ou ailleurs.

Au commencement de l'année 1676. sollicité vivement d'entrer dans les ordres sacrez, il resolut d'aller auparavant consulter sur ce sujet M. *Pavillon* Evêque d'*Alet*. Il partit au commencement du Printemps, pour l'aller trouver, & demeura trois semaines avec lui. La decision qu'il lui demandoit fut bientôt donnée. Pour entrer dans les Ordres Sacrez, il avoit besoin du consentement de l'Evêque de *Chartres*, son Diocesain, & ce Prélat le lui refusoit. M. *d'Alet* lui fit envisager ce refus, comme une disposition de la Providence, qui vouloit le retenir dans le rang où il étoit; & M. *Nicole* eut d'autant plus de plaisir de cette reponse, qu'il étoit persuadé, qu'après cette decision ses amis le laisseroient tranquille dans la Clericature, où il avoit vêcu jusqu'alors.

Il alla ensuite visiter l'Evêque de

P. NICOLE.

Grenoble, passa à *Annecy* pour venerer le corps de *S. François de Sales*, qui y repose, & revint après en droiture à *Paris*.

Il y demeura tranquille jusqu'à l'an 1677. qu'une lettre qu'il écrivit pour les Evêques de *Saint-Pons*, & d'*Arras* au Pape *Innocent XI.* contre les relâchemens des Casuistes, attira sur lui un orage qui l'engagea à se retirer.

Comme la mort venoit de lui enlever son pere, il prit cette occasion pour aller à *Chartres*. Il n'y demeura néanmoins qu'autant de temps qu'il lui en fallut pour mettre ordre à ses affaires temporelles, & partager avec ses deux sœurs, *Charlotte* & *Marie*, le peu de bien que son pere leur avoit laissé.

Après quelques autres voyages, il se rendit à *Beauvais* auprès de M. *Choart de Buzenval*, qui en étoit Evêque, d'où après quelque séjour, il sortit du Royaume au mois de Mai 1679. & se retira à *Bruxelles*, ensuite à *Liege*, & depuis en differens endroits.

Une Lettre qu'il écrivit à M. *de*

Harlay, Archevêque de *Paris*, pour se justifier de ce qu'on lui avoit attribué à l'occasion de celle des Evêques de *Saint-Pons* & d'*Arras*, facilita son retour en France. M. *Robert*, de *Chartres*, Chanoine de l'Eglise de *Paris*, obtint quelque temps après de ce Prélat, que M. *Nicole* pût revenir secretement à *Chartres*; & il se rendit aussitôt dans cette ville sous le nom de M. *de Bercy*, & y reprit ses occupations ordinaires.

P. NICOLE.

Ce même ami sollicita depuis pour lui la permission de revenir à *Paris*, & il l'obtint enfin en 1683. M. *Nicole* de retour en cette ville, profita du repos qu'il y trouva pour donner de nouveaux Ouvrages au Public.

Des infirmités, qui lui survinrent ensuite, commencerent à l'avertir qu'il approchoit de son terme. Dès le mois de Septembre 1693. voyant que ces infirmités redoubloient considerablement, & que ne pouvant plus rien écrire de sa propre main, il étoit reduit à dicter à son domestique ce qu'il vouloit confier au papier, il resolut de resigner un bene-

P. NICOLE. fice de fort modique revenu qu'il avoit à *Beauvais*. C'étoit une Chapelle dans la Collegiale de *S. Vast*. M. *de Buzanval*, Evêque de cette ville, la lui avoit donnée pour lui servir de titre Ecclesiastique, & le mettre sous sa Jurisdiction ; mais il n'en avoit jamais rien retiré, & avoit même été obligé de débourser du sien pour quelques reparations. Il la resigna en faveur de *Jacques Gavard*, Prêtre de *Beauvais*.

Les deux années qu'il vêcut depuis, il ne fit presque plus que languir & souffrir. Enfin le 11. de Novembre 1695. étant seul dans son cabinet, occupé, selon sa coûtume à lire & à mediter sur sa lecture, il se sentit subitement attaqué d'une espece d'Apoplexie, qui ne lui ôtant ni la presence d'esprit, ni l'usage de la parole, lui laissa la liberté d'appeller du secours. On le saigna, & on lui donna de l'Emetique ; mais sa derniere heure étoit venue, & sa maladie augmenta jusqu'au 16e. du même mois qu'il eut une seconde attaque d'Apoplexie, qui le fit tomber dans une si grande foiblesse, qu'il

P. NICOLE.

expira au bout d'une heure. Il étoit alors âgé de 70. ans.

Il avoit ordonné qu'on l'enterrât sans cérémonie; mais sa volonté ne fut point executée en ce point.

Personne n'ignore le talent qu'il avoit pour la Controverse, & c'est principalement dans les Ouvrages de ce genre qu'il a fait briller la netteté, & la force de son esprit. Mais comme on n'est pas toûjours capable de tout, il avoüe avec sincerité dans ses lettres, qu'il n'avoit nul talent pour les Panegyriques, ni pour les Epitaphes.

» Il y a quelques années, dit-il, » qu'un de mes amis m'ayant montré le Panegyrique d'un Saint qu'il » devoit prononcer, & lui ayant dit » avec liberté, que je n'en étois point » du tout satisfait, il m'engagea à » lui en faire un: Je le fis; il l'adopta & le declama parfaitement bien. » Cependant ayant assisté moi-même » à ce Sermon, j'entendis à mes côtés » je ne sçai combien de gens, qui » ne pouvoient s'empêcher de dire » assez haut: le pauvre Sermon! Est-ce » là prêcher? Qui a jamais vû un tel

P. NI-COLE.

» panegyrique? Etant enfin sorti, il » y en eut qui me vinrent trouver » serieusement, pour me dire, qu'é- » tant ami du Predicateur, je le de- » vois avertir de ne se plus mêler » d'un metier dont il s'acquittoit si » mal. Le Predicateur néanmoins ne » se rebuta pas de ce mauvais succès, » il exigea de moi une seconde fois » la même Corvée. Je l'acceptai pour » avoir une seconde fois le plaisir de » ces jugemens du Monde, & j'assi- » stai encore à ce Sermon. L'amour » propre s'étoit un peu defendu la » premiere fois contre le jugement » public, parce que le Predicateur » avoit defiguré le premier Sermon » par quantité de lambeaux mal cou- » sus qu'il y avoit ajoutés. Mais la » seconde fois il fut entierement de- » sarmé: car le Predicateur n'ajouta » pas un mot à ce que je lui avois » donné. Il le declama mieux qu'il » ne meritoit; cependant ce second » Sermon eut le même succès que le » premier, & excita les mêmes plai- » santeries.

Il est à presumer que l'un de ces Sermons est le Panegyrique de *S.*

François de Paule, qui a été imprimé avec ses lettres ; l'autre peut être l'Oraison funebre de la Princesse de *Conti*. En ce cas il faudroit dire que M. *de Roquette* auroit été le Predicateur de l'une & l'autre piece.

P. NICOLE.

M. *Nicole* a attribué le peu de réussite de ces pieces au peu de disposition qu'il avoit pour les Ouvrages qui demandent de l'invention, & où il faut se soutenir de soi même & prêter de la beauté à ce que l'on traite. Il lui falloit qu'il y eut quelques choses à prouver & à demêler ; sans cela il tomboit, comme il le dit lui-même. Il auroit pû ajouter que sa maniere de penser & de s'exprimer, toûjours ingenieuse, mais quelque fois un peu abstraite & trop concise, ne convenoit gueres à un Sermon, qui étant fait pour le commun des fidelles, doit être d'un stile aisé & populaire, qui aille plus au cœur qu'à l'esprit, & qui soit plus rempli d'onction que de pensées recherchées.

Quant aux Epitaphes voici ce qu'il en dit, » Je fus engagé autrefois par » Madame la Princesse de *Conti*, de

P. NICOLE.

» faire l'Epitaphe de M. le Prince
» de *Conti*, & on la grava aux Char-
» treux d'*Avignon*. Quelques années
» après passant par cette ville, on
» me proposa de me mener aux Char-
» treux pour la voir. Mais le plus
» bel esprit d'*Avignon* s'y opposa,
» en disant que cette Epitaphe ne
» meritoit pas d'être vûë, & qu'elle
» ne valoit rien. Tout le monde en
» demeura d'accord, & moi aussi,
» avec intention de me delivrer à
» jamais des Epitaphes.

Catalogue de ses Ouvrages.

1. *Epigrammatum Delectus, ex omnibus tùm veteribus, tùm recentioribus Poëtis, cum dissertatione de vera pulchritudine & adumbrata, nec non sententiis ex Poëtis. Paris. Savreux* 1659. *in*-12. C'est la premiere édition de cet Ouvrage, qui a été suivie de plusieurs autres. On en a donné une à *Londres* en 1711. *in*-12. qui est marquée la 7e. & dans laquelle on a ajouté un nouveau choix d'Epigrammes, tirées principalement des Poëtes recens. M. *Nicole* passe generalement pour l'Auteur de ce Recueil, & de la Dissertation qui l'accompagne.

P. NICOLE.

Les notes courtes, qu'il a mises au bas de chaque Epigramme, sont sçavantes & judicieuses : mais ces deux qualitez se trouvent principalement dans la Dissertation, où il traite de la beauté Poëtique, & de la nature & du stile de l'Epigramme. *Richelet* l'a traduite en François & l'a mise sous le titre de *Traité de la vraye & de la fausse beauté dans les Ouvrages d'esprit & particulierement dans l'Epigramme*, à la tête de son *Recueil des plus belles Epigrammes des Poëtes François*, imprimé l'an 1698. en deux volumes *in*-12. M. de *la Martiniere* a aussi inseré cette traduction dans le second volume de son *Nouveau Recueil des Epigrammatistes François. Amsterdam* 1720. *in*-12. * Le P. *Vavasseur*, Jesuite, a employé les cinq derniers chapitres de son livre *de Epigrammate*, à attaquer cet Ouvrage. La dissertation, le choix des Epigrammes, les notes, tout lui a paru censurable, il semble n'avoir fait son traité que pour censurer celui-ci. Mais sa Critique n'a rien diminué de l'estime que le *Delectus Epigrammatum* s'est aquise dès qu'il parut. Les

* Il se trouve à Paris, chez Briasson.

P. NICOLE.

sentences, qu'on voit à la fin, sont tirées des meilleurs Poëtes & des autres Auteurs Grecs, Latins, Espagnols, & Italiens : Car on sçait que M. *Nicole* entendoit parfaitement ces quatre Langues. Sa Latinité est celle de *Terence*, qu'il avoit lû plusieurs fois, & sur laquelle il avoit formé son stile.

2. M. *Nicole* a eu beaucoup de part au livre intitulé : *La Logique ou l'Art de Penser.* Ce fut suivant la Methode, & par les Reflexions qu'on y trouve, qu'il conduisit M. *le Nain de Tillemont* dans sa Philosophie. M. *Arnauld* en composant l'Ouvrage, suivit en partie ses Idées ; & outre cette part qu'il eut par-là à la premiere édition, il en eut encore davantage aux suivantes, ausquelles il fit plusieurs additions importantes.

3. Il a eu part aux principaux Ecrits qui parurent en 1654. & 1655. pour la défense du livre & de la doctrine de *Jansenius*, de même qu'à ceux qui furent publiés en faveur de M. *Arnauld*, au sujet de ses *Lettres à un grand Seigneur de la Cour.*

4. *Propositiones Theologicæ duæ, de*

quibus hodie maxime disputatur, clarissime demonstratæ. 1656. *in*-4°. Il composa cet Ouvrage conjointement avec M. *Arnauld*. Les deux propositions, dont il s'y agit, sont celles qui firent exclure M. *Arnauld* du corps de la Sorbonne. P. NICOLE.

5. *Vindiciæ Sancti Thomæ circa Gratiam sufficientem, adversus P. Joannem Nicolai, Ordinis FF. Prædic. ubi omnia S. Thomæ testimonia de propositione Antonii Arnaldi contenta exponuntur, & à perverso sensu illis affecto vindicantur; ac ejusdem Arnaldi propositio & sententia S. Thomæ omnino conformis ostenditur.* 1656. *in*-4°. Cette réponse à un Ouvrage du P. *Nicolaï* a été composée par M. *Arnauld* & par M. *Nicole*; on croit aussi que M. *de Lalane*, Abbé de *Val-Croissant*, y a eu quelque part. Elle a été inserée dans le Recueil intitulé : *Causa Arnaldina, seu Antonius Arnaldus à Censura anni* 1656. *Vindicatus suis ipsius aliorumque scriptis in unum collectis. Leodici Ebur.* 1699. *in*-8°. p. 545.

6. *Fratris Nicolai Theses Molinisticæ notis Thomisticis dispunctæ.* 1656.

P. NICOLE.

in-4°. It. dans le Recueil intitulé : *Causa Arnaldina.* p. 409. L'Auteur de la vie de M. *Nicole* lui attribue cet Ouvrage, aussi bien que le suivant. Il y a eu du moins part.

7. *Responsio ad Holdenum.* 1656. *in*-4°. c'est une reponse à la lettre qu'*Holden* avoit écrite le 5. Février 1656. à M. *Arnauld*, pour justifier la Censure que la Sorbonne avoit faite de ses deux propositions. Elle porte le nom de ce Docteur.

8. *Defense de la proposition de M. Arnauld, touchant le Droit, contre la premiere Lettre de M. Chamillard, Docteur de Sorbonne, par un Bachelier en Théologie.* 1656. *in*-4°.

9. *Refutation de la seconde Lettre de M. Chamillard, où l'on fait voir clairement que le passage de M. l'Evêque d'Ipres, d'où il dit que la premiere proposition a été extraite, ne contient rien que de Catholique, par la propre confession de M. Chamillard même.* 1656. *in*-4°.

10. *Vera S. Thomæ de gratia sufficiente & efficaci doctrina dilucide explicata. Autore Antonio Arnauld.* 1656. *in*-4°. Quoique cet Ouvrage ne por-

te que le nom de M. *Arnauld*, parce qu'il y a eu la plus grande part, & qu'il est fait pour sa défense, il est sûr cependant que M. *Nicole* y a beaucoup travaillé pour le fond, & encore plus pour le stile. P. NICOLE.

11. *Antonii Arnaldi, super illa propositione SS. Chrysostomi & Augustini*: Defuit Petro tentato Gratia, sine qua nihil poterat, *Dissertatio Theologica quadripartita* 1656. *in*-4°. Il faut dire de cet Ouvrage la même chose que du precedent. L'un & l'autre a été inseré dans la *Causa Arnaldina*.

12. Il a eu quelque part aux *Lettres Provinciales*. Il revit la premiere avec M. *Arnauld*, & corrigea seul la seconde. Il donna les mêmes soins à la 6e. la 7e. & la 8e. Peu de temps après, il fournit le plan de la 9e. de l'11e. & de la 12e. Il revit & corrigea la 13e. & la 14e. Enfin il donna la matiere des trois dernieres; c'est-à-dire, de la 16e. de la 17e. & de la 18e. Elles parurent dans le Courant de l'année 1656. jusqu'au 24. Mars 1657. qui est la date de la derniere.

13. *Avis de MM. les Curez de Paris à MM. les Curez des autres Dio-*

P. NI-COLE. *cèses de France, sur le sujet des mauvaises maximes de quelques nouveaux Casuistes. in-4°.* Il y a dix Ecrits qui portent ce titre, & qui tendent tous à refuter l'*Apologie des Casuistes* du P. *Pirot*, Jesuite. Le 1[r]. daté du 13. Septembre 1656. & le second ont été composés par M. *Nicole*, & M. *Arnauld* conjointement. Ces deux Ecrivains se partagerent ensuite ce travail, & y associerent M. *Pascal*. M. *Nicole* fit le 3e. de ces Ecrits daté du 7e. May 1658. le 4e. du 23. du même mois, le 8e. du 25. Juin 1659. & le 9e. qui fait une seconde partie du précedent. On donne à M. *Pascal* le 5e. qui est du 11. Juin 1658. M. *Arnauld* a composé les autres, sçavoir le 6e. & le 7e. On ignore l'Auteur du 10e.

14. *Tredecim Theologorum ad examinandas quinque Propositiones ab Innocentio X. Selectorum vota brevibus animadversionibus illustrata.* 1667. *in-4°.* It. Inserés dans le Recueil intitulé : *Causa Janseniana. Coloniæ* 1682. *in-8°.*

15. *Pauli Irenæi disquisitiones sex ad præsentes Ecclesiæ tumultus sedan-*

dos oportunæ. 1657. *in*-4°. It. Dans la *Causa Janseniana.* Ces six disquisitions ont paru à differentes reprises. P. NICOLE.

16. *Belga Percontator, sive Francisci Profuturi, Theologi Belgæ, super narratione rerum gestarum in Conventu Cleri Gallicani circa Innocentii X. Constitutionem, scrupuli, istius Narrationis opifici propositi.* 1657. *in*-8°. It. dans la *Causa Janseniana.* Cet Ouvrage est contre M. *de Marca*, Auteur de la Relation, qu'on attaque ici. M. *Nicole* s'est caché sous le nom de *François Profuturus*, comme il l'avoit fait dans l'Ouvrage precedent, sous celui de *Paul Irenée.*

17. Il eut la même année 1657. part à quelques Mémoires qui furent faits au sujet de la bulle d'*Alexandre VII.* du 16. Octobre 1656. qui ordonnoit la signature du Formulaire.

18. *Ludovici Montalti Litteræ Provinciales de Morali & Politica Jesuitarum, è Gallico Latinè versæ cum notis per Guillelmum Wendrockium. Accesserunt Pauli Irenæi disquisitiones & alia quædam ejusdem argumenti. Coloniæ* 1658. *in*-8°. M. *Nicole* s'est caché

P. Nicole.

ici sous le nom de *Wendrock*. Il ne se contenta pas de traduire l'Ouvrage François, & d'y joindre ses notes; il traduisit de plus une longue dissertation de M. *Arnauld* sur la probabilité, & la mit à la suite de la cinquiéme lettre, sous le titre de *Dissertatio Theologica de Probabilitate*. Il traduisit encore, & insera après la dixiéme Lettre une autre Dissertation que le même Docteur avoit écrite en François contre le P. *Sirmond*, Jesuite, sur l'Amour de Dieu. Dans la suite M. *Nicole* ayant donné une 6e. édition de cette traduction des Provinciales & des notes qui l'accompagnent, il retoucha le tout exactement, & augmenta de près de la moitié la Dissertation sur la Probabilité. Il mit aussi au commencement une histoire detaillée de l'occasion & des suites des Provinciales, qu'il avoit composée en 1660. & de la condamnation de l'*Apologie des Casuistes*, & ajouta de plus à la 18e. Lettre un Dialogue sur la Grace efficace, pour lui servir d'éclaircissement. Tout cela a été traduit en François, & cette traduction a été imprimée

mée plusieurs fois. P. NICOLE.

19. *Factum pour les Curez de Rouen, contre l'Apologie des Casuistes. Cologne* 1658. *in*-4°. & *in*-12. L'Auteur de sa vie dit qu'on le croit Auteur de cet Ouvrage, que j'ai mis avec *Baillet* au rang de ceux de *Godefroy Hermant*, tome 3e. de ces Mémoires p. 211.

20. Le même Auteur lui donne encore une *Reponse* Latine *à la lettre des Jesuites contre les Censures des Evêques*, publiée en 1659. sous le nom d'*Optat*.

21. *Ordonnance de M. l'Archevêque de Sens contenant la condamnation du livre de* l'Apologie des Casuistes. 1659. *in*-4°. M. *Nicole* est Auteur de cette Ordonnance.

22. Il a travaillé aussi avec *Etienne de Lombard sieur du Trouillas* à la *Lettre Pastorale de M. l'Evêque de Digne, contenant la condamnation de* l'Apologie des Casuistes. 1659. *in*-4°. Cet Evêque étoit M. *de Janson*, depuis Evêque de *Beauvais* & Cardinal.

23. *Premiere & deuxiéme defense des Professeurs en Théologie de l'Université de Bourdeaux*. 1660. C'est une

P. NICOLE. Reponse à un écrit publié en ce temps-là sous le titre de *Lettre d'un Théologien à un Officier du Parlement, (de Bourdeaux) touchant la question, si le livre de Wendrock est héretique*, où ces Professeurs étoient maltraités: la discussion du fait d'*Honorius*, qui se trouve dans ces défenses, est de M. *Arnauld*. M. *Nicole* a eu aussi apparemment part avec ce Docteur à trois autres Ecrits, qui parurent sur le même sujet. 1°. *Reflexion sur la poursuite que les Jesuites font au Parlement de Bourdeaux pour faire condamner les Lettres Provinciales traduites en Latin par Wendrock.* 2°. *Refutation des raisons alleguées pour obtenir la condamnation des Lettres de Montalte, traduites en Latin par Wendrock, avec des notes Theologiques.* 3°. *Motifs de la declaration qu'ont donné les Professeurs en Théologie de l'Université de Bourdeaux touchant le livre de Montaltius.*

24. *Idée generale de l'Esprit & du livre du P. Amelote.* 1661. *in-4°.* Le livre, que M. *Nicole* attaque ici, est celui que le P. *Amelote*, Prêtre de l'Oratoire avoit publié en 1660. en

faveur de la signature du Formulaire. P. NICOLE.

25. *Memoires touchant les moyens d'appaiser les disputes presentes.* 1661. Il a composé cet Ouvrage avec M. *Arnauld.*

26. *Difficultés proposées à l'Assemblée du Clergé de France, qui se tient à Paris en cette année* 1661. *sur les deliberations touchant le formulaire.* 1661.

27. *De l'hérésie & du schisme que causeroit dans l'Eglise de France la signature du formulaire, sans souffrir la distinction du fait & du Droit.* 1661.

28. *Trois Lettres Latines; l'une au Pape Alexandre VII. la seconde au Cardinal d'Est, Protecteur de la France à Rome, & la troisiéme au Cardinal Rospigliosi, au nom des Grands-Vicaires du Cardinal de Rets.* 1661. Ces Lettres furent écrites à l'occasion d'un Mandement de ces Grands-Vicaires, donné le 8. Juin 1661. sur le Formulaire, qui n'exigeoit pas la créance du fait, mais une simple soumission respectueuse, & qui fut annulé par un Arrêt du Conseil.

29. *Avis à MM. les Evêques de France sur la surprise, qu'on pretend*

P. NICOLE.

faire au Pape, pour lui faire donner quelque atteinte au Mandement de MM. les Vicaires Generaux de M. le Cardinal de Rets, Archevêque de Paris. 1661. Il composa cet *Avis* conjointement avec M. *Arnauld.*

30. *Lettre de la Mere Catherine Agnes de S. Paul (Arnauld) à M. le Tellier, Secretaire d'Etat.* 1661. Ecrite par MM. *Arnauld* & *Nicole.*

31. *Lettre de la même à la Reine Mere du Roi.* 1661. Ecrites par les mêmes. Toutes les deux roulent sur l'ordre qu'avoient reçu les Religieuses de *Port-Royal*, de renvoyer leurs Pensionnaires, leurs Novices, & leurs Postulantes.

32. *Deux Lettres de la Mere Madeleine de Sainte Agnès de Ligny, à M. de Contes, Doyen de Notre-Dame, & Grand-Vicaire.* 1661. Sur la signature du Formulaire. Ecrite par les mêmes.

33. Il a eu avec M. *Antoine Arnauld* quelque part à la *Lettre de M. l'Evêque d'Angers (Henri Arnauld) au Roi, sur la signature du Formulaire.* 1661. Cette Lettre est datée du 6e. Juillet de cette année.

34. Il traduisit en Latin la *Lettre* du même Prélat *au Pape*, datée du 28. Août 1661. sur le Formulaire. P. NICOLE.

35. *Lettre du même Prélat à M. de Lionne.* 1661. Ecrite par M. *Nicole* & M. *Arnauld*.

36. *Les pernicieuses conséquences de la nouvelle hérésie des Jesuites contre le Roi & contre l'Etat.* Il composa cet écrit en 1662. contre une These, qui avoit été soutenue dans le College de Clermont à *Paris* le 12. Décembre 1661. & ne se pressa pas de le faire imprimer. Mais des *Mémoires sur l'Infallibilité*, qu'il avoit composés dans une autre occasion, & dont il avoit fait usage dans cet Ecrit, étant tombés entre les mains d'une personne dont on ignore le nom, cet Anonyme en composa un Ouvrage qu'il intitula : *Défense des Libertez de l'Eglise Gallicane contre les Theses des Jesuites, soutenuës à Paris dans le College de Clermont, le 12. Decembre 1662. adressée à tous les Parlemens de France. in-4°.* de 42. pages. Les additions, que cet Auteur y fit, ayant deplû à M. *Nicole*, il desavoüa l'ouvrage & fit imprimer

P. NI-COLE.

en 1664. le Traité, dont il s'agit ici, en y ajoutant une *Refutation des Chicaneries dont quelques Théologiens tâchent d'éluder l'Autorité des Conciles de Constance & de Basle.* Ce qui forme en tout 47. pages *in*-4°.

37. *Tractatus de distinctione juris & facti in causa Janseniana.* 1662. *in*-4°. pp. 16. On la inseré depuis à la p. 294. de la *Causa Janseniana.* Les Jesuites ayant pris la défense de leur These dans un petit Ecrit Latin, intitulé : *Expositio Theseos in Claromontano Collegio propugnatæ* 12. *Decembris.* M. *Nicole* & M. *Arnauld* leur repondirent dans un nouvel Ouvrage qu'ils intitulerent :

38. *Les Illusions des Jesuites dans leur Ecrit intitulé :* Expositio Theseos &c. *pour empêcher la condamnation de leur nouvelle héresie.* 1662. *in*-4°. pp. 15.

39. *Factum pour MM. les Curez de Paris contre les Theses des Jesuites.* 1662. Cet Ouvrage est commun à M. *Nicole* & à M. *Arnauld.* Ce dernier avoit donné dès le mois de Janvier de la même année 1662. une brochure à laquelle on croit que M. *Ni-*

cole peut avoir travaillé, & qui étoit intitulée : *La nouvelle héresie des Jesuites soutenue publiquement dans le College de Clermont par des Theses imprimées du* 12. *Décembre* 1661. *denoncée à tous les Evêques de France.* in-4°.

P. NICOLE.

40. *Nullités de l'Interdiction du sieur Curé de Chars au sujet de la signature du Formulaire ; & les nullités & injustice de toutes les Censures qui pourroient être faites sur ce sujet.* 1662. *in*-4°. Cet Ouvrage est encore commun à M. *Nicole* & à M. *Arnauld.* Ce Curé avoit été interdit le 11. Avril 1662. par M. *François de Harlay*, alors Archevêque de *Rouen.*

41. *Nullités & abus du troisiéme Mandement des Grands-Vicaires de Paris pour la signature du Formulaire, publié à Paris le* 2. *Juillet* 1662. Cet écrit de M. *Nicole* parut le 8. du même mois.

42. *Deuxiéme lettre de M. l'Evêque d'Angers au Roi.* 1662. *in*-4°. It. Dans l'*Histoire du Jansenisme* du P. *Gerberon* tom. 3. p. 17. Cette lettre datée du 24. Juillet 1662. est de M. *Arnauld* & de M. *Nicole.*

P. NICOLE.

43. *Lettre de M. l'Evêque d'Angers à M. le Nonce.* 1662. Celle-ci est des mêmes Auteurs que la précedente.

44. Il dressa en 1663. avec M. *Girard*, Docteur de Sorbonne, *cinq Articles de Doctrine*, sous le nom des Disciples de *S. Augustin*. On les trouve dans l'*Histoire du Jansenisme* du P. *Gerberon* tom. 3. p. 47.

45. *Les justes plaintes des Théologiens contre la deliberation d'une assemblée tenuë à Paris le 2. d'Octobre 1663, & la défense des Evêques improbateurs du Formulaire, contre l'entreprise de cette même Assemblée.* 1663. *in-4°. pp.* 58. Ce qui y est dit de M. *de Marca* depuis la p. 37. jusqu'à la fin est de M. *Nicole*, le reste est de M. *Arnauld*.

46. *La perpetuité de la Foy de l'Eglise Catholique touchant l'Eucharistie. Paris* 1664. *in-*12. Cet Ouvrage qu'on appelle communément *la petite Perpetuité*, pour le distinguer du grand Ouvrage, qui porte le même nom, fut composé à l'occasion que je vais dire. M. *le Maître*, frere de M. *de Saci*, ayant tiré des Saints-Peres des leçons choisies pour joindre au livre

si

ſi connu ſous le nom d'*Office du S. Sacrement* pour le jour & l'octave de cette fête, & pour toutes les ſemaines de l'année, engagea M. le Duc *de Luynes*, qui demeuroit alors à *Port-Royal*, à traduire cet Office & ces leçons en François, & M. *Nicole* fit pour ſervir de Préface un écrit fort court intitulé : *Traité contenant une maniere facile de convaincre les Héretiques, en montrant qu'il ne s'eſt fait aucune innovation dans la Créance de l'Egliſe ſur le ſujet de l'Euchariſtie.* Cet écrit ne fut pas néanmoins employé à l'uſage auquel il étoit deſtiné, parce que l'on jugea qu'il convenoit mieux de ne rien mêler qui ſentît la conteſtation, dans un livre, dont le ſeul but étoit de nourrir la pieté des fidelles. Mais M. *Nicole* en ayant donné deux ou trois copies, elles ſe multiplierent, & l'une d'elles tomba entre les mains de M. *Claude*, qui y fit une reponſe. Cela engagea M. *Nicole* à publier ſéparement ſon écrit, & à y joindre une refutation de l'Ouvrage du Miniſtre; & le tout parut ſous le titre de *Perpetuité de la Foy.* &c.

P. NICOLE.

P. NICOLE.

47. *Lettres sur l'Heresie Imaginaire.* in-4°. Ces Lettres, qui sont au nombre de dix, & qui ont paru ensemble sous le simple titre d'*Imaginaires*, & sous le nom du *Sieur de Damvilliers*, à *Cologne* 1667. *in*-12. ont d'abord été imprimée en differens temps. La premier est du 24. Janvier 1664. & la 10. du 20. Novembre 1665. Cette derniere passe pour être plus de M. *Arnauld* que de M. *Nicole*. On y a ajouté dans l'Edition de *Cologne* les deux pieces suivantes, dont la premiere est de M. *Arnauld*. *Jugement équitable sur les contestations presentes pour éviter les jugemens témeraires & criminels, tiré de S. Augustin. Examen de la Reponse à la* IX. *héresie imaginaire.* Cette derniere est datée du 25. Juin 1666. On a joint à une autre édition faite à *Cologne* en 1683. *in*-8°. *Le traité de la Foy humaine*, & une *Lettre de M. d'Alet à M. de Perefixe.*

48. *Traité de la Foy humaine.* 1664. *in*-4°. Quoique cet Ouvrage soit de M. *Nicole*, M. *Arnauld* y a eu aussi quelque part.

49. *Apologie pour les Religieuses de*

Port-Royal du S. Sacrement, contre les injustices & les violences du procedé dont on vient d'user envers ce Monastere. in-4°. Cet Ouvrage est divisé en quatre parties, dont la premiere fut finie dès le mois d'Octobre 1664. excepté la Préface, qui ne fut faite qu'au mois de Janvier 1665. La seconde parut presque dans le même temps, & fut suivie de la troisiéme, qui est datée du 20. Mars de la même année. La 4e. qui est la plus considerable, est du 21. Avril suivant. On croit communément que M. *Claude de Sainte-Marthe* est Auteur de la Préface & du premier chapitre de la premiere partie, mais on ne peut pas dire précisément si M. *Arnauld* ou quelque autre a travaillé au reste. Il est certain que M. *Nicole* a eu la plus grande part à cet Ouvrage. Il est l'Auteur des deux *Requestes des Religieuses de Port-Royal à M. de Perefixe, Archevêque de Paris*, qu'il a inserées dans la 3e. partie de l'Apologie.

P. NICOLE.

50. *Reflexions sur la declaration de M. de Perefixe.* 1664. Ces Reflexions, qui regardent encore les Re-

P. NI-COLE. ligieuses de *Port-Royal*, sont l'Ouvrage commun de M. *Nicole* & de M. *Arnauld*.

51. *Les Visionnaires*. Les huit Lettres, qui portent ce titre, ont été données par M. *Nicole* en differens temps *in*-4°. La premiere est du dernier Decembre 1665. & les sept autres de l'année suivante. Elles furent ensuite réunies & réimprimées en un seul corps à *Liege* en 1667. *in*-12. avec des avertissemens, qui sont aussi de M. *Nicole*. Elles sont toutes contre *Des Marets de S. Sorlin*. M. *Nicole* y a joint dans l'Edition de 1667. deux reponses à M. *Racine*, qui avoit écrit contre les *Visionnaires*, à l'occasion de ce qui y avoit été dit contre les faiseurs de Comedies & de Romans, lesquelles sont de differens Auteurs, & un petit traité *de la Comedie*, qu'il avoit fait lui-même autrefois. La Lettre de M. *Racine* n'est donc point une Reponse à ce petit traité, comme M. *de la Monnoye* l'a debité dans la Préface du *Recueil de pieces choisies tant en Prose qu'en Vers*, qu'il publia à *Paris*, sous le titre de Hollande l'an 1714. en

deux volumes *in*-12. Ce petit Traité fut au contraire imprimé à la fin des *Visionnaires* de l'édition de 1667. comme une espece de reponse à la lettre du jeune Poëte.

P. NICOLE.

52. *Mémoires sur la cause des Evêques qui ont distingué le fait du droit.* 1666. *in*-4°. Ces Mémoires, qui sont au nombre de sept, ont été composés par M. *Nicole* & M. *Arnauld* conjointement.

53. Il a eu part à un Ouvrage de M. de *Lalane*, intitulé : *Refutation du livre du P. Annat, contenant des Reflexions sur le Mandement de M. l'Evêque d'Alet, & sur divers Ecrits ; où l'on defend contre ce Pere les Mandemens & les Procès verbaux de plusieurs Prelats, qui ont distingué le fait & le droit, sans exiger la créance du fait.* 1660. *in*-4°. C'est lui qui est Auteur des articles 3, 5, 6, & 7. Le troisiéme a été réimprimé séparement en 1728. *in*-4°. sous le titre d'*Idée d'un Evêque qui cherche la verité.*

54. Il a eu aussi part à la traduction du *Nouveau Testament de Mons*, qui fut imprimée pour la premiere fois à *Amsterdam* chez *Elzevir*, sous le

P. NICOLE.

nom de *Gaspar Migeot*, Libraire & Imprimeur à *Mons*, l'an 1667. Edition qui a été suivie d'un grand nombre d'autres.

55. Il a travaillé avec quelques autres personnes à l'écrit intitulé: *La conformité des Jansenistes & des Thomistes au sujet des cinq propositions.* 1667. Le Chapitre, où l'on justifie M. l'Evêque d'*Alet* est tout entier de lui.

56. *Defense du Nouveau Testament de Mons contre le P. Maimbourg.* 1667. *in*-4°. Cette defense qui est l'Ouvrage de M. *Nicole* & de M. *Arnauld*, compose sept parties, qui furent imprimées l'une après l'autre, & que l'on a recüeillies en 1669. en un volume *in*-8°.

57. *Requête de M. l'Archevêque d'Embrun, avec des notes.* 1668. *in*-4°. La Requête de M. d'*Embrun* étoit contre les solitaires de *Port-Royal*, qui firent à ce sujet presenter une autre Requête au Roi, à laquelle M. *Nicole* peut avoir aussi eu quelque part.

58. *Refutation de la Reponse à la lettre sur la constance & le courage qu'on*

doit avoir pour la verité. 1668. *in*-4°. P. Ni-
La lettre ſur la Conſtance &c. eſt de cole.
M. *le Roi*, Abbé de *Haute-Fontaine*, & la Reponſe du P. *Bouhours*, Jeſuite.

59. *Lettre à M. l'Archevêque d'Embrun, où l'on montre l'impoſture inſigne de ſon defenſeur touchant la lettre ſur la conſtance & le courage qu'on doit avoir pour la verité.* 1668. *in*-4°. Cette Lettre qu'on attribue à M. *Nicole* eſt encore contre le P. *Bouhours*.

60. *Relation de l'Ouragan de Champagne. Chalons* 1669. M. *Nicole* ayant été faire un tour en Champagne, après que la paix eut été rendue à l'Egliſe, fut témoin le 18. Août de cette année 1669. d'un orage furieux qui s'éleva aſſez ſubitement, & qui renverſa onze grands clochers dans le voiſinage de l'Abbaye de *Haute-Fontaine*, où il étoit alors avec M. *le Roi*, qui en étoit Abbé, & de *Vitry le François*. Il crut que cet évenement méritoit d'être conſervé à la Poſterité, & il en compoſa alors la Relation.

61. *La Perpetuité de la Foi de l'Egliſe Catholique touchant l'Euchariſtie*

P. NICOLE. *defendus contre le livre de sieur Claude. Tome premier. Paris* 1669. *in*-4°. On attribue communément cet Ouvrage à M. *Arnauld*, mais l'Auteur de la vie de M. *Nicole* assure qu'il est de ce dernier, & que M. *Arnaud* n'a fait que l'aider de ses conseils & de ses lumieres; que cependant il jugea à propos que le Public l'attribuât à ce Docteur, à qui il convenoit mieux, qu'à lui qui n'étoit que simple Clerc.

62. *Reponse Generale au nouveau livre de M. Claude. Paris* 1671. *in*-12. Cet Ouvrage, que M. *Nicole* composa avec le secours de M. *Arnauld*, tend à refuter un livre que le Ministre *Claude* avoit publié sous le titre de *Reponse au livre de M. Arnauld, intitulé:* La Perpetuité de la Foy. *Quevilly* 1670. *in*-4°.

63. *Factums contre Madame de Nemours pour Madame de Longueville.* 1671. M. *Nicole* composa ces factums avec M. *Arnauld*.

64. *Préjugés legitimes contre les Calvinistes. Paris* 1671. *in*-12. Ce livre fut bientôt après attaqué par M. *Claude* & par M. *Pajon*, & dans la suite par M. *Jurieu*. Il negligea de

repondre aux deux premiers; mais il repondit au dernier, comme on verra plus bas.

65. *Essais de Morale. Paris. in-12.* quatre volumes. La Morale Chrétienne ayant paru à M. *Nicole* d'une trop vaste étenduë pour l'embrasser toute entiere, il aima mieux la traiter par parties, suivant que les occasions s'en presenteroient. Le premier volume fut imprimé en 1671. & M. *Nicole* y prit le nom de *Mombrigny*. Le 2e. parut la même année, & contient un Traité de l'Education d'un Prince avec quelques autres Traitez de Morale, qui avoient déja été imprimés l'année précedente, sous le nom de *Chanterêne*, & sous le titre general de *Traité de l'Education d'un Prince*, quoique plusieurs des pieces qu'on y trouvoit n'y répondissent point. Le 3e. dans lequel M. *Nicole* prit encore le nom de *Chanterêne*, parut en 1675. & contient divers traitez, dont deux avoient déja été donnez au Public, au moins en partie. Le premier est le *Traité des diverses manieres dont on tente Dieu*, dont on avoit déja vû une partie, mais

P. NICOLE. sous une autre forme, & qui est fort augmenté ici. Le second est un petit Ecrit *de la Comedie*, qui avoit été imprimé dès l'an 1659. pour servir de preservatif contre les Ouvrages de l'Abbé *d'Aubignac*, qui avoit fait en 1657. l'Apologie du Théâtre. Celui-ci est encore augmenté & reformé en plusieurs endroits. Le 4e. volume parut en 1678. & M. *Nicole* n'y prit aucun nom. Ces quatre volumes ont été réimprimés depuis un grand nombre de fois.

66. *La Perpetuité de la Foy de l'Eglise Catholique touchant l'Eucharistie. Tome second. Paris* 1672. *in*-4°. M. *Nicole* examine dans ce volume ce que l'Ecriture Sainte & les Peres des six premiers siecles nous enseignent touchant l'Eucharistie.

67. *Oraison funebre d'Anne Marie Martinozzi, Princesse de Conti. Paris* 1672. *in*-4°. Ce discours a été prononcé par *Gabriel Roquette*, Evêque d'*Autun*; mais le P. *le Long* avance sur l'Autorité de M. de *la Marc* qu'il est veritablement de M. *Nicole*.

68. *La Perpetuité de la Foy de l'Eglise Catholique touchant l'Eucharistie.*

Tome 3e. *Paris* 1676. *in*-4°. Ce volume contient une Reponse aux passages difficiles des Peres, objectés par les Ministres; & on y rapporte plusieurs nouvelles preuves authentiques de l'union des Eglises d'Orient, & des Grecs en particulier, avec l'Eglise Romaine, sur la presence réelle de *Jesus-Christ* dans l'Eucharistie & sur le dogme de la Transubstantiation.

P. NICOLE.

69. C'est lui qui est l'Auteur de la *Lettre des Evêques de Saint-Pons & d'Arras au Pape Innocent XI.* contre les rélachemens des Casuites, écrite en 1677. comme il le reconnoît lui-même dans ses Lettres.

70. *Traité de l'Oraison. Paris* 1679. *in*-4°. Voici l'occasion qui fit naître cet Ouvrage. La Mere *Angelique de S. Jean Arnauld*, Abbesse de *Port-Royal*, avoit fait un petit traité de l'Oraison mentale qui avoit été imprimé sous le nom de *Phileréme*. Il n'avoit pas plû à M. *de Barcos*, Abbé de *S. Cyran*, qui fit quelques remarques dessus. Elles tomberent entre les mains de M. *Nicole*, qui fut d'avis contraire, & fit un Ecrit pour le

P. NICOLE.

refuter, & défendre l'Ecrit de la Mere *Angelique*; mais ne croyant pas cette affaire assez importante pour la communiquer au public, il renferma son écrit dans son cabinet. Cependant M. *de Barcos* étant mort le 22e. Août 1678. M. *Nicole* revit ce qu'il avoit écrit sur cette matiere, en retrancha tout ce qui sentoit la contestation qui l'avoit fait naître, & se reduisit à ce qui pouvoit remplir le titre qu'il y donna. Ce titre fut conservé dans la seconde édition; mais lorsqu'il en donna une 3e. en 1694. il le changea en celui de *Traité de la Priere*. Il mit aussi en cette derniere édition un nouvel ordre dans l'ouvrage, renvoyant à la fin les deux premiers livres qui étoient plus Théologiques que Moraux, & ne divisant ce Traité qu'en deux parties. Il s'est fait depuis diverses éditions de cet Ouvrage, & en 1698. on l'imprima à *Anvers* avec l'Ecrit de la Mere *Angelique de S. Jean*, les Remarques de M. *de Barcos* sur cet Ecrit, & la Refutation que M. *Nicole* avoit faite de ces Remarques & qu'il avoit supprimées. Il ne faut pas omettre ici une particularité que l'Auteur de la vie de M. *Nicole* a ignorée. Ce sçavant ayant chargé son Imprimeur de porter son Manuscrit à M. *Pirot*, pour l'examiner, lui recommanda de ne le point nommer, mais d'attribuer l'Ouvrage à M. *Clopier*, Prêtre de *S. Gervais*, avec qui il en étoit convenu. M. *Pirot* jugea d'abord que M. *Clopier*, dont il connoissoit la capacité, n'en étoit pas l'Auteur, il en trouva les principes solides, mais il en retrancha plusieurs endroits où M. *Nicole* parloit contre les pratiques qui se trouvent dans quelques livres de devotion du P. *Guilloré*, du P. de *Sainte-Jure*, du P. *Hayneufve*, & autres.

P. NICOLE.

71. *Histoire de Catherine Fontaine, autrement la Prieuse, & la vie de Jeanne Malin.* 1680. Il composa cet Ouvrage pendant son séjour à *Chartres*, pour desabuser le public des idées avantageuses qu'il avoit de ces deux prétendues devotes. Un nommé *Villeri*, Prêtre habitué à *S. Roch* à *Paris*, qui avoit été exilé à *Autun* à leur sujet, pretendit les justifier dans un Ouvrage qu'il intitula : *Abregé*

P. NICOLE.

de l'Histoire de la vie de Catherine Fontaine, pour reponse à un libelle intitulé : Histoire de Catherine Fontaine, autrement la Prieuse. 1688. in-8°.

72. *Les prétendus Reformez convaincus de Schisme, pour servir de reponse tant à un Ecrit intitulé*, Considerations sur les Lettres Circulaires de l'Assemblée du Clergé de France de l'année 1682. *qu'à un livre intitulé*, Defense de la Reformation contre les Prejugez legitimes, par M. *Claude*. *Paris* 1684. *in*-12. M. *Nicole* fut engagé à composer cet Ouvrage par M. *de Harlay*, Archevêque de *Paris*.

73. *De l'Unité de l'Eglise, ou Refutation du nouveau Systême de M. Jurieu. Paris* 1687. *in*-12. & plusieurs autre fois depuis. * Ce Systême de *Jurieu* consiste à dire, que l'Eglise Catholique & universelle est repandue dans toutes les sectes, & qu'elle a de vrais membres dans toutes les societez, qui n'ont pas renversé le fondement de la Religion Chrétienne, quoiqu'elles soient en desunion les unes avec les autres, jusqu'à s'ex-

* Se trouve à Paris, chez Briasson.

communier mutuellement.

P. NICOLE.

74. Le premier volume des *Traités* de M. *Hamon*, imprimé à *Paris* en 1675. *in*-8°. fut accompagné douze ans aprés par les soins de M. *Nicole* d'un second volume, qu'il prit soin de revoir, & dont il composa l'avertissement. Ce second volume parut à *Paris* en 1687. *in*-8°. Il avoit été precedé en 1684. d'une explication Latine sur le Pseaume 118. composée aussi par M. *Hamon*, & que M. *Nicole* avoit fait imprimer en Hollande sous ce titre : *Ægræ animæ & dolorem suum lenire conantis pia in Psalmum* 118. *Soliloquia.*

75. C'est encore à M. *Nicole* qu'on est redevable des autres *Traités de Pieté* de M. *Hamon*, imprimés à *Paris* l'an 1689. en deux volumes *in*-8°. dont chacun est precedé d'une longue Préface de l'Editeur.

76. *Continuation des Essais de Morale, en forme de Reflexions sur les Epitres & les Evangiles de l'année. Paris* 1687. & 1688. *in*-12. *quatre tomes.*

77. *Mémoire sur la dispute entre le P. Mabillon, & M. de Rancé, au su-*

P. NICOLE.

jet des études Monastiques. Ce Mémoire, qui est de l'an 1692. a été inseré parmi les *Ouvrages Posthumes de Dom Mabillon* publiés à *Paris* l'an 1724. *in*-4°. M. *Nicole* y prend la defense du P. *Mabillon.*

78. *Refutation des principales erreurs des Quietistes, contenues dans les livres censurés par l'ordonnance de Monseigneur l'Archevêque de Paris du* 16. *Decembre* 1694. *Paris* 1695. *in*-12. C'est le dernier Ouvrage que M. *Nicole* ait publié lui même.

79. *Systême de M. Nicole touchant la Grace universelle. Cologne* 1699. & 1700. *in*-12. Ce n'est qu'un extrait d'un grand Traité, que M. *Nicole* avoit composé sur cette matiere, & dont je parlerai plus bas. Ce fut le P. *Soüatre*, Jesuite des Pays-Bas, qui le donna au Public, comme le Testament spirituel de M. *Nicole.*

80. *Instructions Théologiques & Morales sur les Sacremens. Paris* 1700. *in*-12. deux tomes.

81. *Instructions Théologiques & Morales sur le Symbole. Paris* 1706. *in*-12. *deux tomes.* Dans le 3e. & 4e. chapitre de ces Instructions, où il est traité

traité de la Reprobation, on trouve les semences du Systême de M. *Nicole* sur la Grace generale. Ce qui a été changé dans l'édition que *Foppens* a donnée à *Bruxelles* de ces Instructions, parce qu'elle a été faite sur une copie revûe par M. *Arnauld*. P. NICOLE.

82. *Instructions Théologiques & Morales sur l'Oraison Dominicale, la Salutation Angelique, la Sainte Messe, & les autres Prieres de l'Eglise. Paris* 1706. *in*-12.

83. *Instructions Théologiques & Morales sur le premier Commandement du Decalogue, où il est traité de la Foy, de l'Esperance, & de la Charité. Paris* 1709. *in*-12. deux tomes. La mort de M. *Nicole* l'a empêché d'achever cet Ouvrage, qui devoit s'étendre sur tout le Decalogue. Pour faire connoître le merite de ces Instructions, j'emprunterai les expressions des Journalistes de *Trevoux*, qui parlent ici à la p. 187. du mois de Février 1707. » On y reconnoit M. *Nicole* » au soin d'approfondir les matie» res, & de les digerer dans un bel » ordre, à la precision des idées, à » la justesse des conclusions tirées

P. Nicole.

» des Principes, enfin à la seche-
» resse presque inseparable de cette
» exactitude Géometrique, dont il
» fait profession; on doit ajouter, à
» une grande connoissance du cœur
» humain, & à une expression toû-
» jours pure & delicate. On voit bien
» qu'il a suivi l'ordre du Catechisme
» Romain. Son dessein a été de de-
» gager la Théologie des subtilités
» & des longueurs de l'Ecole, & de
» la mettre à la portée des gens du
» Monde & de certains Ecclesiasti-
» ques trop occupez pour s'engager
» dans des études profondes. Il a été
» au-delà de son projet, & les Sça-
» vans peuvent lire ses Instructions,
» comme le Systême Théologique
» d'un Auteur de reputation. L'Ou-
» vrage est écrit en forme de Dia-
» logues; c'est la meilleure maniere
» de composer les Instructions: cet-
» te methode contribue beaucoup à
» les rendre claires & précises.

84. *Essais de Morale.* 5e. *volume. Paris* 1700. *in*-12. Ce volume est appellé le cinquiéme, parce qu'il contient, comme les quatre premiers, divers traités detachez, & qu'il en est

la suite. Ces traités ont été disposez dans les éditions suivantes d'une maniere differente de celle où ils sont ici ; mais on n'y a rien changé. Ainsi on trouve dans toutes, deux Ecrits qui ne sont point de M. *Nicole*, & dont on ignore l'Auteur ; l'un intitulé : *Considerations pour une ame abatue par une crainte excessive*, & l'autre qui est contre *les spectacles*.

P. NICOLE.

85. *Essais de Morale. 6e. tome. Paris* 1714. *in*-12. Ce dernier volume contient neuf Traités ; qui sont suivis d'un *Recueil de Pensées sur divers sujets de Morale* & du *Panegyrique de S. François de Paule*, qui avoit déja été imprimé avec les Lettres, & qui n'a été mis apparemment ici que pour grossir le volume.

86. *Lettres choisies, écrites par M. Nicole. Liege* 1702. *in*-12. Ces Lettres sont travaillées avec autant de soin & écrites avec autant de politesse que ses autres Ouvrages. Elles ne le cedent pas même à ses *Essais de Morale* pour le tour & les pensées. Chacune contient un point de Morale exposé d'une maniere sensible & agréable. On y a joint le Pa-

P. NI-COLE. negyrique de *S. François de Paule* ; qui parut alors pour la premiere fois. Cette premiere édition ne contient que 54. Lettres. Une seconde qui parut en 1714. en renferme 103. ausquelles on en a joint cinq de M. *de Rancé*, Abbé de *la Trappe*. Il s'en fit une troisiéme en Hollande l'an 1718. & on y ajouta un second volume sous le titre de *Nouvelles Lettres de M. Nicole*, parce qu'elles n'avoient pas été encore imprimées.

87. *Traité de la Grace Generale*. 1715. *in*-12. 2. vol. Ces deux volumes renferment tous les Ecrits que M. *Nicole* a composés sur cette matiere. On voit d'abord dans le premier le grand Traité, qu'il composa en 1674. & qui est divisé en 5. parties ; ensuite cinq Lettres sur le même sujet ; enfin une *Réponse à un Ecrit sur le sentiment de Jansenius touchant la grace suffisante des Thomistes*. Le second volume contient un autre *Traité de la Grace Generale*, qui est le même que celui du premier, mais tourné d'une autre maniere, & avec des augmentations considerables ; ensuite quatre Dissertations contre le P. *Hila-*

rion le Monnier, Benedictin de la Congregation de *S. Vanne*, qui s'étoit declaré contre le Systême de M. *Nicole*; enfin un *Eclaircissement sur diverses propositions condamnées par l'Inquisition de Rome, dans le Decret d'Alexandre VIII.* & une Lettre au P. *Quesnel*, avec sa réponse. Tout cela est terminé par un *Ecrit de la part que Dieu a dans la conduite des hommes*, qui n'est pas de M. *Nicole*, mais de M. *Bourdaille*, Docteur de Sorbonne.

P. NICOLE.

88. *Traité de l'Usure. Paris* 1720. *in*-12.

Bayle lui a attribué dans la Republique des Lettres un *Traité de la Volonté*, imprimé l'an 1684. *in*-12. Mais il est de *Claude Ameline*, Parisien, Prêtre de l'Oratoire.

V. *Sa vie imprimée à Luxembourg* 1732. *in*-12. *deux vol. sous le titre de Continuation des Essais de Morale tome* 14. *qui ne lui convient point.*

GUILLAUME CANTER.

G. CANTER.

GUILLAUME *Canter* naquit à *Utrecht* le 24 Juillet 1542. de *Lambert Canter*, Senateur de cette ville, & de *Jeanne de Wyck*, d'une famille illustre du Pays.

On jugea dès qu'il fut né, qu'il auroit une extrême passion pour les Sciences, par le plaisir qu'il avoit de tenir des livres entre ses mains; car rien n'étoit plus capable de le divertir, & de faire même cesser ses cris & ses larmes, que de lui en presenter un. C'est pour cela que son pere lui donna de bonne heure un Précepteur, & prit lui même le soin de l'instruire de toutes les connoissances, qui étoient de la portée de son âge.

Il avoit a peine six ans, lorsque son pere l'envoya en 1548. à l'école publique d'*Utrecht*, qui étoit alors conduite par un homme fort entendu pour instruire la jeunesse. C'étoit *George Macropedius*, dont les instructions furent très-utiles à *Canter*, qui en sçut profiter avec soin.

G. CANTER.

Suffride Petri pretend que *Canter* ne fut pas long-temps sous la discipline de *Macropedius*, parce que ce Grammairien mourut peu de temps après. *Melchior Adam* a dit la même chose après lui ; mais ce dernier n'a pas fait attention, qu'en parlant un peu plus haut de *Macropedius*, il avoit marqué qu'il étoit mort au mois de Juillet de l'an 1558. c'est-à-dire, dix ans après l'arrivée de *Canter* à *Utrecht*, & quatre ans avant qu'il sortît de cette ville.

Canter après six années de séjour à *Utrecht*, pendant lesquelles il perdit son pere, fut envoyé à *Louvain* en 1554. étant alors âgé de douze ans. Il y étudia sous *Corneille Valere d'Utrecht*, qui y professoit la langue Latine, & il s'y appliqua avec beaucoup d'ardeur à acquerir une connoissance parfaite tant de cette langue, que de la Grecque. Comme il avoit une inclination particuliere pour cette derniere, *Valere* lui conseilla de l'aller étudier à *Paris* sous *Jean Dorat*.

Canter suivit ce conseil, & partit

G. CANTER.

pour se rendre dans cette ville en 1559. Il ne commença cependant à prendre des leçons de *Dorat* qu'au mois d'Octobre 1560. ce qu'il continua de faire jusqu'au mois d'Août 1562. Ces deux années ne furent pas seulement employées à se perfectionner dans la langue Grecque; il voulut aussi s'instruire sous les differens Professeurs qui enseignoient dans chaque Faculté.

Son séjour en France auroit été plus long, s'il avoit été libre de suivre son inclination; mais les troubles de ce Royaume l'obligerent d'en sortir. Il songea alors à faire le voyage d'Italie & d'Allemagne, & après avoir visité quelques villes de France, & être retourné chez lui pour s'y preparer, il partit pour l'Italie.

Les villes de *Boulogne*, de *Padouë*, & de *Venise* furent celles qui l'arrêterent le plus, parce qu'il y trouva de quoi satisfaire son goût pour les Sciences, qu'il avoit uniquement en vûë. Il avoit dessein d'aller aussi à *Rome*; mais les chaleurs, qui l'incommodoient considerablement, le deter-

determinerent à passer en Allemagne. Nous ne sçavons d'autre particularité de ce voyage, sinon qu'il demeura assez long-temps à *Basle*. G. CANTER.

De retour dans les Pays-Bas, il se rendit à *Louvain*, où il passa huit ans, occupé de ses études. Il mena pendant tout ce temps-là une vie extrêmement reglée. Il se levoit tous les jours à sept heures, travailloit jusqu'à onze heures & demie, se promenoit ensuite une heure dans un Jardin ou ailleurs, en repassant dans son esprit ce qu'il avoit lû le matin, dinoit, se promenoit ou causoit après pendant une heure, dormoit une autre heure, se remettoit au travail jusqu'à sept heures, alloit faire quelque visite, & revenoit s'occuper jusqu'à minuit de quelque travail, qui ne demandât pas beaucoup d'application; car il ne souppoit point, & s'il se sentoit de la faim, il se contentoit de manger un morceau de pain & de prendre un verre de vin.

Telle étoit la distribution de son temps, qu'il observoit ponctuellement, sans jamais la troubler: c'est

G. CANTER. pour cela qu'il ne traitoit jamais ses amis, & qu'il n'alloit jamais manger chez eux.

Il ne voulut point enseigner en public, parce que, quoiqu'il fût d'un temperament vigoureux, il n'avoit pas la voix assez forte pour remplir un Auditoire. Il ne voulut point non plus faire des leçons en particulier, croyant qu'il seroit plus utile au Public par ses écrits, que s'il s'occupoit à instruire la jeunesse. Cependant il recevoit avec beaucoup d'honnêteté ceux qui le consultoient sur leurs études, & il leur faisoit part de ses lumieres & de ses decouvertes. Il assistoit même de son argent les gens de Lettres qui étoient dans la necessité, faisant du bien à tout le monde, & ne nuisant à personne. Quoiqu'il ne vecût que de son patrimoine, il menageoit si bien son revenu, qu'il suffisoit à tout.

Il parloit avec modestie de ses Ouvrages & rendoit volontiers justice au merite des autres. Quoiqu'il fût très-versé dans la Jurisprudence, il ne voulut point prendre le degré de Docteur, afin de pouvoir refuser ſes emplois qu'on lui offriroit, & de s'attacher entierement à la lecture & à l'étude. G. CANTER.

Cet attachement trop ſuivi à l'étude abregea apparemment ſes jours. Il fut attaqué au mois de Novembre 1574. d'une fievre, qui le tourmenta tout l'hyver, & qui le conduiſit peu à peu au tombeau. Il mourut le 18. May 1575. n'ayant pas encore 33. ans accomplis, & fut enterré à *Louvain* dans l'Egliſe de *S. Jacques*, avec cette Epitaphe que ſon frere *Theodore* lui fit.

Nobili variaque eruditione, utriuſque linguæ monumentis claro viro, Guilielmo Cantero, qui 30. annos natus minus 66. Diebus, obiit XV. *Kalend. Junii, anno* 1575.

Fratri ſuo Chariſſimo Theodorus Canterus pos.

Catalogue de ſes Ouvrages.

1. *Novarum Lectionum libri quatuor, in quibus præter variorum Authorum, tam Græcorum, quàm Latinorum explicationes, Athenæi, Gellii, & aliorum fragmenta quædam in lucem proferuntur. Baſileæ. Oporinus* 1564. *in*-8°. C'eſt la premiere édition. It.

G. CANTER. *Libri septem. Basileæ* 1566. *in*-8°. C'est une seconde édition, augmentée de trois livres, ausquels *Canter* ajouta un huitiéme dans la suivante. It. *Editio* 3a. *Cui accessit de ratione emendandi Græcos Authores Syntagma, nec non Aristotelis Pepli fragmentum, cùm aliis, tùm integra tabula Deorum & hominum illustrium progenies complectente auctum. Antuerpiæ* 1571. *in*-8°. *Canter* avoit fait un neuviéme livre, qu'il se proposoit de publier dans une nouvelle édition ; mais sa mort l'a empêché de la donner. Il n'a paru que long-temps après sa mort avec les huit autres, dans le troisiéme volume du *Thesaurus Criticus* de *Gruter. Francofurti* 1604. *in*-8°. Cet Ouvrage fait connoître sa grande lecture, & sa judicieuse Critique.

2. *Aristidis Orationes Latinè, Guil. Cantero Interprete. His accedunt eodem Interprete Gorgiæ Oratio in Helenam, Thucydidis funebris in Periclem, Lesbonactis Hortatio, Andocidis de pace, Herodis Altici de Republica, Antisthenis Orationes Ajacis atque Ulyssis, Lysiæ contra Eratosthenem, Dinarchi contra Demosthenem, Alcida-*

mantis oratio contra Palamedem, & Gorgiæ Oratio Palamedis. Subjungitur de ratione emendandi Græcos Autores ejusdem Syntagma; ac denique Gnomologia Græco-Latina, sive sententiæ insigniores breviter ex Aristide collectæ. Basileæ 1566. *in-fol.* It. *Græcè & Latinè, Interprete Guil. Cantero, cùm ejusdem & aliorum variis lectionibus. Genevæ* 1604. *in*-8°. trois vol. On a omis dans cette édition les notes marginales de *Canter*, qui sont dans la premiere, le traité *de ratione emendandi Græcos Autores*, & les discours des autres Orateurs, qu'on y avoit joint d'abord.

G. CANTER.

3. *Lycophronis Alexandra, sive Cassandra, Græcè, cùm versione Latina duplici, una ad verbum Guilelmi Canteri, altera metrica Josephi Scaligeri, & ejusdem Canteri Annotationibus; nec non Cassandræ Epitome Græcò-Latina Carmine Anacreontico, eodem Cantero autore. Basileæ* 1566. *in*-4°.

4. *Pythagoreorum quorumdam Fragmenta Ethica, è Stobæo desumpta, Græcè & Latinè, Guil. Cantero Interprete. Basileæ* 1566. *in*-4°. It. A la sui-

G. CANTER.

te de *Diogene Laerce* dans l'Edition de *Geneve* 1570. *in*-8°. It. à la suite des Ethiques d'*Aristote*. *Basle* 1582. *in-fol.*

5. *Aristotelis Pepli Fragmentum, sive Heroum Homericorum Epitaphia, distichis Elegiacis composita. Basileæ* 1566. *in*-4°. Cet Ouvrage fut d'abord publié par *Henri Etienne*, à la fin de l'Anthogie des Epigrammes Grecques à *Paris* l'an 1566. *in*-4°. sans nom d'Auteur. *Guillaume Canter* le donna de nouveau la même année, fit voir qu'il étoit d'*Aristote*; le traduisit en Latin, y ajouta des notes, & y joignit *Ausonii Epitaphia Heroum, qui bello Trojano interfuerunt*, parce que cet Auteur à imité en plusieurs endroits l'Auteur du *Peplus*. Ces pieces ont été imprimées de nouveau avec les *Novæ Lectiones* de *Canter* à *Anvers* l'an 1571. *in*-8°.

6. *Synesii Conciones aliquot, & Hymni, Græcè & Latinè; Guil. Cantero Interprete. Basileæ* 1567. *in*-8°.

7. *Ciceronis Epistolæ ad familiares cùm explicatione & emendatione locorum quorumdam à Guil. Cantero. Anturpiæ* 1568. *in*-8°. It. *Cùm explica-*

tionibus & emendationibus recognitis; additis novis locorum aliquot in Episto- lis ad Atticum. Antuerpiæ 1572. *in-8°.* G. CANTER.

8. *Scholia in Propertium. Antuerpiæ* 1569. *in-8°.* Dans une édition de ce Poëte.

9. *Euripidis Tragœdiæ* XIX. *Græcè, ex recensione Guil. Canteri, cùm brevibus ipsius notis, carminumque ratione explicata, & appendice sententiarum Euripidis à Stobæo laudatarum, quas Canterus Latinè reddidit. Antuerpiæ* 1571. *in-12.* On a donné depuis une version Latine d'*Euripide* par *Canter.*

10. *Variarum in Bibliis Græcis lectionum libellus, à Guil. Cantero concinnatus.* Dans le 6e. volume de la Bible Polyglotte d'*Anvers.* 1572. *in-fol.*

11. *Joannis Stobæi Eclogarum libri duo; quorum prior Physicas, posterior Ethicas complectitur, Græcè & Latinè, Interprete Guil. Cantero. Gemisthi Plethonis de rebus Peloponnesiacis Orationes duæ, eodem Interprete. Ejusdem libellus de Virtutibus, Græcè tantum. Antuerpiæ* 1575. *in-fol.*

12. *Sophoclis Tragœdiæ septem, Græ-*

G. CANTER. *cè, à Guil. Cantero cum notis editæ. Antuerpiæ* 1579. 1580. *in*-16.

13. *Æschyli Tragædiæ septem, Græcè, edente cum notis Guilelmo Cantero. Antuerpiæ* 1580. *in*-16.

14. *Euripidis Tragædiæ* XIX. *Græcè & Latinè, ex recensione & cùm versione Guil. Canteri, notisque ejusdem & Æmilii Porti. Heidelbergæ* 1597. *in*-8°. M. *Huet* témoigne que *Canter* est un traducteur assez exact, qu'il a eu raison de nous vanter dans sa Préface d'*Aristide* la fidelité avec laquelle il a manié cet Auteur, sans se donner d'autre licence, que celle que cet Orateur à prise, & sans sortir des bornes qu'il avoit prescrites lui-même à son abondance. Cet assujetissement paroît encore bien davantage dans sa version d'*Euripide*, puisqu'il l'a traduit mot à mot.

15. *Orationes funebres in obitus aliquot Animalium, juxta Gallicam ex Italico versionem Cl. Pontosi, Latinæ factæ per Guilel. Canterum. Lugduni Bat.* 1591. *in* 8°. Cette traduction de *Canter* est son moindre Ouvrage; elle est même si mauvaise, suivant M. de *la Monnoye*, qu'on doit moins

l'appeller une version qu'une perversion. Elle a été inserée dans l'*Amphitheatrum Dornavii.* L'Original Italien est d'*Ortensio Lando*, & *Claude de Pontoux* l'a traduit en François sous ce titre : *Harengues lamentables sur la mort de divers Animaux, extraites du Tuscan, renduës & augmentées en prose Françoise, où sont representés au vif les naturels desdits Animaux, & les proprietés d'iceux. Lyon* 1570 *in*-16. G. CANTER.

16. Il a fait outre cela deux Tables ; l'une des Offices de *Ciceron*, qui d'abord a été imprimée separément en une feüille, & qui l'a été ensuite avec ses explication des Epitres de cet Auteur ; l'autre de la Physique de *Corneille Valerius*, qui a été imprimée plusieurs fois avec cet Ouvrage.

V. *Suffridus Petri de Scriptoribus Frisiæ.* C'est l'Auteur, qui a parlé de lui le plus exactement & le plus au long. *Melchioris Adami Vitæ Philosophorum Germanorum.* Il a copié *Suffride Petri. Valerii Andreæ Bibliotheca Belgica. Francisci Sweertii Athenæ Belgicæ. Les Eloges de M. de Thou & les additions de Teissier.*

JEAN LEUSDEN.

J. LEUSDEN.

JEAN *Leusden* naquit à *Utrecht* le 26. Avril 1624. de *Jacques Leusden*, & de *Lamberte van Eden*, tous deux de familles honnêtes.

Il les perdit tous deux à l'âge de onze ans ; mais cette perte ne l'empêcha pas de s'appliquer à l'étude avec beaucoup d'ardeur. Après avoir fait ses Humanitez dans une Ecole de sa ville natale, il entra à l'âge de 18. ans dans l'Academie, qui venoit d'y être érigée.

Il y étudia en Philosophie, & fut reçu Maître-ès-Arts le 3. Juillet 1647. Il se donna ensuite à la Théologie, & aux Langues Orientales dans lesquelles il acquit un habileté peu commune.

Ayant été admis au Ministere en 1649. il alla à *Amsterdam*, pour s'y perfectionner dans la langue Hebraïque sous deux Juifs, dont un qui étoit Arabe & qui possedoit fort bien sa langue lui donna occasion de s'y appliquer avec succès.

Les Curateurs de l'Academie d'*Utrecht*, instruits de sa capacité, lui donnerent le 2. Juillet 1650. une Chaire de Langue Hebraïque, & il en prit possession le 6. du même mois par un discours public. J. LEUSDEN.

Comme il étoit Professeur extraordinaire, on n'exigea de lui que deux leçons par semaine ; mais il voulut aller au-delà & en fit trois, enseignant de plus en particulier les langues Orientales & la Théologie.

Etant devenu l'année suivante Professeur ordinaire, il n'oublia rien pour remplir son poste avec honneur.

Il fut jusqu'à l'âge de trente-quatre ans, sans songer à voyager ; mais enfin l'envie lui en prit en 1658. & il alla faire un tour dans le Palatinat & dans les Pays voisins. Trois ans après il voulut voir la France, & passa ensuite en Angleterre.

De retour de ce dernier voyage, il songea à se marier, & épousa *Elizabeth Niport*, dont il eut plusieurs enfans.

Il joüit long-temps d'une santé parfaite ; ce qu'il attribuoit à sa fru-

J. LEUSDEN.

galité, & au soin qu'il avoit de faire de l'exercice. Mais enfin il fut attaqué d'une colique néphretique, qui après l'avoir tourmenté quelques semaines, le conduisit au tombeau.

Il mourut le 30. Septembre 1699. âgé de 75. ans.

Catalogue de ses Ouvrages.

1. *Pauca & brevia quædam præcepta ad Notitiam linguæ Hebrææ & Chaldææ veteris Testamenti. Trajecti* 1655. *in*-8°. It. Avec des additions sous le titre de *Synopsis Hebraïca & Chaldaïca. Ultrajecti* 1667. *in*-12.

2. *Jonas illustratus per Paraphrasim Chaldaïcam, Masoram magnam & parvam, item per trium Rabbinorum Salomonis Jarchi, Abrahami Aben-Esræ, Davidis Kimchi, textum Rabbinicum punctatum, Hebraïcè & Latinè; edente & annotatore Joanne Leusden. Ultrajecti* 1656. *in*-8°. It. *Ibid.* 1692. *in*-8°.

3. *Philologus Hebræus, continens quæstiones Hebraïcas quæ circa Vetus Testamentum Hebræum moveri solent. Ultrajecti* 1656. *in* 4°. It. *Secunda editio. Ibid.* 1672. *in*-4°. It. *Amstelodami* 1686. *in*-4°. It. *Ultrajecti* 1695. *in*-

4°. M. *Simon* assure dans son *Histoire critique du Vieux Testament* que *Leusden* dans cet Ouvrage & dans les semblables qu'il a donnés au Public n'a fait que suivre *Buxtorf* le fils, qui est le grand Auteur de la plûpart des Protestans du Nord. J. LEUSDEN.

4. *Joël & Obadias illustrati. Ultrajecti* 1657. *in*-8°.

5. *Schola Syriaca, cum dissertatione de Litteris & Lingua Samaritanorum. Ultrajecti* 1658. *in*-8°. It. *Cùm Synopsi Chaldaïca. Ibid*. 1672. & 1685. *in*-8°.

6. *Biblia Hebraïca correcta à Curiosis Judæis, secundùm præstantissimas editiones & antiquissima Manuscripta, cum Præfatione Latina Joannis Leusden. Amstelodami* 1661. *in*-8°. deux volumes. Cette Bible Hebraïque imprimée par *Joseph Athias* est fort belle, quoiqu'elle ne soit pas exempte de fautes. It. *Biblia Hebræa accuratissima notis Hebraïcis & lemmatibus Latinis illustrata à Joanne Leusden, cum nova ejus præfatione Latina. Adjecta sunt judicia tum Professorum Leydensium, tum Rabbinorum Amstelodamensium. Amstelodami. Typis Josephi*

J. Leusden.

Athias. 1667. *in*-8°. deux volumes. Cette seconde édition n'est ni si belle ni si correcte que la premiere. *Van-der-Hooght* a donné en 1705. à *Amsterdam* une troisiéme édition *in*-8°. de cette Bible, sur un exemplaire que *Leusden*, qui étoit mort alors, avoit revû & corrigé.

7. *Philologicus Hebræo-mixtus. Una cum spicilegio Philologico, continente decem quæstionum & positionum præcipue Philologico-Hebraïcarum & Judaïcarum centurias. Ultrajecti* 1663. 1682. 1699. *in*-4°.

8. *Onomasticum Sacrum, in quo omnia nomina propria Hebræa, Chaldaïca, Græca, & origine Latina tam in Veteri, quàm in Novo Testamento occurrentia explicantur. Cum additamento de Vasis, pecunia & ponderibus sacris. Ultrajecti* 1665. & 1684. *in*-8°.

9. *Tractatus Thalmudicus, Pirkie Avoth, seu Capitula Patrum; una cùm versione Hebraïca duorum capitum Danielis. Ultrajecti* 1665. *in*-4°.

10. *Psalteria, Hebraïca, Hebraïco-Latina, & Hebraïco-Belgica.* Ces trois sortes de Pseautiers ont paru par ses soins en 1667. *in*-12.

J. LEUSDEN.

11. *Abregé de la Grammaire Hebraïque & Chaldaïque.* (en Flamand) *Utrecht* 1668. *in*-8°. It. *Ibid.* 1686. *in*-8°.

12. *Manuale Hebræo-Latino-Belgicum. Ultrajecti* 1668. *in*-8°. C'est un petit Dictionnaire, où tous les mots de la Bible sont expliqués en Latin, & en Flamand.

13. *Philologus Hebræo-Græcus generalis, continens quæstiones, quæ circa novum Testamentum Græcum ferè moveri solent. Ultrajecti* 1670. 1685. 1695. *in*-4°.

14. *Clavis Græca Novi Testamenti, cùm annotationibus Philologicis. Ultrajecti* 1672. *in*-8°.

15. *Joannis Buxtorfii Epitome Grammaticæ Hebrææ breviter ac Methodice ad publicum Scholarum usum proposita. Adjecta succincta de mutatione punctorum vocalium instructio & textuum Hebraïcorum Latina interpretatio. Ultrajecti* 1673. *in*-12. It. *Ibid.* 1701. *in*-12. It. *Tertia editio. Lugd. Bat.* 1707. *in*-12. Cette édition est plus commode & plus exacte que les précedentes.

16. *Compendium Biblicum conti-*

J. LEUSDEN. *nens ex* 23202. *versiculis veteris Testamenti, tantum versiculos* 2289. *in quibus omnes voces tam Hebraïcæ quàm Chaldaïcæ, una cum versione Latina inveniuntur. Ultrajecti* 1673. 1680. 1685. *in*-8°. It. *Lugd. Bat.* 1694. *in*-16. It. *Francofurti* 1704. *in*-16.

17. *Compendium Græcum Novi Testamenti continens ex* 7959. *versiculis, tantum* 1898. *versiculos, in quibus omnes Novi Testamenti voces cum versione Latina inveniuntur. Ultrajecti* 1675. 1677. 1688. *in*-12. It. *Amstelod.* 1698. *in*-12. It. *Lugd. Bat.* 1702. *in*-12. It. *Francofurti* 1704. *in*-12. It. *Magdeburgi* 1680. *in*-12. Cette édition est fort mauvaise.

18. *Novum Testamentum Græcum ex recensione Johannis Leusden. Ultrajecti* 1675. 1688. 1693. 1698. 1701. *in*-12.

19. *Georgii Pasoris Syllabus Græco-Latinus, ex recensione Joan. Leusden. Ultrajecti* 1675. *in*-12.

20. *Clavis Hebraïca & Philologica Veteris Testamenti. Ultrajecti* 1683. *in*-4°.

21. *Biblia Græca* LXX. *Interpretum studio Joannis Leusden excusa juxta exemplar*

exemplar Londinense. Amstelod. 1683. in-8°. J. LEUSDEN.

22. *Lexicon Novum Hebræo-Latinum ad modum Lexici Schreveliani Græci compositum ; adauctum Lexico Chaldaïco-Biblico à Joanne Leusden. Ultrajecti* 1687. *in*-8°. La premier partie de ce volume est de *Guillaume Robertson*, la 2e. est de *Leusden.*

23. *Samuelis Bocharti Opera omnia ; editio tertia, in qua locupletanda, exornanda & corrigenda singulare studium posuerunt Joannes Leusden & Petrus de Villemandy.* 1692. *in-fol.* deux vol. Le 2e. volume a été imprimé à *Utrecht* par le soins de *Leusden*, & le premier l'a été à *Leyde* par ceux de *Villemandy.*

24 *Biblia Hebraïca, prout illa antehac diligenti opera atque studio Davidis Clodii prodiere, accurate recognita à Joanne Henrico Maïo, & ultimo revisa à Joanne Leusdeno, cum antiqua præfatione Clodii, & Nova Maii & Monito Leusdeni. Francofurti* 1692. *in*-8°. La 1e. édition de *Clodius* est de l'an 1677.

25. *Biblia Hebraïca non punctata, accurantibus Joh. Leusdenio & Joanne*

J. LEUSDEN. *Andrea Eisenmengero. Francofurti* 1694. *in-12.* La Préface est de *Leusden.*

26. *Joannis Lightfooti Opera omnia Johannes Leusden textum Hebraïcum recensuit & emendavit. Ultrajecti* 1699. *in-fol.* trois vol.

27. *Novum Domini nostri Jesu-Christi Testamentum Syriacum, cùm versione Latina, Cura & studio Joannis Leusden, & Caroli Schaaf editum; ad omnes editiones diligenter recensitum, & variis Lectionibus magno labore collectis, adornatum. Lugd. Bat.* 1708. *in-4°.* deux tomes. *Schaaf* avoit entrepris cet Ouvrage avec *Leusden*; mais ce dernier étant mort, lorsqu'ils en étoient au verset 20. du 15e. chapitre de l'Evangile de *S. Luc. Schaaf* a achevé seul l'Ouvrage.

V. *Son Eloge par Gerard de Vries, dans le Recueil de George Henri Goëtse, intitulé: Elogia Philologorum quorumdam Hebræorum. Lubecæ* 1708. *in-8°.*

CHARLES ANNIBAL FABROT.

C. A. FABROT.

CHARLES *Annibal Fabrot* naquit l'an 1580. à *Aix* en Provence, où son pere, natif de *Nîmes* en Languedoc, s'étoit retiré pandant les guerres civiles, pour fuir les persecutions des Calvinistes.

Il fit de grands progrès dans les langues Latine, & Grecque, dans les Belles-Lettres, & dans la Jurisprudence, & prit le bonnet de Docteur en Droit en 1606. Après quoi il se fit recevoir Avocat au Parlement d'*Aix*. Parmi les amis qu'il se fit alors, on doit compter principalement M. *de Peiresc*, Conseiller de ce Parlement, & *Guillaume du Vair*, qui en étoit premier President.

Ce dernier procura en 1609. une Chaire de Professeur en Droit à *Aix*, à *Fabrot*, qui la remplit jusqu'en 1617. que le President *du Vair* ayant été fait Garde des Sceaux, voulut l'avoir auprès de lui à *Paris*.

Du Vair étant mort en 1621. *Fabrot* retourna l'année suivante 1622.

C. A. FABROT. en Provence, & continua les exercices ordinaires dans l'Université d'*Aix*, où il devint second Professeur en 1632. & premier Professeur en 1638.

Il étoit alors absent de cette ville, & étoit venu dès l'année précedente 1637. à *Paris*, pour y faire imprimer des notes de sa façon sur les Instituts de *Theophile*, ancien Jurisconsulte. Il dedia cet Ouvrage au Chancelier *Seguier*, qui l'obligea de rester à *Paris* pour y travailler à la traduction des Basiliques, & lui fit donner dans cette vûe une pension de deux mille livres, comme *Claude Sarrau* nous l'apprend dans ses Lettres.

Fabrot se fit alors de nouveaux amis parmi les personnes les plus considerables du Parlement. *Matthieu Molé*, alors Procureur Géneral, & *Jerôme Bignon*, Avocat Géneral eurent entre autres beaucoup de consideration pour lui.

Son Ouvrage des *Basiliques*, & quelques Historiens de *Constantinople*, qu'il donna ensuite engagerent le Roi à le gratifier d'une charge de

Conseiller au Parlement de Provence, qu'il avoit alors érigé en semestre : mais les guerres civiles ayant fait former d'autres desseins, & abolir cet établissement, *Fabrot* fut privé de cette recompense. C. A. FABROT.

Pendant son séjour à *Paris*, plusieurs Universités de France s'efforcerent de l'avoir pour Professeur. Celle de *Valence* lui offrit la premiere chaire de Droit en 1637. après la mort de *Pacius*; & celle de *Bourges* le demanda avec beaucoup d'ardeur, après avoir perdu *Edmond Merille*. Mais les occupations qu'il avoit alors l'empêcherent de se rendre à leurs desirs.

L'application, qu'il donna à l'édition des œuvres de *Cujas*, lui causa une maladie, dont il mourut le 16. Janvier 1659. dans sa 79e. année, laissant un fils, nommé *Guillaume Fabrot*, Conseiller à la Cour des Monnoyes. Il fut enterré dans l'Eglise de *S. Germain l'Auxerrois*, sa paroisse.

Catalogue de ses Ouvrages.

1. *Antiquités de la ville de Marseille, où il est traité de l'ancienne Ré-*

C. A. FABROT.

publique des Marseillois & des choses les plus remarquables de leur Etat ; par Jules Raymond de Soliers, Jurisconsulte, traduit du Latin par Hector de Soliers, son fils. 1615. *in*-8°. It. *Lyon* 1632. *in*-8°. Cette traduction est de *Charles Annibal Fabrot*, dont elle porte le nom dans l'édition de 1632. L'ouvrage Latin, dont ces Antiquités sont la premiere partie, n'a jamais été imprimé.

2. *Ad tit. Codicis Theodosiani de Paganis, Sacrificiis, & Templis notæ. Paris.* 1618. *in*-4°.

3. *Exercitationes duæ de tempore humani partus & de numero Puerperii. Aquis Sextiis* 1628. *in*-8°. It. *Genevæ* 1629. *in*-4°. Avec le Traité d'*Alphonse Carranza, de Partu naturali & legitimo.*

4. *Car. Ann. Fabroti Exercitationes* XII. *Accedunt leges* XIV. *quæ in libris Digestorum deerant, Græcè & Latinè nunc primum ex Basilicis editæ. Paris.* 1639. *in*-4°. L'Auteur a mis à la tête une Apologie des Interpretes Grecs des Basiliques & du Jurisconsulte *Theophile*. *Fabrot* avoit, au jugement de *Gregoire Mayans*, une

érudition prodigieuse, & un jugement excellent. C. A. FABROT.

5. *Theophili Antecessoris Institutiones, seu Institutionum Justiniani Paraphrasis, Græcè & Latinè, ex versione Jacobi Curtii, edente & notatore C. An. Fabroto. Paris.* 1638. *in*-4°. It. *Paris.* 1657. *in*-4°. L'Editeur a revû la traduction de *Curtius*, & la corrigée en plusieurs endroits. *Jean Doujat* a conservé les notes de *Fabrot* dans l'édition qu'il a donnée de ces Instituts à *Paris* l'an 1681. *in* 12.

6. *Institutiones Justiniani, cùm notis Jacobi Cujacii, cura Fabroti editæ. Paris.* 1643. *in*-12.

7. *Epistola de Mutuo, cùm Responsione Claudii Salmasii ad Ægidium Menagium. Lugd. Bat.* 1645. *in*-8°.

8. *Replicatio adversus Claudii Salmasii refutationem, in qua mutuum alienatum esse ostenditur; de Dominio dotis, & de condictione tractatur. Paris.* 1647. *in*-4°.

9. *Basilicorum libri* 60. *Græcè & Latinè, Interprete C. Ann. Fabroto. Paris.* 1647. *in-fol.* sept volumes. Cet Ouvrage, qui contient les loix Romaines dont l'usage s'étoit conservé

C. A. FABROT.

dans l'Orient, & celles que les Empereurs de *Constantinople* avoient faites, à paru pour la premiere fois en entier par les soins de *Fabrot*, qui l'a traduit en Latin, à l'exception des livres 38. 39. & 60. qui l'avoient déja été par *Cujas*, & dont il a conservé la traduction.

10. *Nicetæ Acominati Choniatæ Historia, ab imperio Joannis Comneni, Alexii filii, ad Henricum Balduini fratrem; Græcè & Latinè, Interprete Hieronymo Wolphio, cum ejus annotationibus; ex recensione C. An. Fabroti, cùm ejus Glossario Græco-Barbaro. Paris. Typ. Regia* 1647. *in-fol. Simon Goulart* avoit donné à *Geneve* une édition Grecque & Latine de cette histoire l'an 1593. *in*-4°. Celle de *Fabrot* n'a de plus que son Glossaire, quelques differentes leçons, tirées d'un MS. de la Bibliotheque du Roi, qui ne tiennent pas une page, & une table fort étenduë & assez exacte.

11. *Georgii Cedreni Compendium Historiarum ab Orbe Condito ad Isaacum Comnenum, Græcè & Latinè, Interprete Guil. Xylandro, cum ejus Annota-*

C. A. FABROT.

notationibus, ex recensione & cum accessionibus Jacobi Goar, ejusque notis, & Caroli Ann. Fabroti Glossario Cedreniano. Item Joannes Scylitzes Curopalates, excipiens ubi Cedrenus deficit, Græcè editus cum Latina versione. Paris. Typog. Regia 1647. *in-fol.* deux vol.

12. *Theophylacti Simocattæ Historiarum libri* VIII. *Mauritii Imperatoris res gestas continentes. Interprete Jacobo Pontano Soc. J. Editio priore castigatior, & Glossario Græco-Barbaro auctior; cura C. A. Fabroti. Paris. Typ. Reg.* 1647. *in-fol.*

13. *Anastasii Bibliothecarii Historia Ecclesiastica, sive Chronographia tripartita & de Vitis Pontificum, ad MSS. Collata, cum notis C. Ann. Fabroti. Paris.* 1649. *infol.*

14. *Laonici Chalcondylæ Historiarum de Origine ac rebus gestis Turcarum libri* x. *Græcè & Latinè, interprete Conrado Clausero. Cum Annalibus Sultanorum, ex interpretatione Joannis Leunclavii. Accessit Index Glossarum Chalcondylæ, studio Car. Ann. Fabroti. Paris. Typ. Reg.* 1650. *in-fol.*

C. A. FABROT.

15. *Prælectio in tit. Decret. Gregorii IX. de vita & honestate Clericorum. Paris. 1651. in-4°.*

16. *Constantini Manassis Breviarium Historicum, Græcè & Latinè, ex Interpretatione Joannis Leunclavii, cùm ejusdem & Joannis Meursii notis, Leonis Allatii & Car. Ann. Fabroti variis lectionibus & ejusdem Fabroti Glossario Græco-barbaro. Paris. Typ. Reg. 1655. in-fol.*

17. *Jacobi Cujacii Opera omnia in decem tomos distributa. Editio emendatior & auctior operâ Car. Ann. Fabroti. Paris. 1658. in-fol.* dix volumes. Il commença dès l'an 1652. à revoir ces Ouvrages, qu'il enrichit de diverses notes, & corrigea sur plusieurs Manuscrits, & y ajouta plusieurs traités qui n'avoient pas encore vû le jour.

18. *J. P. de Maurize Juris Canonici Selecta, & eorum quæ ad usum fori Gallicani pertinent Summa, edita & illustrata per Car. An. Fabrotum. Paris. 1659. in-4°.*

19. *Notæ in Theodori Balsamonis Collectionem Constitutionum Ecclesiasticarum.* Avec cette Collection dans

le ſecond volume de la Bibliotheque du Droit Canonique d'*Henri Juſtel* & de *Guillaume Voel*, imprimée à *Paris* en 1661. *in-fol.* C. A. FABROT.

V. Le Dictionnaire de Morery. Hen. Witten Diarium Biographicum. Cet Auteur eſt plein de fautes.

SIMON GOULART.

SIMON *Goulart* naquit à *Senlis* le 20. Octobre 1543. S. GOULART.

Ayant fait ſes études de Théologie à *Geneve*, il y reçut l'impoſition des Mains pour le Miniſtere le 20. Octobre 1566. & fut fait Miniſtre ordinaire de cette ville ; emploi qu'il a conſervé pendant 62. ans, c'eſt-à-dire juſqu'à ſa mort.

Son ſéjour à *Geneve* ne fut interrompu que par trois voyages qu'il fit en France, pour les beſoins des Egliſes Calviniſtes, l'un en 1576. dans le *Forez*, le ſecond en 1582. en *Champagne*, & le troiſiéme en 1600. à *Grenoble*.

Au reſte les fonctions du Miniſtere ne l'occuperent pas tout en-

S. GOULART. tier; c'étoit un Ecrivain infatigable, qui sçavoit mettre à profit tous ses momens de loisir, & on a de sa façon un grand nombre d'Ouvrages.

Il mourut le 3. Février 1628. âgé de 85. ans, ayant toûjours joüi jusques-là d'une santé parfaite.

Il avoit une connoissance très-étendue de la Science des livres; & ce fut pour cette raison que le Roi *Henri III.* voulant connoître l'Auteur, qui s'étoit deguisé sous le nom de *Stephanus Junius Brutus*, pour debiter une Doctrine tout à fait Républicaine, envoya un homme exprès à *Goulart*, pour s'en informer. *Goulart* sçavoit bien tout le Mystere; mais il ne voulut pas le reveler, de peur d'exposer les Interessez.

Catalogue de ses Ouvrages.

1. *Imitations Chrétiennes. Odes* XII. *suite des Imitations Chrétiennes contenant deux livres de Sonnets.* 1574. *in*-8°. Avec les *Poëmes Chrétiens de B. de Montmeja.*

2. *Sonnets Chrétiens accommodez à la Musique d'Orlando Bony & Bertrand à quatre parties. Du Verdier*, qui témoigne que ceci a été impri-

mé, n'en marque pas la date. S. GOULART.

3. *Dix livres de Theodoric Evêque de Cyr touchant la Providence de Dieu, contre les Epicures & Athéistes. Avec deux autres livres du même Auteur, l'un de la providence divine, l'autre du but de la vie humaine & du dernier jugement, trad. en François. Lyon* 1578. *in-8°.*

4. *Chronique & Histoire universelle de Jean Carion, depuis le commencement du Monde jusqu'à l'Empereur Charles-Quint, augmentée par Philippe Melanchthon, & Gaspar Peucer, & traduite du Latin, avec un supplement jusqu'à la mort de Maximilien II. par S. G. S. Geneve* 1580. *in-8°.* deux vol. Quand *Goulart* ne mettoit pas son nom aux livres qu'il publioit, il le designoit par ces trois Lettres initiales *S. G. S.* c'est-à-dire, *Simon Goulart Senlisien.* La date ordinaire de ses Epitres dedicatoires est de *S. Gervais*, qui est le nom qu'on donne a une partie de *Geneve.*

5. *Histoire de Portugal, contenant les entreprises, navigations, & gestes mémorables des Portugalois, tant en la conquête des Indes Orientales, qu'ès*

S. GOULART.

guerres d'Afrique & autres exploits; depuis l'an 1496. *jusqu'à la mort du Roi Sebastien en* 1578. *sous Emanuel I. Jean III. & Sebastien I. du nom; comprise en* 20. *livres; dont les douze premiers sont traduits du Latin de Hierome Osorius, les huits suivans pris de Lopez de Castanede & d'autres Histoires; avec un Discours du Traducteur du fruit qu'on peut recueillir de la lecture de cette histoire. S. Gervais* 1581. *in-fol.*

6. *Les Devins ou Commentaire des principales sortes de Devinations, distingué en* 15. *livres, traduicts du Latin de Gaspar Peucer, par S. G. S. Lyon* 1584. *in*-4°. Cette édition a été mise aussi sous le titre d'*Anvers*.

7. *Les vies des Hommes illustres Grecs & Romains, comparées l'une avec l'autre par Plutarque de Cheronée, translatées par M. Jacques Amyot. Avec les vies d'Hannibal & de Scipion l'Africain, traduites de Latin en François par Charles de l'Ecluse. Plus les vies d'Epaminondas, de Philippus de Macedoine, de Dionysius l'aîné Tyran de Sicile, d'Auguste Cæsar, de Plutarque, & de Seneque. Item les vies des*

neuf excellens Chefs de guerre, écrites par Æmilius Probus. Avec amples ſommaires ſur chacune vie, Annotations morales en marge, Chronologie, divers Indices, & les vives effigies des hommes illuſtres. Le tout recueilli & diſpoſé par S. G. S. Paris 1606. in-4°. deux tomes. Il doit y avoir eu une édition précedente.

S. GOULART.

8. *Le grand Miroir du Monde, par Joſeph du Chêne, ſieur de la Violette, Conſeiller & Médecin du Roi, avec des Annotations par S. G. S. Lyon 1593. in-8°.* Ce Poëme ſur l'Univers ne meritoit pas que *Goulart* prît la peine d'y joindre ſes remarques.

9. *Traité Théologique & Scholaſtique de l'unique ſacrificature & ſacrifice de Jeſus-Chriſt, contre le controuvé ſacrifice de la Meſſe, écrit en Latin par Antoine de Chandieu, Théologien, & mis en François par S. G. S. Geneve 1595. in-8°.*

10. *Conſiderations de la Conſcience humaine; plus divers autres Traitez. Geneve 1607. in-8°.*

11. *Apophthegmatum ſacrorum loci communes ex Sacris, Eccleſiaſticis, & ſæcularibus libris collecti. Geneva 1592. in-8°.*

S. GOULART. 12. *Philosophia Morum historica.* *Geneva* 1594. *in*-8°.

13. *Observationes ad Opera S. Cypriani.* Dans l'Edition de ce Pere faite à *Geneve* en 1593. *in-fol.*

14. *Matthiæ Flacii Illyrici Catalogus Testium Veritatis, qui ante nostram ætatem Romanorum Pontificum primatui, variisque Papismi superstitionibus, erroribus ac impiis fraudibus reclamarunt, ex Veterum scriptis Historicis & Dogmaticis collectus; nunc autem auctior, edente Simone Goulart. Lugduni* 1597. *in*-4°. deux tom. It. *Geneva* 1608. *in-fol.* Ces deux éditions de *Goulart*, dont la seconde a un Appendix depuis l'an 1517. jusqu'en l'an 1600. plus que la premiere, ont été desaprouvées des Sçavans. On s'est plaint avec raison, que *Goulart* ayant pris la liberté de changer l'économie de l'Ouvrage, & d'y ajouter & retrancher ce qu'il a voulu, n'ait fait connoître par aucune marque ce qui venoit de lui, & ce qui appartenoit à *Flacius.*

15. *Les deux semaines de Guillaume de Salluste, Seigneur du Bartas, & sa Judith; avec les annotations,*

sommaires & explications de S. G. S. Anvers 1591. *in*-8°. deux vol. It. *Paris* 1623. *in-fol.* Il y a des éditions précedentes. S. GOULART.

16. L'*Histoire des Martyrs* Protestans, donnée d'abord par *Jean Crespin* en huit livres, a été augmentée de deux livres jusqu'en 1577. par *Goulart*, dans une troisiéme édition qu'il donna de cet Ouvrage à *Geneve* l'an 1597. *in-fol.*

17. *Anthologie Chrétienne & morale, contenant divers opuscules, discours & traités recueillis de plusieurs Auteurs Anciens & Modernes pour l'instruction & consolation des Ames fidelles. Par S. G. S. Geneve* 1618. *in*-8°.

18. *Consideration de la sagesse de Dieu au Gouvernement du Monde. Geneve* 1623. *in*-8°.

19. *Les Heures derobées, ou Meditations Historiques de Philippe Camerarius traduites du Latin par S. G. S. & F. D. R. (François de Rosset) Paris. in*-8°. *trois vol.* Les deux premiers en 1608. & le 3e. en 1610. It. sous le titre simple de *Meditations Historiques. Lyon* 1610. *in*-4°. trois vol. *Gou-*

S. GOULART.

lart a augmenté d'un tiers l'Ouvrage de *Camerarius*.

20. *Trésor d'Histoires admirables & mémorables de notre temps, recueillies par Simon Goulart. Paris* 1600. *in*-12. deux vol. It. *Geneve* 1620. *in*-8°. deux volumes contenant quatre parties. *Goulart* a dedié cet Ouvrage à son frere, alors Elû à *Senlis*.

21. *Traité de l'assurance Chrétienne : Plus un autre traité de l'assurance profane. Geneve* 1609. *in*-8°.

22. *Considerations sur divers articles de la Doctrine Chrétienne. Saumur* 1608. *in*-8°.

23. *Quarante tableaux de la mort representés. Nouvelle édition augmentée. Lyon* 1606. *in*-12. Il n'avoit donné auparavant que trente Tableaux, dont on a une traduction Allemande, imprimée à *Cassel* l'an 1605. *in*-8°.

24. *Consideration de la mort & de la vie heureuse. Geneve* 1621. *in*-8°.

25. *Vingt-cinq Meditations Chrétiennes de Dieu. Geneve* 1610. *in*-8°.

26. Il est l'Auteur des notes marginales & des Sommaires qui accompagnent les Annales de *Nicetas*, im-

primées sous ce titre : *Nicetæ Acominati Choniatæ Imperii Græci Historia, à Joanne Comneno anno Christi* 1117. *ad Henricum Balduini fratrem anno* 1206. *Græcè & Latinè, Interprete Hieronymo Wolfio. Genevæ* 1593. *in*-4°.

S. GOULART.

27. Il a enrichi les Oeuvres Morales & mêlées de *Plutarque* de préfaces generales, de sommaires au commencemens des Traités, & d'annotations en marge ; son édition a été imprimée par *François Etienne* en 1582. *in-fol.*

28. *Le sage vieillard. Lyon* 1605. *in*-12.

29. *Bayle* parle d'une traduction de toutes les œuvres de *Seneque*, faite par *Goulart*, & imprimée à *Paris* l'an 1590. en 2. volumes *in-fol.*

30. Il a donné une traduction de l'Ouvrage de *Jean Wier* touchant l'imposture & tromperie des Diables, suivant *la Croix du Maine*, & M. *de la Monnoye*, qui marque dans ses notes Manuscrites sur cet Auteur, qu'il avoit fait cette traduction sur une seconde édition de l'Ouvrage de *Wier*, qui étoit aug-

S. GOULART.

mentée d'un sixiéme livre; au lieu que *Jacques Grevin*, qui en avoit donné une auparavant, l'avoit faite sur la premiere édition, qui ne contenoit que cinq livres.

31. *Brieve & Chrétienne Remonstrance aux François.* Dans le premier volume des *Mémoires de l'Etat de France. Middelbourg* 1579. *in*-8°.

32. On trouve quelques-unes de ses Lettres parmi les *Epitres Françoises des personnages illustres & doctes à Joseph Juste de la Scala, mises en lumiere par Jacques de Reves. Harderwyck* 1624. *in*-8°.

33. *Recueil contenant les choses les plus memorables advenues sous la ligue, tant en France, Angleterre, qu'autres lieux, sous les Rois Henri III. & Henri IV. Geneve* 1590. 1599. *in*-8°. six vol. Ce Recueil qu'on appelle communément *les Mémoires de la Ligue*, a été fait, suivant *Baillet*, par *Simon Goulart*, qui a pris le nom de *Samuel du Lis* dans les préfaces du 3e. & 4e. volumes. Il y a une édition précedente en plus gros & en meilleurs caracteres, divisée en trois volumes imprimés en 1587. 1589. &

1590. On les appelle *les petits Mémoires de la Ligue*, parce qu'ils ne sont pas si amples que les autres. S. GOULART.

Simon Goulart, son fils, que *Witte* a confondu dans son *Diarium Biographicum* avec le pere, né à *Geneve*, fut d'abord Ministre de l'Eglise Walone d'Amsterdam, & embrassa avec chaleur le parti des Remontrans. Ayant prêché en 1515. contre ceux qui disent qu'en vertu des Decrets de Reprobation, certains enfans qui meurent à la mammelle sans baptême, ou dans le ventre de leurs meres, sont damnés éternellement, on le suspendit du Ministere. Il joüit cependant toûjours des revenus de son poste jusqu'à l'an 1519. qu'il fut entierement deposé & chassé du pays, avec tous ceux qui ne voulurent pas souscrire aux decrets du Synode de *Dordrecht*.

Il se retira à *Anvers*, d'où il écrivit quelques Lettres, qui ont été inserées dans un Recueil intitulé : *Epistolæ Ecclesiasticæ & Théologicæ. Amstelodami* 1684. *in-fol.* Et parmi lesquelles il y en a une à son pere datée du mois d'Avril 1620. où il fait

S. GOULART. mention d'un livre qu'il avoit fait imprimer deux ans auparavant sous ce titre : *Examen des Opinions de M. F. Bassecourt contenues en son livre de disputes, intitulé :* Election éternelle & ses dependances.

Il se retira en France après la fin de la Treve des Hollandois & des Espagnols, & demeura quelque temps à *Calais*, d'où il passa dans le Holstein. *Witte*, qui a mis sa mort en 1628. l'a probablement confondu avec son pere, comme il a fait par rapport à ses Ouvrages ; faute qui lui est assez ordinaire.

On a encore de lui un Ouvrage intitulé : *Traité de la Providence de Dieu & autres points en dependants, avec une refutation du Sermon de Joseph Poujade contre les cinq articles des Remontrans.* 1627. *in*-12.

V. *Theodori Tronchini Oratio funebris Simonis Goulartii, Sylvanectini, in Ecclesia Genevensi Pastoris. Accesserunt Epicedia Variorum. Genevæ* 1628. *in*-4°. Il y a quelques dates dans ce discours, mais peu de particularités. *Bayle, Dictionnaire.*

CONRAD PELLICAN.

C. PELLICAN.

CONRAD *Pellican* naquit vers le 8. Janvier 1478. à *Ruffach* en Alsace de *Conrad Cursiner*, & d'*Elizabeth Gall*. Le nom de *Pellican* lui fut donné par un de ses oncles maternels, nommé *Josse Gall*, qui eut soin de l'élever, à la place de celui de *Cursiner* où *Kurschner*, qui étoit celui de son pere, & qui signifie en Allemand la même chose que *Pellicanus* en Latin, & *Peaussier* en François.

Pellican commença ses études dans sa patrie en 1484. n'ayant encore que six ans, & fut la même année attaqué de la peste. *Josse Gall* son oncle, qui demeuroit à *Heidelberg*, où il fut plusieurs fois Recteur de l'Université, ayant appris les progrès qu'il faisoit dans ses études, le fit venir en 1491. à *Heidelberg*, pour le faire étudier sous ses yeux. Mais ayant peu de bien, & voyant que son éducation lui étoit à charge, il le renvoya chez lui au mois de Septembre de

C. PELLICAN.

l'année suivante 1492.

Le jeune *Pellican* retourna chez son pere, & aida pendant quelque temps le Maître d'Ecole de *Ruffach*, dans l'instruction de ses disciples.

Lorsqu'il eut quinze ans, ses freres le solliciterent d'entrer dans quelque ordre Religieux, pour soulager sa famille, qui étoit pauvre; & se rendant à leurs desirs il entra dans l'ordre des Freres Mineurs, où il prit l'habit le 25. Janvier 1493.

Il fut attaqué pour la seconde fois de la peste à la fin de son Novitiat; mais ayant été heureusement gueri, il prononça ses vœux solemnels au commencement de l'année 1494.

On le fit aussitôt après étudier en Théologie, & il reçut la même année à *Basle* les Ordres Mineurs au mois de Septembre & le Soudiaconat en Décembre.

Au mois de Mars de lan 1496. ses superieurs à la priere de *Josse Gall*, son oncle, l'envoyerent à *Tubinge*, où il prit les leçons d'un Cordelier, fameux Professeur, nommé *Paul l'Ecrivain* (*Scriptor*) disciple d'*Etienne Brulefer*, qui étoit habile dans la Philosophie & dans les Mathematiques.

C. PELLICAN.

Pellican profita beaucoup sous ce Maître, auquel il s'attacha, & qui conçut beaucoup d'affection pour lui.

Etant allé avec lui en 1499. pour voir le Vicaire-Géneral de l'Ordre, il rencontra en chemin *Paul Pfedersheimer*, qui avoit été autrefois Juif, & qui s'étant converti à la Religion Catholique, s'étoit fait Cordelier.

Pellican lui témoigna le desir qu'il avoit toûjours eu d'apprendre la langue Hebraïque, & celui-ci lui communiqua un volume d'une Bible Hebraïque, sur lequel *Pellican* commença à étudier l'Hebreu avec tant de succès, qu'en peu de temps il se fit une espece de Dictionnaire de cette langue.

Reuchlin étant venu à *Tubinge*, *Pellican* l'alla consulter sur quelques difficultés qu'il avoit, & ayant tiré de lui les éclaircissemens necessaires, il s'appliqua avec une nouvelle ardeur à acquerir une connoissance entiere de la langue Hebraïque; en quoi il fut sécondé par le bonheur qu'il eut de trouver une Bible He-

C. PELLICAN.

braïque entiere, qu'il lut avec beaucoup d'application en très-peu de temps, & qui lui servit à achever son dictionnaire. Il se fit même bientôt après une Grammaire.

Il fut ordonné Prêtre en 1501. & ses Superieurs l'envoyerent aussitôt après demeurer dans le Couvent de *Ruffach*, où il dit sa premiere Messe le 4. Octobre, jour de *S. François*, en presense de son pere & de sa famille.

Son pere ne survêcut pas beaucoup à cette cérémonie, étant mort de la peste la même année, avec une partie de ses enfans.

L'année suivante 1502. *Pellican* fut choisi pour enseigner la Théologie dans son Couvent de *Basle*, où il se rendit au mois d'Août; mais il ne s'y borna pas à cette science, il fit aussi des leçons sur la Philosophie & sur l'Astronomie.

Le Cardinal *Raymond*, Légat du Pape, passant à *Basle* vers le mois de May 1504. voulut gratifier les Cordeliers, en donnant le bonnet de Docteur à quelques-uns de leurs Religieux, *Pellican* fut presenté

C. PEL-LICAN.

pour cela ; mais son *Gardien*, peu content qu'il fût revêtu de ce titre, fit si bien que le Légat se contenta de le faire Licentié, lui accordant cependant la permission de prendre, lorsqu'il auroit trente ans accomplis, la qualité de Docteur, sans autre formalité ; mais il n'a jamais pris aucune de ces deux.

Le Cardinal le demanda ensuite à ses Superieurs pour l'emmener avec lui en Italie ; & *Pellican* fut ravi de cette occasion pour faire ce voyage qu'il souhaitoit ; mais étant tombé malade en chemin, il fut obligé de retourner à *Basle*, où sa santé s'étant bientôt retablie, il reprit ses fonctions de Professeur.

Après les avoir remplies pendant six ans à *Basle*, il alla les continuer à *Ruffach*, où on l'envoya demeurer en 1508. avec quelques-uns de ses disciples.

Dans le Chapitre Provincial de son Ordre tenu à *Basle* en 1511. il fut élû Gardien du Couvent de *Pforzheim*.

Il garda cette place, qui ne l'empêcha pas de faire quelques leçons

C. PELLICAN.

de Théologie à ses jeunes Religieux, jusqu'à l'an 1514. que *Gaspar Sazger* ayant été fait Provincial, l'engagea à la quitter, pour être son Secretaire.

Cet emploi l'engagea à l'accompagner dans ses visites, & il profita de cette occasion, pour chercher des livres qui lui pussent servir à s'avancer dans la langue Hebraïque.

Dans un Chapitre Provincial tenu en 1516. il fut élû pour assister en qualité de Deputé, au Chapitre General indiqué à *Rouen* pour les Fêtes de la Pentecôte de la même année, & il vit à cette occasion une partie de la France.

Un autre Chapitre General ayant été indiqué à *Rome* pour l'année suivante 1517. il fut encore choisi pour y assister. A son retour il fut fait Gardien de *Ruffach*, où il se rendit au commencement de cette année. Il ne garda ce poste que deux ans, & il le quitta en 1519. pour en remplir un semblable dans le couvent de *Basle*.

Les Ecrits de *Luther*, qu'il eut alors occasion de lire, acheverent d'ébranler sa foy, qui étoit déja chancelante, depuis qu'il s'étoit entretenu avec quelques personnes qui avoient embrassé secrettement les nouvelles opinions.

On l'accusa même de Lutheranisme dans un Chapitre de son ordre assemblé en 1522. mais il sçut se defendre assez bien pour rendre cette accusation inutile.

L'année suivante le Provincial étant venu faire sa visite à *Basle*, reçut de grandes plaintes au sujet de *Pellican*, de son Vicaire, & de quelques autres Cordeliers, qu'on accusoit d'être Sectateurs de *Luther*, & de contribuer à répandre ses Ouvrages dans le Public. Ces plaintes determinerent ce Provincial à deposer ces Religieux, mais d'une maniere qui mit leur honneur à couvert. Il ne put cependant faire ce qu'il avoit resolu, car le Sénat de *Basle* lui fit declarer, que s'il le faisoit, on chasseroit tous les Cordeliers de la ville. Ainsi il fut obligé de se retirer.

Aussitôt après le Sénat interdit les Professeurs, qui enseignoient alors, & ordonna que *Jean Oecolampade* &

C. PELLICAN.

Pellican enseigneroient à leur place.

Pellican demeura dans le poste de Gardien jusqu'en 1524. qu'on lui donna un Successeur. Il continua cependant toûjours à enseigner, & expliqua publiquement la *Genese*, & ensuite les Proverbes de *Salomon*, & l'Ecclesiaste jusqu'en 1526. que *Zuingle* l'appella à *Zurich*, au nom du Sénat de cette ville, pour succeder à *Jacques Ceporin*, qui y enseignoit la langue Hebraïque.

Quoique *Pellican* eût déja enseigné pendant plusieurs années, il crut n'avoir pas assez de sçavoir pour remplir dignement cet emploi, & étoit résolu à le refuser ; cependant il suivit le conseil de ses amis, qui l'exhorterent à répondre à cette vocation, lui representant qu'il seroit plus utile à la Reformation, s'il alloit à *Zurich*, que s'il restoit à *Basle*, où il ne seroit d'ailleurs point en sûreté.

Lorsqu'il fut à *Zurich*, il quitta le froc, qu'il avoit porté 33. ans, & se maria au mois d'Août de la même année 1526. *Anne Fris*, qu'il épousa, lui donna l'année suivante, un fils, qu'il nomma *Samuel* & mourut au mois d'Octobre 1536. Il prit une seconde femme au mois de Janvier suivant, mais il n'en eut point d'enfans. C. PELLICAN.

Il mourut lui-même à *Zurich* le 5. Avril 1556. âgé de 78. ans, après avoir enseigné dans cette ville pendant trente ans.

Catalogue de ses Ouvrages.

1. *Jean Amerbach*, Imprimeur de *Basle*, commença en 1502. a imprimer les Oeuvres de *S. Augustin*, sous la direction d'*Augustin Dodon*, Chanoine de *S. Leonard*, qui mit des Argumens aux premiers livres; mais cet Ecclesiastique étant mort de la peste, *François Wyler*, Cordelier de *Basle*, continua ce qu'il avoit commencé; il n'alla pas cependant bien loin, ayant été tiré quelque temps après du Couvent de *Basle*, pour aller demeurer ailleurs. A son defaut *Pellican* acheva l'Ouvrage, dont il fit même la meilleure partie. Cette édition parut en 1506. en 9. volumes *in-fol.*

2. *Psalterium Davidis ad Hebraïcam veritatem interpretatum, cùm*

C. PEL-LICAN. *Scholiis brevissimis. Tiguri* 1532. *in-*8°. Cet Ouvrage avoit été imprimé auparavant à son insçu à *Strasbourg* l'an 1527. *in-*8°. & il fit quelques corrections dans l'édition qu'il donna lui-même.

3. *Commentariorum Bibliorum cùm vulgata editione, sed ad Hebraïcam Lectionem accurate emendata, in quo continentur quinque libri Moysis. Tiguri* 1532. *in-fol. Tomus secundus, in quo continetur Historia Sacra, Prophetæ inquam priores, libri videlicet Judicum, Josua, Ruth, Samuelis, Regum, & ex Hagiographis Paralipomenon, Ezræ, Nehemiæ, & Hester. Tiguri* 1532. *in-fol. Tomus tertius, in quo continentur Prophetæ omnes posteriores, Videlicet Sermones Prophetarum majorum, Isaiæ, Jeremiæ, Ezechielis, Danielis, & minorum duodecim. Tiguri* 1534. *in-fol. Tomus quartus, in quo continentur scripta reliqua, quæ vocantur Hagiographa, libri videlicet quinque, Job, Psalterium, Parabolæ, Ecclesiastes, & Cantica Salomonis. Tiguri* 1534. *in-fol. Tomus quintus, in quo continentur omnes libri V. T. qui sunt extra Canonem Hebraïcum,*

eum, perperam Apocryphi, rectius autem Ecclesiastici appellati, puta Tobiæ, Judith, Baruch, Sapientiæ, Ecclesiastici, libri singuli, Ezræ duo, Macchabæorum duo, cum fragmentis Danielis & Esther. Tiguri 1536. *in-fol.* C. PELLICAN.

4. *In Sacro sancta quatuor Evangelia & Apostolorum Acta Commentarii. Tiguri* 1537. *in-fol.*

5. *In omnes Apostolicas Epistolas Pauli, Petri, Jacobi, Johannis & Judæ, Commentarii. Tiguri* 1537. *in-fol.* Les Commentaires de *Pellican* sur l'Ecriture, dit M. *Simon*, tom. 3e. de sa *Bibliotheque Critique*, sont plus exacts que ceux des autres Protestans. Il s'attache ordinairement au sens litteral, sans perdre de vûe les paroles de son texte. Il a mis à la tête une longue Préface, dans laquelle il a fait entrer plusieurs choses dignes de son érudition, mais selon le genie des premiers P. Reformateurs, il y fait trop le Théologien & le Predicant. Il faut d'ailleurs lui rendre cette justice, que bien qu'il ait été fort versé dans la lecture des Rabbins, il n'a point rempli ses com-

C. PELLICAN. mentaires d'une certaine érudition Rabbinique, qui se trouve dans la plûpart des Docteurs Allemands. Il a plûtôt cherché à être utile à ses Lecteurs, qu'à étaler son Rabbinage, quoiqu'il ne soit pas entierement exempt de ce défaut. Comme son dessein est de donner un Commentaire court & abbregé, il dit souvent beaucoup de choses en peu de mots.

6. *Index Bibliorum, cum Præfatione Henr. Bullingeri. Tiguri* 1537. *in-fol.*

7. *Biblia è sacra Hebræorum lingua Græcorumque fontibus, consultis simul orthodoxis Interpretibus, religiosissime translata in Sermonem Latinum per Theologos Tigurinos. Tiguri* 1543. 1544. 1545. 1550. 1564. 1584. 1616. Cette traduction, a été faite par differens Auteurs; *Conrad Pellican* n'a fait que la revoir, & mettre à la tête une Préface.

8. *Grammatica Hebraica. Argentorati* 1540. *in*-8°. Avec *Margarita Philosophica.*

9. *Chronicon vitæ ipsius, ab ipso conscriptum. Melchior Adam* l'a inseré dans ses vies des Théologiens Al-

lemands. L'Auteur y entre dans un grand detail. C. PELLICAN.

Il a traduit plusieurs Commentaires des Rabbins sur l'Ecriture ; mais ils n'ont point été imprimés ; on en peut voir une longue liste dans sa vie écrite par lui même.

V. *Melchioris Adami Vitæ Theologorum Germanorum. Les Eloges de M. de Thou & les additions de Teissier. La Bibliotheque Universelle de Gesner & ses Abregés.*

MELCHIOR HAIMINSFELD GOLDAST.

M. H. GOLDAST.

MELCHIOR *Haiminsfeld Goldast* naquit à *Bischoffsel* en Suisse vers l'an 1576. d'une famille peu favorisée des biens de la fortune.

Il fit ses études de Jurisprudence à *Altorf* sous *Conrad Rittershusius*, qui l'eut quelque temps en pension chez lui. Mais *Goldast* le quitta sans le payer, & étant retourné dans sa patrie où il étoit en 1598. il laissa couler bien du temps sans le satisfaire ; on a encore quelques Lettres

M. H. GOLDAST.

qui furent écrites à cette occasion ; & cette affaire ne se termina que vers la fin de l'année suivante 1599.

Goldast cependant pretendoit être Gentilhomme, mais cette qualité n'a pas empeché qu'il n'ait toûjours vêcu dans une espece d'indigence, & que la publication d'un grand nombre d'Ouvrages, dont on lui est redevable, ne lui ait été une resource pour subsister. La maniere dont il trafiquoit de ses livres fait connoître l'indigence où il étoit reduit. Quand il en faisoit imprimer quelqu'un, il en envoyoit des exemplaires aux Magistrats des villes & aux Consistoires, afin qu'on lui fît quelque present. On lui envoyoit alors un peu plus que le livre ne coûtoit, & ses amis s'imaginoient lui rendre un grand service, en lui mênageant ces petites liberalités.

En 1599. il alla à *S. Gal*, où il logea chez un nommé *Schobinger*, qui se declara son Mecene. Mais il ne fit pas grand séjour en ce lieu, il passa la même année à *Geneve*, & y demeura chez *Jacques Lect*, Professeur de cette ville, avec les fils de

Vassan, dont il étoit Precepteur. M. H. GOLDAST.

Il demeura dans cette ville jusqu'en 1602. qu'il se rendit à *Lausanne*, suivant le conseil de *Schobinger*, parce qu'il pouvoit y subsister à moins de frais qu'à *Geneve*. La Lettre, que *Schobinger* lui écrivit sur ce sujet au mois de Février 1602. fait connoître qu'on accusoit *Goldast* d'avoir l'humeur un peu bizarre; & c'est ce qui paroît assez par ses frequens changemens, & par l'inconstance qui ne lui permettoit pas de se fixer en aucun endroit.

A peine fut-il à *Lausanne*, qu'il retourna à *Geneve*, où *Lect* lui procura par ses recommandations une place de Secretaire auprès du Duc *de Bouillon*. Il ne la garda gueres; car il étoit à *Francfort* au mois de Février 1603.

On voit par ses lettres, qui nous instruisent de tout ce detail, qu'il avoit une condition à *Forsteg* l'an 1604.

L'année suivante 1605. il demeuroit à *Bischoffsel*, où il se plaignoit de n'être point en sûreté à cause de la Religion Calviniste qu'il profes-

M. H. GOLDAST.

soit, & où il étoit pour cela odieux même à ses parens.

Il étoit retourné à *Francfort* en 1606. Il se maria même en cette ville, & s'y fixa en quelque maniere, faute de trouver quelque établissement ailleurs. Ses amis s'entremêlerent pour lui en procurer, mais ils ne purent y réussir.

Une de ses lettres datée de *Francfort sur le Mein* le 2. Avril 1630. nous apprend qu'il y avoit perdu sa femme quelque temps auparavant.

Il ne lui survêcut que cinq ans; étant mort le 11. Août 1635. à *Breme*, âgé de 59. ans. Il a eu la qualité de Conseiller du Duc de *Saxe-Weimar*, & du Comtes de *Holstein-Schawembourg*, mais je ne sçai quand elle lui a été donnée.

Quoiqu'on puisse le mettre au nombre ceux qui ont fait rouler les presses, pour gagner leur vie, tout ce qu'il a donné au public merite cependant de l'attention; & on lui est redevable d'un grand nombre de pieces qu'il a tirées de l'obscurité, & qu'il a pris soin de réunir en corps.

Catalogue de ses Ouvrages. M. H. GOLDAST.

1. *S. Valeriani, Cimeliensis Episcopi, sermo de bono disciplinæ, & S. Isidori, Hispalensis Episcopi, de Prælatis fragmentum. Edente cum Collectaneis Melchiore Goldasto. Genevæ* 1601. *in*-8°.

2. *Dosithei Magistri liber tertius; continens Adriani Imperatoris Sententias & Epistolas, Græcè & Latinè, cum notis Goldasti. Genevæ* 1601. *in*-8°. It. dans l'Ouvrage d'*Antoine Schultingius*, intitulé : *Jurisprudentia vetus ante-Justinianea. Lugd. Bat.* 1717. *in*-4°. à la p. 860. It. Dans le 12. volume de la Bibliotheque Grecque de *Jean Albert Fabricius.* p. 514. La Version Latine est d'un ancien Auteur, il n'y a que les notes qui soient de *Goldast.*

3. *Paræneticorum Veterum Pars* I. *cum notis Melchioris Haim. Goldasti. Adjectæ Conradi Rittershusii conjecturæ in Panegyricos veteres. Insulæ ad lacum Acronium.* 1604. *in*-4°. Cette premiere partie, qui n'a été suivie d'aucun autre, renferme les opuscules suivans. 1°. *S. Valeriani Cimeliensis Episcopi de bono disciplinæ sermo.* 2°.

M. H. GOLDAST. *S. Columbani Abbatis Carmina, Epistolæ & Regulæ Monachorum.* 3°. *Dinamii Grammatici Epistola ad discipulum.* 4°. *S. Basilii Cæsariensis Episcopi Admonitiones.* 5°. *Annæi Boëthii de moribus liber.* 6°. *Tyroli Regis Scotorum, Winsbekii, Equitis Germani, & Winsbekiæ, nobilis Germanæ, Paræneses ad filios, lingua veteri Teutonica.*

4. *Suevicarum Rerum Scriptores aliquot veteres ex Bibliotheca & recensione Melch. Haim. Goldasti. Francofurti* 1605. *in*-4°. Les Auteurs contenus dans ce Recueil, & dont quelques-uns avoient déja été imprimés, mais dans un état plus imparfait, sont les suivans. *Anonymi scriptoris de Suevorum origine libellus: Vellei Galli fragmentum de Victoria Suevorum contra Romanos. Isidori Hispalensis Historia Suevorum. Joannis Boëmi Suevia. Henrici Bebelii laudum Suevorum Epitoma. Felicis Fabri historia Suevorum.* Ce Recueil des Historiens de la Suabe fut suivi l'année d'après de celui de Historiens de l'Allemagne.

5. *Alamannicarum rerum scriptores aliquot vetusti collecti, glossis illustrati & editi per Melchiorem Goldastum.*

Francof. 1606. *in-fol.* 3. vol. It. *Ibid.* 1661. *in-fol.* 3. vol. La plus grande partie des pieces de cette Collection regarde les matieres Ecclesiastiques.

M. H. GOLDAST.

6. *Tractatus de translatione Imperii Romani à Græcis ad Francos, an & quatenus à Pontifice Romano facta sit? Autore quodam Jurisconsulto Germano. Hanoviæ* 1606. *in-4°.* It. Dans les *Politica Imperialia. Francofurti* 1614. *in-fol.* à la p. 487. Ce traité tend a refuter l'Ouvrage de *Bellarmin* sur cette matiere.

7. *Sibylla Francica, seu de admirabili puella, Johanna Lotharinga, Pastoris filia, ductrice exercitus Francorum sub Carolo VII. Dissertationes aliquot Coævorum scriptorum Historica & Philosophica, in quibus & de Magica arte obiter disputatur & historiæ aliæ complures lectu jucundissimæ inseruntur. Item Dialogi duo de querelis Franciæ & Angliæ & jure successionis utrorumque Regum in Regno Franciæ. Omnia ex Bibliotheca Melch. Haim. Goldasti eruta & in lucem perducta. Ursellis* 1606. *in-4°.*

8. *Imperatorum, Cæsarum, Regum, & Principum Electorum S. Romani Im-*

M. H. GOLDAST. *perii statuta & Rescripta Imperialia à Carolo Magno, usque ad Carolum V. studio atque industria Melch. Goldasti. Francofurti* 1607. *in-fol.* It. *A Carolo V. usque ad Rudolphum II. Ibid.* 1607. *in-fol.*

9. *Rationale Constitutionum Imperialium extemporale, in quo cùm ipsis Constitutionibus argumenta dicuntur, tùm S. R. I. jura adversus Cæs. Baronii Annales præscribuntur. Francofurti* 1607. *in-fol.*

10. *De Imaginum cultu varia decreta Imperatorum in utroque Imperio, collecta à M. Goldasto. Francofurti* 1608. *in-8°.*

11. *Jacobi Nobilis Dani, Friderici II. Regis Legati, Hodœporicon Ruthenicum, editum cum fig. à Melchiore Goldasto. Francofurti* 1608. *in-4°. Goldast*, qui ignoroit le nom propre de l'Auteur, ne peut le mettre à cette édition, mais l'ayant appris depuis, il le mit à la tête d'une nouvelle qu'il donna sous cet autre titre : *Jacobi Ulfeldii, Legatio Moscovitica, sive Hodœporicon Ruthenicum, in quo de Russorum, Moschorum & Tartarorum regionibus, moribus, religione*

compendiose exequitur. Accesserunt Cl. Christophori Lyschandri Epistolæ de autore hujus opusculi, cum figuris. Edente M. Goldasto. Francofurti 1627. *in*-4°. Ces deux titres ont été cause que *George Matthias Konig* a divisé cet Auteur en deux. M. H. GOLDAST.

12. *Constitutions, Statuts, & Rescrits des Empereurs & des Princes de l'Empire, qui concernent le Gouvernement Ecclesiastique & Civil.* (en Allemand) *Hanau* 1609. *in-fol.* deux vol.

13. *Philologicarum Epistolarum Centuria una diversorum à renatis litteris doctissimorum virorum, in qua veterum Theologorum, Jurisconsultorum, Medicorum, Philosophorum, Historicorum, Poëtarum, Grammaticorum libri difficillimis locis vel emendantur vel illustrantur. Insuper Richardi de Buri, Episcopi Dunelmensis Philobiblion, & Bessarionis Cardinalis Epistola ad Senatum Venetum, qua ipsi suam Bibliothecam donat. Omnia nunc primum edita ex Bibliotheca Melc. Haim. Goldasti. Francofurti* 1610. *in*-8°.

14. *Notæ in Petronium.* Dans une édition de cet Auteur, *cum notis Va-*

M. H. GOLDAST. *riorum. Helenopoli* 1610. *in*-8°. & dans quelques autres.

15. *Rever. & Illust. S. Romani Imperii Principum Apologia pro D. N. Imp. Henrico IV. adversus Gregorii VII. & aliorum Patriæ hostium impias ac malignas criminationes, nunc recensitæ, de integro emendatæ, auctoribus suis rescriptæ, & natalibus restitutæ, studio Melch. Goldasti. Hanoviæ* 1611. *in*-4°.

16. *Replicatio pro Sacra Cæsarea & Regia Francorum Majestate, adversus Jacobi Gretseri Jesuitæ crimina læsæ majestatis, rebellionis, & falsi, à Melchiore Goldasto. Hanoviæ* 1611. *in*-4°.

17. *Monarchia S. Romani Imperii, sive Tractatus de Jurisdictione Imperiali seu Regia, & Pontificia seu Sacerdotali; deque potestate Imperatoris ac Papæ, cum distinctione utriusque Regiminis, Politici & Ecclesiastici, à Catholicis Doctoribus conscripti atque editi, & nunc iterum ex tenebris producti, recensiti, ac oppositi tractatibus eorum, qui utramque potestatem in spiritualibus & temporalibus aut adulatorie, aut imperite confundunt; studio atque industria Melch. Goldasti Hai-*

minseldii. Hanoviæ 1611. *in-fol.* trois vol. Cet Ouvrage est curieux, de même que la plûpart de ceux que *Goldast* a publié. Il est à remarquer qu'il a jusques-là mis le nom d'*Haiminsfeld* avant celui de *Goldast*, dans l'ordre qu'ils devoient apparemment avoir; mais depuis pour se donner un air de Gentilhomme, il l'a mis seulement après, comme si c'étoit un nom de terre; & s'est nommé *Goldast d'Haiminsfeld.*

M. H. GOLDAST.

18. *Roderici Zamorensis speculum omnium statuum totius orbis terrarum, sortem generis humani ejusque commoda & incommoda repræsentans. Accessit Macabri speculum morticinum; edente Melc. Goldasto. Hanoviæ* 1613. *in-*4°.

19. *Politica Imperialia, sive Discursus politici, Acta publica, & Tractatus generales de Imperatoris, Regis Romanorum, Pontificis Romani, Electorum, Principum, & Imperii Ordinum juribus, privilegiis, dignitatibus &c. juxta rerum ordinem digesti & editi à Melch. Goldasto. Francofurti* 1614. *in-fol.*

20. *Constitutionum Imperialium To-*

M. H. GOLDAST. *mi quatuor. Francofurti* 1615. *in-fol.* It. *Ibid.* 1673. & 1713. *in-fol.* quatre vol.

21. *Senior, sive de Majoratu libri tres, in quibus prærogativa Principis senioris in familiis Regiis, Electoralibus & illustribus demonstratur, cum Tractatu de jure repræsentationis in primogenitura Imperii Germanici. Francofurti* 1615. *in*-4°.

22. *Digesta Regia de S. Eucharistia, sive Constitutiones Imperiales de Corporis & Sanguinis Christi Sacramento. Francofurti* 1616. *in*-4°.

23. *Catholicon Rei Monetariæ, sive leges Monarchicæ generales de rebus Nummariis & pecuniariis, quotquot ab orbe condito ad annum Christi* 1620. *in quatuor Mundi Monarchiis latæ & promulgatæ sunt. Accessit Chronologia Autorum, qui de re Monetaria tractarunt. Francofurti* 1620. *in*-4°.

24. *Paradoxon de honore Medicorum, & obiter de honore Theologorum & Jurisconsultorum. Francofurti* 1620. *in*-4°.

25. *De Bohemiæ Regni, incorporatarumque Provinciarum juribus ac privilegiis nec non de Regia Bohemorum*

Familiæ hæreditaria successione Commentarii à prima inde origine ad præsentem ætatem ; cum Appendice Documentorum, Diplomatum &c. Francofurti 1627. *in-4°.*

M. H. GOLDAST.

26. *Consultatio de officio Electoris Bohemiæ, jureque in Conventibus S. Romani Imperii Electorum, tam Electorali in actu eligendi, quam Collegiali in Consilio rei publicæ sibi competente. Francofurti* 1627. *in-4°.* Avec l'Ouvrage précedent.

27. *Practicarum Observationum, & sententiarum, in utroque Jure frequentium, usuque receptarum, summariis & additionibus illustrata à Johanne Baptista Castillionæo ; cum Præfatione Melch. Goldasti. Francofurti* 1629. *in-fol.*

28. Dans le premier volume de l'Ouvrage de *Fortunio Liceti*, intitulé : *De Quæsitis per Epistolas à Claris Viris Responsa. Bononiæ* 1640. *in-4°.* on trouve une Lettre de *Goldast*, qui est la 3e. Elle est datée de *Francfort sur le Mein* le 2. Avril 1630.

29. On en trouve plusieurs autres dans un Recueil intitulé : *Virorum Clarissimorum & Doctorum ad Mel-*

chiorem Goldastum Epistolæ, ex Bibliotheca Henrici Guntheri Thulemarii J. C. editæ. Francofurti 1688. *in*-4°.

M. H. GOLDAST.

30. Il parut en 1600. sous le nom de *Juste Lipse* une harangue *de Duplici Concordia Litterarum & Religionis*, qu'on supposoit avoir été prononcée par ce sçavant à *Jene* le 31. Juillet 1574. Elle avoit été imprimée, non pas à *Leyde*, comme porte le titre, mais à *Zurich*, par les soins de *Goldast*. *Lipse* la desavoüa hautement, & en effet l'on n'y reconnoît point son stile; c'est ce qui a fait qu'*Aubert le Mire* dans la vie de cet Auteur à pretendu que c'étoit une production de *Goldast*.

V. *Le Recueil dont je viens de parler. Bayle, Dictionnaire. Hen. Witten Diarium Biographicum.*

MARC

MARC JEROME VIDA.

M*ARC Jerôme Vida* naquit à *Cremone* l'an 1470. de *Gelelme Vida*, & de *Leone Oscasala*, d'une famille noble du Pays, mais peu favorisée des biens de la fortune. M. J. VIDA.

Il fit ses premieres études dans sa patrie, & à *Mantoue*, & passa ensuite à *Padouë*, où il étudia, de même qu'à *Boulogne*, en Théologie, & cultiva avec beaucoup de soin la Poësie Latine.

Il étoit encore fort jeune, lorsqu'il entra dans la Congregation des Chanoines Reguliers de *S. Marc* à *Mantoue*; mais il la quitta quelque temps après, & se rendit à *Rome*, où il fut reçû dans celle des Chanoines Reguliers de Latran.

Les Poësies qu'il composa depuis l'ayant fait connoître à *Leon X.* ce Pape le tira de l'obscurité du Cloître, pour l'approcher de lui, & lui donna le Prieuré de *S. Silvestre* à *Tivoli*.

Ce fut en ce lieu qu'il travailla à

M. J. VIDA.

sa *Christiade*, qu'il avoit entreprise par ordre du Pape; & il en étoit occupé, lorsqu'il apprit la mort de son pere, & celle de sa mere, qui étoit arrivé presque en même temps.

Il perdit peu après le Pape *Leon X.* qui mourut le 2. Décembre 1521. & cette perte lui enleva un protecteur, qui le soutenoit dans ses études. Il en trouva un autre deux ans après en la personne du Pape *Clement VII.* qui lui ordonna d'achever sa *Christiade*, & la reçut avec bonté, lorsqu'il la lui presenta.

Ce Pape recompensa son merite, en le nommant le 6. Février 1532. à l'Evêché d'*Alba* sur *le Tanaro* dans le Montferrat.

Vida ayant encore demeuré deux ans à *Rome*, se retira à cet Evêché, où il ne songea plus qu'a s'acquiter des devoirs d'un Pasteur.

Nous apprenons par les Registres de l'Eglise Cathedrale de *Cremone*, qu'il en étoit Chanoine, & que le 14. Novembre 1549. le Chapitre de cette Eglise l'élut Evêque de *Cremone*, à la place du Cardinal *Benoît Accolti*. Mais le Pape *Paul III.* qui avoit procuré cette Election, étant mort quatre jours avant qu'elle se fît capitulairement, c'est-à-dire, le 10. Novembre, elle n'eut point de lieu.

Vida ayant gouverné son Diocèse pendant près de trente-cinq ans, mourut enfin de vieillesse le 27. Septembre 1566. âgé de 96. ans.

Il fut enterré dans sa Cathedrale, & on lui fit cette Epitaphe.

D. O. M.

M. Hier. Vidæ, Albæ Episcopo, quem probe omnes norunt, Civitas Cremona, decreto sepulchro sumptu publico, Civi, qui de universa Civitate B. M. est, parentavit V. A. N. Qui, cum quidquid in egregium hominem laudis dici potest, in eum beneficio naturæ fuerit collatum, immortalitate erat dignus, nisi naturæ communis conditio obstitisset. Vivit tamen adhuc apud nos, vivetque æternum ad posteros benef. jucundiss. ac perpetua recordatione. Qui omnibus erga gregem sibi commissum officiis functus, pietate, charitate, fide, constantia præclarus, omnibus carus, nemini noxius à nobis dicessit, suo ma-

M. J. VIDA.

gis, quam aliorum tempore. Qui non solum pie & sancte Deum coluit, sed ita etiam cecinit, ut in cœlo locum, ubi beatus ævo sempiterno fruatur, & in terris æternam sibi gloriam, maximo omnium mortalium fructu, compararit.

Obiit anno 1566. 27. *Septembris.*

Catalogue de ses Ouvrages.

Marci Hieronymi Vidæ Poëmata omnia, tam quæ ad Christi veritatem pertinent, quàm ea quæ haud plane disjunxit à Fabula. Cremonæ 1550. *in*-8°. *Vida* a donné lui-même cette édition, où ses Poësies sont divisées en deux parties, dont la premiere contient les sacrées, & la seconde les profanes. Elle a été imitée dans une autre faite à *Lyon* en 1554. *in*-12.

Les Poësies Sacrées sont les suivantes.

1. *Hymni de rebus divinis nunc primum editi.* Il s'est fait une édition de ces Hymnes à *Louvain* en 1552. *in*-4°.

2. *Christiados libri sex.* Ce Poëme est terminé par cette espece d'Inscription. *Quisquis es, Autor te admonitum vult, se non laudis ergo opus adeo periculosum cupide aggressum; verum*

ei honestis propositis præmiis à duobus summis Pontificibus demandatum scito, Leone X. prius, mox Clemente VII. ambobus ex Etruscorum Medycum clarissima familia, cujus liberalitati atque industriæ hæc ætas literas ac bonas artes, quæ plane extinctæ erant, excitatas atque reviviscentes debet. Id volebam nescius ne esses. Il a été imprimé d'abord séparement à *Cremone* en 1535. *in*-4°. ensuite à *Lyon* 1636. *in*-8°. It. *Antuerpiæ* 1553. *in*-8°. It. *Bartholomæo Botta, Canonico Papiensi Interprete. Ticini* 1569. *in-fol.* On voit à la tête de cette édition une lettre en prose de *Vida* à *Botta. Alexandre Lamo* de *Cremone* en a fait une traduction Italienne qui a été imprimée dans cette ville. M. *de Thou* nous apprend que *Vida* fut le premier parmi les Italiens après *Jacques Sannazar*, qui fit servir la Poësie aux choses Saintes. On peut voir dans les *Jugemens des Sçavans* de *Baillet* ce que l'on a pensé de ce Poëme de *Vida*, qui a ses beautés & ses defauts.

Les Profanes consistent en celles-ci.

3. *De Arte Poëtica libri tres. Romæ* 1527. *in*-8°. Avec les Vers à Soye,

M. J. VIDA.

M. J. VIDA.

les Echecs, & les Bucoliques. It. *Paris.* 1527. *in*-8°. *Basileæ* 1534. *in*-8°. It. *Autoris vitam præmisit, & Annotationes adjecit Thomas Tristram. Oxonii* 1722. *in*-4°. It. 2ª. *Editio. Ibid.* 1723. *in*-12. * Ce Poëme a merité l'estime des Sçavans, quoiqu'on y trouve des defauts.

* Se trouve à Paris, chez Briasson.

4. *Bombycum libri duo. Lugduni* 1537. *in*-8°. It. *Basileæ* 1537. *in*-8°. Ce Poëme est son meilleur Ouvrage. Il est plus correct & plus chatié que les autres, & l'on y trouve plus d'art Poëtique.

5. *Scacchia Ludus.* Cette piece de vers tient le second rang parmi ses Poësies; on y trouve en effet beaucoup d'invention, & le tour en est fort heureux. Elle a été imprimée plusieurs fois, entre autres *cum Commentario Lucæ Wielii. Argentorati* 1604. *in*-8°. On en a trois traductions Italiennes, l'une de *Nicolas Mutoni* imprimée à *Rome* en 1544. la seconde de *Cosme Grazzini*, qui parut à *Florence* en 1605. & qui a été inserée parmi ses œuvres; la troisiéme qui fut imprimée à *Faenza* l'an 1616. sans nom d'Auteur, mais qui est at-

tribuée à *Sebastien Martini*, Avocat de cette ville. *Vasquin Philieul*, de *Carpentras*, Chanoine de *Nostre-Dame des Doms* en a donné une traduction Françoise, qui a été imprimée à *Paris* l'an 1559. *in*-4°. Le Poëme Latin avec les deux livres de Vers à Soye, & les Poësies diverses de *Vida* ont été réimprimés à *Oxford* en 1723. *in*-8°. par les soins de *Thomas Tristam*, qui a fait réimprimer en même temps l'Art Poëtique du même Auteur.

6. *Bucolica.* Ce sont trois Eglogues, qui avec ses hymnes font les moindres de ses Ouvrages.

7. *Carmina diversi generis.* Une des fautes de *François Arisi* dans sa *Cremona Litterata*, est d'avoir dit que ces Poësies diverses parurent pour la premiere fois dans l'édition de *Lyon* de 1554. Ce sont là toutes les Poësies de *Vida*, qui declare à la fin de cette édition de *Cremone*, qu'il desavoüe toutes les autres qui pourroient paroître sous son nom. Ainsi on ne peut reconnoître pour son Ouvrage *Carmen Pastorale, in quo deploratur Mors Julii III. in*-4°. qui

M. J. VIDA.

lui est attribué par le Catalogue de la Bibliotheque Barberine, & par *Ughelli, Ghilini*, & *Paul Freher*; *Epicedion in funere Oliverii Cardinalis Caraphæ. Romæ* 1611. *in*-4°. que le Catalogue de la Bibliotheque Barberine lui donne encore; XIII. *Italorum Pugilum cum totidem Gallis certamen* dont *Giraldi*, *Freher*, & *Borrichius* le croyent Auteur.

Il faut maintenant parler de ses Ouvrages en prose; ce sont les suivans.

8. *Dialogi de Reipublicæ dignitate. Cremonæ* 1556. *in*-8°.

9. *Constitutiones Synodales Civitati Albæ & Diœcesi præscriptæ. Cremonæ* 1562. *in*-8°.

10. *Orationes tres Cremonensium adversus Papienses in Controversia Principatus. Cremonæ* 1550. *in*-8°. It. *Paris.* 1562. *in*-8°. Quelques-uns ont nié que ces discours fussent de *Vida*. Mais *François Arisi* a mis ce fait hors de doute, en rapportant une deliberation du corps de ville de *Cremone* du 21. Mai 1549. par laquelle on convint de remettre entre les mains de *Vida* toutes les Ecritures qui

avoient

avoient été faites sur ce sujet, afin qu'il en composât un Ouvrage suivi, la lettre qu'on lui écrivit le 30. du même mois, & sa reponse du 4. Juin suivant par laquelle il s'engage avec plaisir à faire ce qu'on souhaitte de lui. M. J. VIDA.

11. Le même *Arisi* rapporte une Lettre de *Vida* écrite de *Rome* le 5. Février 1520. à la ville de *Cremone*, au sujet de son Art Poëtique.

12. On trouve une de ses Lettres écrite de *Cremone* le 1. Septembre 1562. à *Antoine Cuccho*, dans l'Ouvrage de ce Jurisconsulte intitulé: *Institutiones Juris Canonici. Papiæ* 1565. *in*-4°.

13. Il y en a une autre adressée à *Nicolas Gallina*, Avocat de *Pavie* le 3. Juin 1556. dans les Poesies de *Gallina*, imprimées à *Cremone* l'an 1563.

Au reste il faut prendre garde de confondre notre Auteur avec *Jerôme Vida* de *Capo d'Istria*, qui vivoit un siecle après lui, & dont on a quelques Ouvrages, entre autres les suivans.

Cento Dubbii amorosi. Padoua 1621. *in*-4°. It. *Venetia* 1636. *in*-4°.

M. J. VIDA. *Il Sileno, Dialogo, con le sue Rime, è Conclusione d'Amore, coll' Interpretatione di Ottonello Belli sopra il Dialogo. In Vicenza. in-8°.*

Tilliria, Comedia. Venetia. in-8°.

V. *Sa vie à la tête de l'Edition de son Art Poëtique faite à Oxford.* Elle est tirée avec beaucoup de soin des differens Auteurs, qui ont parlé de lui, à l'exception d'*Arisi*, que *Tristram*, qui l'a composée, n'a pas connu. *Celsi de Rosinis Lycæum Lateranense. Ghilini, Theatro d'Huomini Letterati. part.* 1. *p.* 167. *Jac. Boissard Icones virorum illustrium. part.* 1. *p.* 245. *Joannis Imperialis Musæum Historicum. p.* 35. *Pauli Freheri Theatrum Virorum Doctorum p.* 1462. *Ughelli Italia sacra. Francisci Arisii Cremona Litterata. tom.* 2. *p.* 100. L'article que cet Auteur en donne, n'est qu'un Cahos informe, & plein de fautes, où parmi plusieurs recherches assez inutiles, on en trouve quelques-uns qui meritent de l'attention. *Les Eloges de M. de Thou & les additions de Teissier. Baillet, Jugemens des Sçavans sur les Poëtes.*

Fin du Vingt-neuviéme Volume.

TABLE NECROLOGIQUE des Auteurs contenus dans ce Volume.

GUARINO (Guarini) mort le 4. Decembre 1460.

GAZA (Théodore) m. en 1478.

TRISSINO (Jean George) m. en 1550.

GIRALDI (Lilio Grégorio) m. en Février 1552.

SYLVIUS (Jacques) m. le 13. Janvier 1555.

PELLICAN (Conrad) m. le 5. Avril 1556.

VIDA (Marc-Jerôme) m. le 27. Septembre 1566.

VALLE'E (Geoffroy) m. le 9. Février 1573.

GIRALDI CINTHIO (Jean-Baptiste) m. le 30. Décembre 1573.

CANTER (Guillaume) m. le 18. May 1575.

ROY (Loüis le) m. le 2. Juillet 1577.

TURRIEN (François) m. le 21. Novembre 1584.

TABLE NECROLOGIQUE.

STURMIUS (Jean) m. le 3. Mars 1589.

CRESPET (Pierre) m. en 1594.

L'ERMITE (Daniel) m. en 1613.

GOULART (Simon) m. le 3. Février 1628.

GOLDAST (Melchior Haïminsfeld) m. le 11. Août 1635.

SPANHEIM (Frederic) m. le 30. Avril 1649.

TOMASINI (Jacques Philippe) m. à la fin de 1654.

FABROT (Charles Annibal) m. le 16. Janvier 1659.

MOLIERE (Jean-Bapt. Pocquelin de) m. le 17. Février 1673.

CARAMUEL LOBKOWITZ (Jean) m. le 8. Septembre 1682.

GIVRE (Pierre le) m. le 5. Juin 1684.

COMTE (Nicolas le) m. le 10. Février 1689.

SECKENDORF (Gui Loüis de) m. le 18. Décembre 1692.

NICOLE (Pierre) m. le 16. Octobre 1696.

BROSSE (Joseph la) m. le 29. Decembre 1697.

LEUSDEN (Jean) m. le 30. Septembre 1699.

TABLE NECROLOGIQUE.

SPANHEIM le fils (Frederic) m. le 18. May 1701.

ITTIGIUS (Thomas) m. le 7. Avril 1710.

GRAVINA (Jean Vincent) m. le 6. Janvier 1718.

MAIUS (Jean Henri) m. le 3. Septembre 1719.

BIANCHINI (François) m. le 2. Mars 1729.

Fin de la Table Necrologique.

TABLE

Des Auteurs contenus dans ce Volume, selon l'ordre des matieres qu'ils ont traitées dans leurs Ouvrages.

A.

Antiquités.

Astronomie.

C.

Comedies.

Controverse.

Critique.

D.

Droit Canonique.

Droit Civil.

E.

Ecriture Sainte.

G.

Geographie.

Grammaires Orientales.

Grammaire Grecque.

Grammaire Latine.

Grammaire Italienne.

H.

Histoire Universelle.

Histoire Sainte.

Histoire Ecclesiastique.

Histoire de France.

Histoire d'Allemagne.

Histoire de Portugal.

TABLE

Histoire d'Italie.

Histoire Orientale.

Histoire Litteraire.

L.

Lettres.

Logique.

M.

Mathematiques.

Medecine.

Morale.

Musique.

P.

Pharmacie.

Philosophie.

Physique.

Poësie.

Poësies Latines.

Poësies Françoises.

Poësies Italiennes.

R.

Rhetorique.

Romans.

S.

Sermons.

T.

Théologie Dogmatique.

Théologie Morale.

V.

Voyages,

Fin de la Table des Matieres.

APPROBATION.

J'AY lû par ordre de Monseigneur le Garde des Sceaux le vingt-neuviéme Volume des Memoires pour servir à l'Histoire des Hommes Illustres dans la République des Lettres, & j'ai crû qu'on en pouvoit permettre l'impression. A Paris ce 11. Août 1733.

HARDION.

PRIVILEGE DU ROI.

LOUIS, par la grace de Dieu, Roi de France & de Navarre: A nos amez & feaux Conseillers, les Gens tenans nos Cours de Parlement, Maîtres des Requêtes ordinaires de notre Hôtel, Grand Conseil, Prevôt de Paris, Baillifs, Sénéchaux, leurs Lieutenans Civils, & autres nos Justiciers qu'il appartiendra; SALUT. Notre bien amé ANTOINE-CLAUDE BRIASSON, Libraire à Paris, nous ayant fait remontrer qu'il lui auroit été mis en main un Manuscrit, qui a pour titre: *Memoires pour servir à l'Histoire des Hommes Illustres dans la République des Lettres, avec un Catalogue raisonné de leurs Ouvrages*, qu'il souhaiteroit faire imprimer & donner au Public, s'il nous plaisoit lui accorder nos Lettres de Privilége sur ce nécessaires, offrant pour cet effet de le faire imprimer en bon papier & beaux caractéres, suivant la feuille imprimée & attachée pour modéle sous le contre-scel des présentes; A CES CAUSES, voulant traiter favorablement ledit Exposant, Nous lui avons permis & permettons par ces Présentes, de faire imprimer lesdits Memoires & Catalogue ci-dessus specifiés, en un ou plusieurs volumes, conjointement, ou séparément, & autant de fois que bon lui semblera, sur papier & caractéres conformes à ladite feuille imprimée & attachée pour modéle sous notredit contre-scel, & de le vendre, faire vendre & débiter par tout notre Royaume, pendant le tems de *huit années* consecutives, à compter du jour de la date desd. Présentes. Faisons

défenses à toutes sortes de personnes de quelque qualité & condition qu'elles soient, d'en introduire d'impression étrangére dans aucun lieu de notre obéïssance ; comme aussi à tous Libraires, Imprimeurs & autres, d'imprimer, faire imprimer, vendre, faire vendre, débiter, ni contrefaire lesdits Memoires & Catalogue ci-dessus exposé, en tout ni en partie, ni d'en faire aucuns Extraits, sous quelque prétexte que ce soit, d'augmentation, correction, changement de Titre, ou autrement, sans la permission expresse & par écrit dudit Exposant ou de ceux qui auront droit de lui, à peine de confiscation des Exemplaires contrefaits, de trois mille livres d'amende contre chacun des contrevenans, dont un tiers à Nous, un tiers à l'Hôtel-Dieu de Paris, l'autre tiers audit Exposant, & de tous dépens, dommages & interêts. A la charge que ces Présentes seront enregistrées tout au long sur le Registre de la Communauté des Libraires & Imprimeurs de Paris, & ce dans trois mois de la date d'icelles, que l'impression de ce Livre sera faite dans notre Royaume & non ailleurs, & que l'Impetrant se conformera en tout aux Réglemens de la Librairie, & notamment à celui du 10. Avril 1725. & qu'avant de l'exposer en vente, le manuscrit ou imprimé qui aura servi de copie à l'impression dudit Livre, sera remis dans le même état où l'Approbation y aura été donnée, és mains de notre très-cher & feal Chevalier Garde des Sceaux de France le sieur Chauvelin, & qu'il en sera remis deux exemplaires dans notre Bibliotheque publique, un dans celle de notre Château du Louvre, & un dans celle de notre très-cher & feal Chevalier Garde des Sceaux de France le Sr. Chauvelin, le tout à peine de nullité des Présentes ; du contenu desquelles vous mandons & enjoignons de faire jouir l'Exposant ou ses ayans cause pleinement & paisiblement, sans souffrir qu'il leur soit fait aucun trouble ou empêchement. Voulons que la copie desdites Présentes qui sera imprimée tout au long au commencement ou à la fin dudit Livre soit tenue pour dûëment signifiée, & qu'aux copies collationnées par l'un de nos amez & féaux Conseillers & Secretaires, foi soit ajoutée comme à l'original. COMMANDONS au premier notre Huissier ou Sergent de faire pour l'exécution d'icelles, tous Actes requis & nécessaires, sans demander autre permission, & nonobstant Clameur de Haro, Charte Normande, & Lettres à ce contraires : CAR tel est notre plaisir. DONNE' à Paris le 28 Novembre l'an de Grace mil sept cens vingt-six, & de notre Regne le douziéme, Par le Roi en son Conseil.

DE S. HILAIRE.

Registré sur le Registre VI. de la Chambre Royale des Libraires & Imprimeurs de Paris, No. 530. Fo. 421. conformément aux anciens Réglemens confirmez par celui du 28. Février 1723. A Paris le 2. Decembre 1726.

Signé, VINCENT, Adjoint.

De l'Imprimerie de GISSEY.

www.ingramcontent.com/pod-product-compliance
Lightning Source LLC
Chambersburg PA
CBHW070546030726
47505CB00001B/180

9782011337061